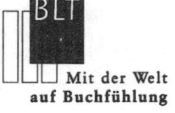

Mit der Welt
auf Buchfühlung

Ljudmila Ulitzkaja (Signatur)

1943 im Ural geboren, wuchs Ljudmila Ulitzkaja in
Moskau auf. Sie studierte zunächst Biologie und arbeitete
als Genetikerin, ging dann als Assistentin des künstle-
rischen Leiters zum Theater und wurde schließlich
Anfang der achtziger Jahre freischaffende
Autorin und Publizistin.
Mit der Erzählung »Sonetschka« gelang ihr 1992
international der Durchbruch – im November 1996 erhielt
sie dafür den »Prix Médicis«. Ljudmila Ulitzkaja
lebt in Moskau.
»Diese Autorin ist eine Offenbarung. Sie ist der
Tschechow eines um hundert Jahre älter
gewordenen Rußlands.«   Le Nouvel Observateur

Ljudmila Ulitzkaja

SONETSCHKA
und andere Erzählungen

Aus dem Russischen
von Ganna-Maria Braungardt

BLT

BLT
Band 92016

Bronka

Wie Anna Markowna später erzählte, war Simka mit einer Umsiedlungswelle noch vor dem Krieg in ihren Moskauer Hof geschwemmt worden. Der Kutscher lud sie ab – dürr, langnasig, große Männerschuhe an den Füßen und verrutschte Strümpfe an den mageren Beinen – und fuhr laut fluchend davon. Simka kläffte ihm im gleichen Ton hinterher, schwang die Arme wie Windmühlenflügel und blieb mitten auf dem Hof sitzen mit ihrer Habe, bestehend aus einem riesigen fleckigen Federbett, zwei Kissen und der kleinen Bronka, die das kleinere Kissen an die Brust preßte, das mit dem rosa Bezug, das aussah wie ein totes Ferkel.

Sie bezog zum Groll der anderen Mieter die Kammer neben der Küche, so daß diese ihren dort lagernden Kram rausräumen mußten – hauptsächlich löchrige Schüsseln und Tröge –, womit sie sich nicht sehr beliebt machte bei ihren künftigen Nachbarn, den Bewohnern eines der baufälligsten Gebäude im weitverzweigten Hof.

Doch da die Operation vom Hausverwalter Kus-

mitschew geleitet wurde, einem einarmigen Nichts-
nutz und Denunzianten, schwiegen alle. Was Kus-
mitschew davon hatte, Simka in die Kammer zu setzen, war unklar – ihrer Schönheit wegen wohl kaum.
Offenbar hatte sie ihm irgendwie gekonnt was vor-
gemacht, worin sie, wie sich noch herausstellen sollte, eine große Meisterin war.

Simka wischte mit dem Gemeinschaftslappen den
Fußboden in der Kammer – den Lappen hielt sie fest
und zärtlich wie ein Profi in den sehnigen Händen –,
legte auf den getrockneten Boden Zeitungspapier,
obendrauf das dicke Federbett und stellte dann der
Nachbarin Maria Wassiljewna die entscheidende
Frage:

»Hören Sie, Maria Wassiljewna, wo wohnen denn
hier gebildete Menschen?«

Maria Wassiljewna, die blitzartig den Sinn der
spitzfindigen Frage erfaßte, schickte Simka gerade-
wegs zu Anna Markowna. Ein paar Minuten später
saß Simka vor einem weißen Tischtuch, eine blaue
Kobalttasse in der Hand, und die arme Anna Markowna nickte teilnahmsvoll mit dem gepflegten
silberlockigen Kopf, wobei mal im einen, mal im anderen langen Ohrläppchen ein blaues Feuer auf-
flammte, und überlegte, wieviel und was sie der Bitt-
stellerin geben mußte und wie sie sich zugleich vor
täglichen Anschlägen der naiven und unverschämten
Person schützen konnte.

Das feinfühlige gegenseitige Verständnis war vollkommen, denn Simka umging bei der Schilderung

ihrer teilweise ausgedachten Unglücksgeschichte virtuos wirkliche Ereignisse, ließ mal einen weißen Fleck oder setzte einen Zensurstrich, und Anna Markowna stellte taktvollerweise keine Fragen, die den vagen Wahrheitsgehalt der Erzählung erschüttert hätten. Richtig war nur, daß Simka, nachdem sie ihren Mann begraben hatte, aus dem hausgemachten Zion am Ufer des Amur davongelaufen war, und zwar gegen alle Widerstände von Behörden, Obrigkeiten und himmlischen Mächten.

Nach einer Weile verließ Simka Anna Markowna mit einer großen Mitgift, die alles enthielt – vom Petroleumkocher bis zum kleinen Knopf. Zugleich war Simka zu verstehen gegeben worden, daß sie im Notfall immer Hilfe bekommen, jedoch nicht zum Teetrinken eingeladen würde. Simka war damit vollauf zufrieden.

Seltsamerweise fügte sie sich schnell ins Gemeinschaftsleben ein. Der Hof nahm sie auf und würdigte ihre spitze Zunge und ihre völlig ungewöhnliche Art von Streitsucht – gemischt mit Gutmütigkeit und der Bereitschaft, mitten in einem handfesten Krach unter Nachbarn plötzlich in helles Lachen auszubrechen, wobei sie mit den Händen den Brustkorb umfaßte, dessen herausragendste Stelle das gewaltige, knochige Kiel war, wie bei einem alten Huhn, und mit dem auf der Stirn zu zwei Hörnern verknoteten Tuch wackelte.

Auch in ihrer Karriere gab es einen gewissen Aufstieg: Sie war noch immer Putzfrau, aber von der

Hausverwaltung wechselte sie zunächst zu einer Werkleitung und schließlich, kurz vor dem Krieg, zum Volkskommissariat für Gesundheitswesen.

In der Arbeit war sie unermüdlich und leidenschaftlich. Sie begann ihren Arbeitstag um sechs Uhr früh, im Staatsdienst, dann lief sie nach Hause, gab der Tochter zu essen und lief anschließend ins Nachbarhaus, ein solides Gebäude der Jahrhundertwende, bewohnt von Ingenieuren und Technikern, wo sie die Orte der gemeinschaftlichen Nutzung in nahezu der Hälfte der Wohnungen saubermachte. So wirbelte sie von fünf Uhr früh bis spätabends und lebte nicht schlechter als andere.

Simkas erstaunlichster Charakterzug war ihre ungeheure Eitelkeit. Sie brüstete sich mit ihrem Scheuerlappen aus bestem Sackleinen; wenn sie im Frühjahr ihr riesiges Federbett zum Lüften aufhängte, war sie so stolzgebläht, als hinge auf der Leine mindestens ein Zobelpelz; über den grünen Klee lobte sie ihren Mann, den besten aller Verstorbenen; selbst das totale Fehlen jeglicher Zähne im eigenen Mund hielt sie für einen interessanten Umstand, würdig, wenn schon nicht bewundert, so doch bestaunt zu werden.

Das wichtigste aber, was sie über die ganze übrige Menschheit erhob, war ihre Tochter Bronka, die unbemerkt heranwuchs – bäuchlings auf dem Fensterbrett ihres Kellerzimmers liegend, beobachtete sie jahraus, jahrein den sich wandelnden Fliederbusch und die unverändert zerlumpten Hosen der auf der

Suche nach einem wer weiß wohin geflogenen Spielstöckchen vorbeilaufenden Jungen.

Bronka war in der Tat ein besonderes Wesen, nicht von dieser Welt. Sie hatte einen federleichten Ballettgang, eine straff gespannte Wirbelsäule und hielt den Kopf zurückgeworfen. Von der Unverschämtheit der Mutter war bei ihr keine Spur. Ihr Blick war stets nach oben gerichtet oder in die Ferne. Als erstes fielen ihr rötliches, üppig wucherndes Haar ins Auge und die niedrige, bogenförmige edle Stirn, und dann, bei genauerer Betrachtung, kam ihre übrige Schönheit zum Vorschein, zusammengesetzt aus lauter kleinen Unregelmäßigkeiten: ein wenig schiefe, durchscheinend weiße Vorderzähne, eine leicht hochgezogene Oberlippe und so große hellgelbe Augen, daß sie die Nasenwurzel zu zerdrücken und bis zu den Schläfen zu reichen schienen. Hinzu kam ein reizvoller verschlafener Gesichtsausdruck, als sei sie soeben erwacht und versuche, sich ihren entschwundenen Traum ins Gedächtnis zu rufen.

Auf einem Schulfoto von 1947 blickt die zwölfjährige Bronka nicht ins Objektiv. Sie hat sich abgewandt – nur ein Teil der Wange ist zu sehen und der dicke, über dem Ohr zusammengebundene Zopf. Die Geschlechtertrennung war damals schon eingeführt, die Schuluniform jedoch noch nicht. Trotz der Unterschiede in der Kleidung bemerkt das geübte Auge eine Gemeinsamkeit – die Sachen sind alle geändert, zusammengestoppelt, umgeschneidert. Übrigens tragen zwei Mädchen Schürzen nach vorrevolutionärer Manier. Das sind Bronka und die Enkelin von Anna Markowna – sie war bis an ihr Lebensende ihrer gymnasialen Weltsicht treu, die tiefe, wenn auch verspätete Achtung verdient. Irotschka trägt, entsprechend den Idealen der Großmutter, ein dunkles Kleid mit weißem Kragen, eine Imitation der künftigen Schuluniform, Bronka – eine Wollbluse mit satinbezogenen Ärmeln. Alle Kinder sind klein, unterernährt, Dicke gibt es nicht. Stoffwechselstörungen wurden erst später bekannt, in den satteren Zeiten ohne Lebensmittelkarten. Bronka steht ein bißchen seitlich, und unter dem Latz ihrer Schürze zeigt sich deutlich eine Erhebung.

Zwei Jahre später, in der siebenten Klasse, wurde Bronka, fast im letzten Schwangerschaftsmonat, mit Schande von der Schule gejagt. Komischerweise hatte Bronkas Klassenlehrerin Klawdija Dmitrijewna, eine alte Jungfer mit rundem schwarzem Dutt, Bronkas Schwangerschaft eher bemerkt als die gewiefte Simka.

Simka wurde in die Schule bestellt und informiert.

Simka forschte nach und überzeugte sich.

Ihr Kreischen und Heulen gellte ohrenbetäubend durch das ganze an alles gewöhnte Prügeldörfchen – das war der poetische Name ihres Hofs. Die Partitur, die sich in Simkas Kämmerchen entfaltete, enthielt außer Verwünschungen in allgemeinverständlichem Russisch und wenig verständlichem Jiddisch alle möglichen Vokalisen auf »a-a«, »o-o« und »uu«, Gläserklirren, das Scheppern von Blechgeschirr, Möbelkrachen und schallende Ohrfeigen.

Der Gerechtigkeit halber muß gesagt werden, daß Bronka keinen Laut von sich gab, was die Nachbarn schließlich so beunruhigte, daß sie alle zusammen hereinstürmten, Simka mit Wasser begossen, die leblose, kreidebleiche Bronka wegführten und dann, einzeln und im Chor, Simka erklärten, das sei eine ganz normale Sache, die jedem passieren könne, und sie solle sich nicht so schrecklich aufregen.

Anna Markowna hatte ihre Tochter, eine Frau mit schwacher Gesundheit, der schon übel wurde, wenn sie der Schule nur zu nahe kam, bei der berühmten Elternversammlung mit der stürmischen Diskussion vertreten und antwortete auf die Frage ihrer Enkelin nach Bronka knapp, Bronka erwarte ein Kind und werde nicht mehr in die Schule kommen. Dabei preßte Anna Markowna so die Lippen zusammen, daß klar war: Sie würde keinerlei interessante Einzelheiten aus Bronkas Biographie mitteilen.

Ihre Schwangerschaft vollendete Bronka, ohne die Kammer zu verlassen, doch als das Kind geboren war, ging sie, als sei nichts geschehen, mit dem Baby spazieren. Sie stand im Vorgarten, links von der Treppe, das Baby im Arm. Ihr Spaziergang dauerte immer genau anderthalb Stunden.

Anfangs versuchten die Jungen auf dem Hof, ihr ihre Meinung zum Vorgefallenen mitzuteilen, und machten ihr diverse Angebote hinsichtlich eines Besuchs auf dem Dachboden oder im Schuppen, doch

Bronka hob nur ihre durchsichtigen Augen, lächelte schamlos und herablassend und würdigte sie nie einer Antwort. Sie war auch früher wortkarg gewesen, kontaktarm und auf ihre Weise unabhängig, doch nun redete sie selbst mit ihrer Mutter kaum noch.

Für Simka war das eine zusätzliche Marter. Lange löcherte sie die Tochter, wer sie mit Nachkommenschaft beglückt hatte. Tief im Herzen hegte sie die ungeheuer beruhigende Hypothese einer Vergewaltigung. Doch Bronka schwieg wie ein Fels und zeigte keinerlei Verlegenheit. Das brachte Simka vollends zur Weißglut, doch nichts konnte Bronkas leicht geistesgestört wirkende Ruhe erschüttern. Ihr Gesichtsausdruck war sogar glücklich zu nennen.

Die Geburt des Kindes und das ungelüftete Geheimnis der Vaterschaft beeinträchtigten keineswegs Simkas Eitelkeit. Der Junge, der den Namen Jura bekam, war von anderer Rasse als sie und Bronka – brünett und grauäugig. Simka, entzückt von seiner ebenmäßigen Schönheit, betrachtete ihn immer wieder, in der Hoffnung, eine Ähnlichkeit zu entdecken. Mit wem? Wer weiß ...

Bronka verhielt sich nach der Geburt des Kindes ebenso tadellos wie zuvor. Sie hatte sich auch früher nicht in Hausfluren und auf Dachböden herumgedrückt, war nicht zu flinken Burschen mit verkehrtherum aufgesetzten Schirmmützen in Taubenschläge geklettert; und jetzt, mit dem Baby, flog sie nur noch mit ihrem Ballettgang in den Laden, wenn die Mutter sie einkaufen schickte, und rannte schleunigst zurück, um das Kind keine Minute zu lange ohne ihre persönliche Aufsicht zu lassen. Abends saß sie in ihrer kleinen Zelle auf dem Bett, und wenn sie ihren Sohn nicht gerade fütterte, bewunderte sie ihn.

Simka, mitunter von jähem Mitgefühl für die einsame Tochter erfaßt, redete auf sie ein: Du solltest mal weggehen, mal Freundinnen besuchen! Doch Bronka zuckte die Achseln und lehnte ab. Die Schulmädchen, mit denen sie noch vor kurzem die siebente Klasse besucht hatte, betrachteten sie mit angstgeweiteten Augen aus der Ferne und verspürten durchaus nicht das Bedürfnis nach Kontakt mit ihr. Nur die mutige Ira kam einmal zu Bronka, als diese das Kind spazierenführte, und bat um Erlaubnis, es zu sehen. Bronka deckte das Gesicht des Sohnes auf, und ihre Klassenkameradin war begeistert:

»Ja, das ist was! Ist der hübsch!«

Dann ging sie, dunkel darüber nachsinnend, daß bei aller schrecklichen Schande eines solchen Ereignisses das Kind sehr schön war und Bronka von nun an zu einer ernsteren Welt gehörte als der, die mit Lehrsätzen über ähnliche Dreiecke, Wahlen zum Lehrerkomitee und Bockspringen ausgefüllt war. Für ihre vierzehn Jahre und in Anbetracht des allgemeinen Fanatismus der Zeit war Ira nicht dumm, doch für eine Freundschaft mit Bronka hatte sie kein Thema.

Als Jura laufen und »Mama« sagen lernte, stellte sich heraus, daß Bronka erneut heftig schwanger war. Diesmal machte Simka keinen Skandal, stellte aber eine strenge Untersuchung an. Sie erniedrigte sich sogar so weit, Maria Wassiljewna zu fragen, ob jemand Bronka besuchen kam, während sie, Simka, arbeiten sei. Die Nachbarinnen, die Bronkas Verhalten in der Küchenversammlung erörtert und verurteilt hatten, erklärten einhellig, daß Bronka keine Männer empfange. Jedenfalls habe sie noch nie jemand dabei ertappt. Überhaupt verhielt sie sich still und bescheiden, hörte sich demütig und gleichgültig alles mögliche an, so daß der Umgang mit ihr für die Nachbarn uninteressant wurde. Sie tat ihnen sogar irgendwie leid.

Wie dem auch sei, der zweite Junge kam zur Welt, sah haargenau so aus wie der erste – dunkles Haar, brünetter Teint, graue Augen. Bronka, anstatt sich die Haare auszuraufen, war vollkommen glücklich, spielte mit den Kindern wie eine Katze mit ihren Jungen, stillte den Kleinen und versagte auch dem Älteren die Brust nicht. Er war ein kluges Kind, und wenn er nach dem kleinen Bruder die restliche Milch ausgetrunken hatte, sagte er »Danke«.

Als der Kleine geboren war, entbrannte Jura in zärtlichem Gefühl für ihn, das mit den Jahren keineswegs abnahm. Die Kinder waren sanft und freundlich, die Nachbarn liebten und verwöhnten sie nach Kräften und bedauerten Simka und die dumme Bronka. Sie steckten den Kindern immer etwas zu, mal Kuchen, mal Kekse.

Viktor Petrowitsch Popow, ein pensionierter alter

Fotograf, der das größte Zimmer bewohnte, fast achtzehn Quadratmeter, ließ sie manchmal bei sich spielen. Sie setzten sich auf den Boden, auf den kleingemusterten roten Teppich, und er schnitt ihnen aus schwarzem Papier Tiere und Fahrräder aus.

Bronka aber wurde erneut schwanger. Simkas jüdische Seele, abgehärtet im jahrtausendealten Feuer und Wasser der Diaspora plus zweifacher eigener Umsiedlererfahrung, ertrug diese Heimsuchung nicht: Die Tochter gebar jedes Jahr ein Kind, doch weit und breit war kein Mann zu sehen. Simka kam von Kräften. Sie begann zu trinken.

In der Kammer war es so eng, daß Simka mit den beiden Kindern auf ihrem berühmten Federbett schlief, für die Tochter aber ein Klappbett in der Küche aufstellte, neben der Kammertür. Dort schlief Bronka, einen Strick am Bein, den Simka, die nie im Leben Boccaccio gelesen hatte, in der kräftigen Hand hielt. Bronkas dritte Schwangerschaft, bereits für alle zu erkennen, ließ die vergebliche mütterliche Wachsamkeit keineswegs erlahmen.

Bronkas neuer Sohn Grischa kam an ihrem siebzehnten Geburtstag zur Welt. Im Gegensatz zu seinen älteren Brüdern war er kränklich und weinte viel. Bis er ein Jahr alt war, trug Bronka ihn fast ununterbrochen auf dem Arm. Er wedelte unsinnig mit den Armen, verzog beleidigt den Mund und wuchs Simka ans Herz.

Die Älteren, Jura und Mischa, trieben sich den ganzen Tag in der Küche herum, bis die alte Krotowa Mischa eines Tages mit einem Topf heißer Suppe überschüttete. Seitdem ließ Bronka die beiden nicht mehr in die Küche, und bei schlechtem Wetter saßen sie nun im Zimmer des alten Popow, der ihnen aus schwarzem Papier eine ganze Welt voller sonderbarer Tiere ohne Namen ausschnitt, ihnen Andersens Märchen in schlechter Übersetzung vorlas und nie müde oder gereizt war.

Der Jüngste kam langsam zu Kräften, auch wenn er spät laufen lernte, erst mit anderthalb Jahren, und in der Entwicklung ein bißchen zurückblieb. Bronka kümmerte sich um ihn mehr als um die älteren, doch ihre vermehrte Fürsorge für die Kinder hinderte sie nicht, zu gegebener Zeit wieder einen dicken Bauch zu kriegen. Die Nachbarn wunderten sich schon nicht mehr über eine derartige Gebärfreudigkeit. Simka aber nahm die Geburt des nächsten Enkels hin wie eine unausweichliche Naturerscheinung, etwa den Wechsel der Jahreszeiten.

Bronkas letzter Sohn Sascha, ebenfalls brünett und grauäugig, kam unmittelbar vor dem Tod des alten Fotografen zur Welt. Am Tag der Beerdigung, nach einem kleinen Totenmahl und einem großen Küchenskandal wegen Simkas Eigenmächtigkeit, zogen Simka, Bronka und die vier Kinder in das Zimmer von Popow und lebten von nun an fürstlich.

Gleich am ersten Abend schrie die angetrunkene Simka in der Küche Bronka an, die unterm Wasserhahn Milchfläschchen spülte – für das vierte hatte sie keine Muttermilch –:

»Eine Schlampe bist du, Bronka, eine Schlampe! Ich bin seit meiner Jugend allein, deinetwegen bin ich allein geblieben! Denkst du, ich hätte nicht heiraten können? Immer krieg Kinder, bitte, genier dich nicht! Auf achtzehn Quadratmetern kann man ja sooo viel von diesem Kleinzeug unterbringen!« Sie weinte und schüttelte sich die Tränen von den Wangen. Bronka zuckte zusammen, die Fläschchen klirrten gegen das Metallbecken. Ihre Arme hoben sich, sie sank nach hinten und fiel auf den Zementboden.

Dann kam Bronka zur Ruhe. Der Jüngste wurde ein Jahr, drei Jahre, Jura ging schon zur Schule – in dieselbe, aus der er zusammen mit seiner Mutter einst geflogen war. Jungen und Mädchen wurden nicht mehr getrennt unterrichtet, sondern zusammen. Die Mädchen trugen Gymnasialkleidung, die Jungen waren kahlgeschoren, nur einige wenige, Bohemiens und Freidenker, die sich von Jugend an zur Opposition gegen die Gesellschaft verurteilt hatten, trugen einen durchsichtigen, fischschwanzartigen Pony. Unterrichtet wurde Jura von denselben Lehrern, bei denen einst seine mißratene Mutter nichts Ordentliches gelernt hatte.

Bronka arbeitete als Putzfrau in einem Bäckerladen. Dort gab es auch eine Backstube, und außer ihrem Lohn bekam Bronka Brot, soviel sie wollte; von diesem Zuverdienst wurden ihre Jungen einer wie der andere groß und kräftig. Selbst der kränkelnde Grischa holte auf, und sie glichen einander wie Kinder eines Vaters.

Unter den Altersgenossen im Hof waren sie die Anführer – wer hätte auch etwas gegen die brüderliche Phalanstère auszurichten vermocht. Ab und zu öffnete Simka das Fenster und rief mit heiserer Stimme:

»Jura, Mischa, Grischa, Sascha, hochkommen!«

Es lag eine komische Musik in diesem kehligen Ruf. Nun wurde Simkas Eitelkeit ausschließlich von den vier außergewöhnlichen, so begabten – Gott sei Dank! –, so klugen – mein Gott! – und gesunden – bloß nicht beschreien! – Jungen genährt.

Dann brachen neue Zeiten an. Es schien sogar, als nähmen sie im Prügeldörfchen ihren Anfang. Gerüchte gingen um, es solle abgerissen werden. Simka, die gewitzte Simka, hatte bereits zuvor als Putzfrau in der Kreisverwaltung angefangen, und eine Kommission vermaß ihr Zimmer neu, wobei sich herausstellte, daß es nicht achtzehn Quadratmeter hatte, sondern siebzehn und acht Zehntel, also weniger als drei Quadratmeter pro Person. Sie bekamen eine Dreizimmerwohnung, früher als alle anderen, noch bevor der allgemeine Auszug begann.

Niemand wollte es glauben, bis Simka die Nachbarn in die Wjatsker Straße führte, hinter dem Sawjolowoer Bahnhof, ein paar Straßenbahnhaltestellen von der Metrostation Nowoslobodskaja entfernt, und ihnen die Wohnung zeigte, die sogar ein Bad hatte.

Irina Michailowna, eine füllige, nicht mehr junge Frau mit silbrigen Locken und blau funkelnden Brillanten in den langen Ohrläppchen, hatte sich mit der Zeit vertan. Sie sollte sich um sieben mit ihrem Mann Sergej Iwanowitsch auf dem Majakowskiplatz treffen, doch ihre Lehrstuhlsitzung war ausgefallen, und nun hatte sie noch über zwei Stunden frei. Nach Hause zu fahren hatte keinen Sinn, da sie mit ihrem Mann ans andere Ende Moskaus zu Besuch fahren wollte.

Sie war lange vor der verabredeten Zeit auf dem Platz, wollte noch ins Geschäft »Malysch« gehen und etwas für den Enkel kaufen, doch der Laden wurde renoviert. Sie war verwirrt ob der leeren, nicht bis auf die Minute verplanten Zeit. Sie sah sich nach allen Seiten um und bemerkte, was sie rund dreißig Jahre lang nicht wahrgenommen hatte: Allmählich, nach und nach, hatte sich der Platz verändert, es standen nur noch wenige Häuser aus der frühen Nachkriegszeit, in der sie am Denkmal ihre Rendezvous mit Serjosha gehabt hatte; und wie schön der Herbst dieses Jahr war – nicht sehr klar, aber auch ohne frühen Regen.

Irina Michailowna verfiel in eine ihr sonst nicht eigene elegische Stimmung. Sie hatte es nicht eilig, und es war wundervoll.

Sie kaufte, warum, wußte sie selbst nicht, einen Strauß verschiedenfarbiger kleiner Astern, belächelte seine lebensfrohe Geschmacklosigkeit, ging zum Kiosk der Philharmonie, wo Karten verkauft wurden, und studierte zerstreut einen großen Aushang mit Abonnementsangeboten.

Die Frau in der Bude reckte den Hals, studierte

mit nicht geringerem Interesse Irina Michailowna und rief, als sie damit fertig war:

»Ira! Irotschka!«

Irina Michailowna sah die Frau an, und es gab ihr einen Stich ins Herz: Das Gesicht war vertraut, schmerzhaft bekannt, als hätte sie es einst auswendig gelernt. Die bogenförmige Stirn, die schmale Nase und die ägyptischen, bis an die Schläfen reichenden Augen – ein unvergeßliches, vergessenes Gesicht, wie ein immer wiederkehrender Traum ... in der Kindheit ... in der Kindheit ... noch eine Gedächtnisanspannung, noch einmal tauchen auf den verborgenen Grund.

»Erkennst du mich nicht?« Die Frau lächelte bittend, und eine Längsfurche durchzog ihre Wange. »Erkennst du mich wirklich nicht?«

»Mein Gott! Bronka!« staunte Irina Michailowna, die in Gedanken die entferntesten Verwandten väterlicherseits durchging.

»Ich bin's, Irotschka, ich! Bronka!« Ihre Freude machte Irina Michailowna verlegen. Bronka klapperte mit den Wimpern und war dem Weinen nahe. Sie schloß das Fensterchen und kam aus ihrer Bude.

»Warte, warte, um Himmels willen«, rief sie aufgeregt. »Du hast es doch nicht eilig?« fragte sie voller Hoffnung. Aus der Bude aufgetaucht, erwies sie sich als ebenso klein und dünn wie in der Kindheit.

Sie umschlang Irina, barg den Kopf an ihrer Seite und sprudelte unter hastigen, unbeschwerten Tränen hervor:

»Irotschka! Oh, Irotschka! Wie ich mich freue, daß du dich angefunden hast! Du warst doch meine einzige Freundin, sonst hatte ich niemanden. Wenn du wüßtest, was du mir in der Kindheit bedeutet hast ... Du warst doch die einzige Freundin. Ich weiß noch, ich weiß noch, wie du Jura ansehen wolltest. Und deine Großmutter ... Sie hat uns sehr geholfen. Irotschka, was für eine Freude ...« Bronka wischte sich eine Träne von der Wange.

Irina Michailowna war leicht beunruhigt: Die Überraschung des Wiedererkennens, die leichte Erregung von der Berührung mit der Kindheit war vorbei, und Bronka, ihrem verdächtig hysterischen Ton nach zu urteilen, war wohl nicht ganz bei sich – so schien es der zurückhaltenden Irina, die nicht zu offenherzigen Gefühlen neigte.

»Gehen wir zu mir, ich wohne ganz in der Nähe, nur drei Minuten von hier«, schlug Bronka bittend vor.

Irina sah zur Uhr – sie hatte zwei Stunden Leerlauf. »Ich hab eine Dreiviertelstunde, ich bin hier mit meinem Mann verabredet«, antwortete Irina. Bronka packte bereits ein Bündel Karten in eine große Ledertasche und schloß die Bude ab.

Erst jetzt bemerkte Irina Michailowna, daß Bronka außerordentlich jung aussah und ein grünes Lederkostüm trug, das es durchaus nicht an jeder Ecke zu kaufen gab.

»Komm, komm schon«, trieb Bronka Irina an und zog sie über die Straße. »Ich wohne ganz in der

Nähe. Und Mama, die wird sich über dich freuen ...«
Wieder redete Bronka davon, daß Ira ihre einzige
Freundin in der schrecklichen, unerträglichen Kind-
heit gewesen war.

»Deine Mama lebt noch, sag bloß ... Wie alt ist sie
denn?« staunte Ira.

»Vierundachtzig. Sie hatte einen Schlaganfall, geht
am Stock und ist zänkisch. Das Gedächtnis will natürlich nicht mehr so, sie vergißt, was noch nicht
lange her ist. Aber an die Vergangenheit erinnert sie
sich sehr gut. Nicht schlechter als ich«, sagte Bronka
mit einem traurigen Unterton.

Sie betraten ein ordentliches Haus – eins von denen, die früher Generalshäuser genannt wurden –
und eine anständige Wohnung. Als die Tür klappte,
ertönten schlurfende Schritte und das Klopfen eines
Stocks. Im Flur erschien Simka, runzlig, die Haut
von entzündetem Rot, den Kopf mit einem Tuch
umwickelt, auf dieselbe Weise wie früher – mit zwei
Hörnchen über der Stirn. Sie stützte sich mit beiden
Händen auf den Stock, zog das linke Bein nach, und
ihr mageres Gesicht war durch den nach unten ver-
rutschten Mund entstellt.

»Ach, du bist's, ich dachte, Ljowa«, sagte die alte
Simka undeutlich.

»Mama, Ljowa ist auf Dienstreise«, rief Bronka
und sagte leise zu Irina:

»Mein Mann ist seit zwei Wochen auf Dienstreise,
aber sie vergißt es immer.«

Und dann wieder laut, fast schreiend:

»Mama, kuck mal, wer da ist! Das ist Irotschka, die Enkelin von Anna Markowna. Erinnerst du dich an Anna Markowna aus unserm alten Haus?«

»Jaa«, sagte Simka und nickte. »Natürlich erinnere ich mich an Anna Markowna. Lebt sie noch? Nein?«

»Sie ist schon lange tot. Seit fast zwanzig Jahren«, antwortete Irina seltsam verwirrt, »Großmutter, Großvater und Mama leben schon lange nicht mehr.«

»Anna Markowna war eine gute Frau«, sagte Simka gnädig, als hinge von ihrer Meinung das Wohlbefinden der Verstorbenen ab. »Sie hat mich sehr geachtet, sehr«, brachte Simka mit einiger Mühe und einer Grimasse stolzer Würde hervor.

Irina Michailowna konnte sich nicht auf Simkas Vatersnamen besinnen. Sie konnte es nicht – denn sie hatte ihn nie gekannt. Niemand hatte Simka je mit Vor- und Vatersnamen angeredet, jedenfalls nicht damals ...

Bronka brachte die Mutter in ein abgelegenes Zimmer. Irina sah sich um – ein gesichtsloses Heim mit Standardanbauwand wie bei ihr zu Hause und teurer Musiktechnik.

»Ich setz Tee auf«, sagte Bronka. »Ich hab Pralinen, heutzutage eine Rarität.«

Die weiten Ärmel der Seidenbluse wehten reizvoll an Bronkas schlanken Armen, als sie das Konfekt von einem hohen Regal herunterholte. Sie hob den Arm, korrigierte die Haarnadel im blonden, noch immer rötlich schimmernden Haar, und alle ihre

Gesten erschienen Irina außerordentlich schön und weiblich. Bronka aber murmelte wieder:

»Irotschka, wie viele Jahre ist das her, Irotschka. Mein Gott, wie viele Jahre ...«

Bronka ist ja eine Schönheit, begriff Irina plötzlich. Früher wäre ihr das nie in den Sinn gekommen. Bronka war eine Schreckschraube mit dürren Beinen gewesen, rothaarig und mürrisch.

Damals haben wir solche Schönheit nicht verstanden, dachte Irina. Sie war zu zart für jene Zeit.

Bronka stellte blaue Kobalttassen mit dickem Goldrand innen auf den Tisch. Bekannte, allzu bekannte Tassen. Irina sah plötzlich deutlich, wie die junge Simka mit einer Tasse in der Hand vor dem steifen Weiß des Familientisches sitzt und die Großmutter, den Kopf zur Seite geneigt, der hastigen, nicht ganz verständlichen, mit jiddischen Worten und heftigen, unpassend wirkenden Gesten versetzten Rede lauscht und sie, Irotschka, unter dem runden Tisch in der Ecke hockt und die sonderbare Besucherin durch die bis auf den Boden hängenden beigefarbenen Fransen des Tischtuchs beobachtet.

»Wie geht's deinen Jungs?« fragte Irina.

»Gut, Irotschka. Sie sind erwachsen. Und nicht nur das ... Warte, ich zeig's dir.« Sie holte eine Schatulle hervor und entnahm ihr Stapel bunter Farbfotos. »Das ist Jura, er lebt in Kalifornien, ja. Er ist Elektronikingenieur, betreibt ein großes Geschäft. Er ist reich. Nicht nach unseren Begriffen, sondern richtig reich. Das ist seine Frau, und hier die drei Kinder. Amerikaner. Hübsche Mädchen, nicht? Meine Enkelin Jane. Und das ist Mischa. Er ist Neuropathologe. Er hat dort studiert. Jura hat ihm geholfen. Das sind meine Amerikaner. Das ist Mischas Frau, eine Chinesin. Stell dir vor, er hat eine Chinesin geheiratet. Bei denen in Amerika ist alles gemischt. Besonders in Kalifornien.«

Irina betrachtete interessiert die schönen, starken Menschen, das unnatürlich farbenprächtige Leben, und Bronka griff zu einem Packen bescheidener Schwarzweißfotos und fuhr fort:

»Grischa und Sascha sind hier bei uns. Das heißt nicht bei uns. Grischenka wohnt in der Wjatsker Straße. Er ist geschieden, hat irgendwie Pech, und Sascha ist in Leningrad. Enkel haben sie mir geboren. Zwei Mädchen haben wir, Juras Jane und die hier, Saschas Liletschka. Und das hier ist die Tochter von Ljowa, meinem Mann, aus erster Ehe. Ich hol den Tee.« Bronka lächelte und ging hinaus.

Vor Irina lag ein Haufen Fotos, ebensoweit vom wirklichen Leben entfernt wie Bronka mit dem grauen dörflichen Tuch auf dem Kopf, ein in eine schwere, wattierte Decke gewickeltes Kind auf dem Arm, links neben der Haustreppe, vor fast vierzig Jahren – nur mit dem Unterschied, daß diese Fotos trügerisch und real waren, das Bild Bronkas jener Zeit dagegen wahrhaftig, aber nicht erfaßbar.

»Ach, wie ich mich freue, wie ich mich freue, dich zu sehen«, wiederholte Bronka mit gutmütiger Geschwätzigkeit. »Aber erzähl doch mal von dir, wie geht's dir? Was machst du?«

Irina lächelte, zuckte die Achseln – ihr ging es gut.

»Gut«, sagte sie. »Ich hab eine Tochter, die ist Aspirantin, einen Enkel, mein Mann ist Professor, ich unterrichte, als Dozentin am Institut ...« Plötzlich tauchte in ihrem Herzen ein Schatten von Unzufriedenheit mit ihrem Leben auf, von Peinlichkeit ob ihres totalen und verdienten Wohlstands.

Ach was, Unsinn, was ist denn schlecht daran, daß meine Eltern mir eine gute Bildung mitgaben und mich mit allem Lebensnotwendigen versorgten und wir dasselbe für unsere Tochter getan haben. Sie wandte sich wieder den Fotos zu und wechselte das Thema:

»Schöne Fotos. Ich mag Fotos sehr.«

»Ja?« fragte Bronka in sonderbarem Ton. »Magst du wirklich Fotos?«

Irina nickte.

Bronka verschwand im Nebenzimmer; es polterte, etwas fiel herunter, und nach ein paar Minuten tauchte sie wieder auf, eine ziemlich große, verstaubte Mappe in der Hand. Sie pustete den Staub ab und legte die Mappe vor Irina hin.

»Kuck dir die mal an.«

Irina band die Mappe auf. Zuoberst lag eine blaßbraune, großformatige Fotografie.

Ein blutjunger Student mit nagelneuem, gerade erst gewachsenem Schnurrbart saß in einem Sessel, die rechte Hand entspannt auf einem kleinen Tisch, auf dem in der Mitte, anstelle der vermuteten Blumenvase, eine neue Schirmmütze lag. Ein vages Lächeln umspielte seine Lippen, die Metallknöpfe seiner noch ungetragenen Uniformjacke funkelten munter.

Auf dem seidigen braunen Karton prangten ein goldener Schnörkel und ein strenger Stempel: Salon Theodor Grossitzki, Nowo-Iwanowoer Hang. Saratow.

»Theodor Grossitzki stammte aus einer Familie verbannter Polen – ein Hüne, Trinker und Raufbold. Aber überaus gutmütig und ein wunderbarer Meister der Fotografie. Wegen einer Wette wollte er bei Eisgang die Wolga überqueren und kehrte nicht zurück. Er ist ertrunken. Einen seiner Fotoapparate hatten wir noch, dann haben die Kinder ihn kaputtgemacht«, sagte Bronka im überraschenden Tonfall eines Museumsführers.

Auf dem nächsten Foto, ebenfalls auf braunen Karton geklebt, saß vor einem kleingemusterten Teppich, die Knie ans Kinn gezogen und mit den Händen die nackten Füße umfassend, in helle, damenhafte Spitze gehüllt, ein junges Mädchen, das verblüffende Ähnlichkeit mit Bronka hatte.

»Ein schönes Foto, nicht? Das hat ein Meister gemacht«, sagte Bronka lächelnd und legte der verständnislosen Irina noch eins hin: In einem Oval steckte eine weitere Bronka, einen kleinen Hut mit großer Schleife auf dem Kopf; das Haar fällt ihr schwer auf die Schultern, sie sieht schmachtend und verschmitzt aus. Die Fotografie wirkte sehr alt.

»Ja, das bin ich«, bestätigte Bronka. »Mit fünfzehn.«

In der Hand hielt sie nun ein kleines, postkarten-
großes Foto von dem hübschen Studenten, diesmal
mit einem Stehkragen, dessen oberste Knöpfe offen-
standen, neben der jungen, aber scheinbar etwas dik-
keren Bronka, die sich mit einem prächtigen Falten-
schirm vor der Sonne schützte.

»Hier«, Bronka zeigte auf den Hintergrund des
Fotos, »hier war eine Laube, und da ging's runter
zum Fluß. Wenn es geregnet hatte, waren die Lehm-
stufen immer furchtbar glitschig, darum wurde ein
leichtes, weiß gestrichenes Eisengeländer angebracht.«

Das ist doch verrückt. Wahrscheinlich sieht die
Frau auf den Fotos ihr sehr ähnlich, und davon hat
Bronka den Verstand verloren, erklärte Irina sich
Bronkas seltsame Worte.

Ein weiteres Foto war hinzugekommen, mit einem bereits bekannten Sujet: Der junge Student im
Sessel, dieselben großen und kleinen Falten im Vorhang, aber links, genau symmetrisch, sitzt in einem
ebensolchen Sessel ein gertenschlankes Mädchen mit
hochgestecktem, auf eine breite Schleife gewickel-
tem rauchgrauem Haar. Sie sieht den jungen Mann
an, er blickt ins Objektiv. Es ist dasselbe Mädchen.

»Merkwürdig, daß du mich nicht erkennst! Das
bin ich. Das Foto ist neunzehnhundertelf gemacht;
ich kenne alle Einzelheiten des Tages ganz genau,
auch das Haus und die Straße, wo das war ...«

Sie ist eindeutig verrückt, dachte Irina. So ein Unsinn, oder war das einfach dumme, kindische Schwindelei?

Bronka erriet Irinas Gedanken.

»Nein, ich bin nicht verrückt. Soll ich's dir erzählen?« Bronka senkte das Kinn in die Hände und schob dabei die Wangen hoch. Ihr Gesicht sah nun chinesisch aus, aber nicht häßlich. »Im Ernst, soll ich's dir erzählen?«

Irina nickte.

»Du bist der einzige Mensch, Irotschka, der sich vielleicht noch an ihn erinnert. Sag, erinnerst du dich an Viktor Petrowitsch Popow?«

»Popow?« fragte Irina zurück. »Nein, ich erinnere mich nicht.«

»Der alte Fotograf, er hat manchmal mit deinem Großvater Schach gespielt. So ein Großer, Dünner, Vornehmer. Erinnerst du dich nicht mehr?«

»Nein. Zu meinem Großvater kamen viele. Schüler, Freunde. Aber Schach gespielt hat er nur mit seinem Assistenten Gretschkow. An einen Popow erinnere ich mich nicht, nein.«

»Schade.« Bronka seufzte. »Na ja, das spielt jetzt keine Rolle. Das Foto ist eine Montage. Das hier auch«, sie zeigte auf das Foto von sich mit Schirm. »Hier war er mit seiner Schwester. Er hat mich sehr gern fotografiert. Er war nicht einfach Fotograf, er war Künstler, hat Schauspieler fotografiert und Fotos für Museen gemacht. Er hat Sachen abfotografiert, zusammengeklebt und retuschiert. Einmal hat er ein Theaterkostüm mitgebracht und mich darin fotografiert. Irotschka, er hielt mich für eine Schönheit.« Bronka lachte leise und dümmlich. »Du hast richtig gedacht, ganz richtig. Natürlich bin ich verrückt. Als Kind war ich total verrückt. Ich hab gelebt wie im Traum. Wie in einem Alptraum. Ich hatte immer das Gefühl, gleich werd ich aufwachen, und dann ist alles gut und richtig. Obwohl, wie – richtig, davon hatte ich keine Ahnung. Ich wußte nur genau, daß Menschen nicht so leben können, wie wir lebten. So essen, schlafen, reden. Ich hatte immer das Gefühl – gleich ist das alles vorbei, dann beginnt etwas anderes, Echtes. Ich hab immer gewartet, jede Minute, daß alles sich auflöst und verschwindet und das neue, richtige Leben anfängt, ohne diese Scheußlichkeit. Ach, du hast das nie gekannt. Eine weiße Decke und blaue Tassen auf dem Tisch – wovon meine Mutter geträumt hat, das alles hattest du schon, vielleicht kennst du diese kindliche Sehnsucht gar nicht, vielleicht war das ja auch eine psychische Störung.«

Irina hörte Bronka aufmerksam zu, erschüttert und mit leisem Unbehagen – diese kleine einstige Herumtreiberin, das Gespött des ganzen Hofs, durfte nicht so komplizierte Gefühle, so tiefe Empfindungen haben. Das verletzte ihre, Irina Michailownas festen, unbeirrbaren Vorstellungen vom Leben.

»Ach, schade, daß du dich nicht an Viktor Petrowitsch erinnerst«, fuhr Bronka fort. »Er war unser Nachbar. Mutter hatte ihn gebeten, mir in Mathematik zu helfen; seit der sechsten Klasse bin ich immer zu ihm gegangen. Ira, er hat mich mit ›Sie‹ angeredet! Er hat zu allen ›Sie‹ gesagt! Er war umgeben, wie soll ich dir das erklären, von einem anderen Leben, und das hatte nichts zu tun mit dem, das alle anderen führten. Er war von allem irgendwie abgeschirmt, behandelte alle voller Achtung, sogar die Katze. Ringsum furchtbare Gemeinheit und Grobheit, du kannst dir gar nicht vorstellen, was für eine Gemeinheit, und ihn berührte das alles nicht. Ich ging zu ihm – von Algebra keinen Schimmer und auch keine Lust dazu. Ich wollte nur bei ihm am Tisch sitzen und nicht mehr weggehen. Sein Zimmer war wie eine Insel. Und ich war so blöd! Hab absolut nichts begriffen, gegen diese Variablen hatte ich eine derartige Abneigung ... Aber er war ungeheuer geduldig, nie ein gereiztes Wort.

Einmal hat er mir Fotos gezeigt, alte Familienfotos, diese hier. Und hat erzählt. Von seinem Vater, seiner Mutter, von Theodor Grossitzki, von seinen Cousinen. Mein Gott, was da in mir vorging! Wie hab ich geheult ... Viktor Petrowitsch bekam einen Schreck, begriff nicht, was los war: ›Was ist mit Ihnen? Was ist mit Ihnen?‹ Ich aber hatte auf den Fotos und in den Erzählungen das Leben erkannt, auf das ich immer wartete ... Ich hatte nicht gewußt, daß es die Vergangenheit war, nicht die Zukunft, und mit mir überhaupt nichts zu tun hatte, daß für mich all das Unerträgliche in unserer Wohnung, auf unserem Hof bestimmt war ...

Ira, ich verliebte mich. Ich verliebte mich in ihn, in den jungen Mann auf den Fotos. Wenn ich mich nicht verliebt hätte, würde ich mich wahrscheinlich in irgendeinem Holzschuppen aufgehängt haben, so unerträglich war alles.

Viktor Petrowitsch war auch im Alter noch sehr schön, sehr sogar. Ich hab seither nie mehr so schöne Menschen getroffen. Heute weiß ich, daß er in seiner Jugend, auf den Fotos, nicht so schön war wie im Alter. Aber das weiß ich erst jetzt. Damals war das umgekehrt – ich sah in ihm den jungen Studenten in Uniform. Er war mein Gott, Irotschka.

Als ich begriffen hatte, daß ich ihn liebe und keinen anderen je lieben würde, weil es auf der Welt keinen anderen – solchen! – gab, da verging meine Blödheit, ich wurde schlau und scharfsinnig. Über das Alter, seins und meins, hab ich mir überhaupt keine Gedanken gemacht, dabei, wohlbemerkt, war Viktor Petrowitsch damals, als unser Verhältnis begann, neunundsechzig. Und ich noch keine vierzehn. Aber eine Leidenschaft war das – o Gott! Heißes südliches Blut ... Viktor Petrowitschs Blut hatte es auch in sich – seine Mutter war Georgierin, eine georgische Fürstentochter.

In der ersten Zeit hab ich geschmachtet und mich fürchterlich gequält. Er ahnte natürlich nichts. Einmal komm ich zu ihm, Algebra lernen, und da sitzt eine Dame bei ihm, gepudert, in einem rosa Kostüm ... Er hat mich gebeten, am nächsten Tag wiederzukommen, und ich hab die ganze Nacht kein

Auge zugetan. Ich hab schreckliche Minuten der Eifersucht durchgemacht. In der Nacht hab ich nicht geschlafen, ich hab mir in dieser Nacht etwas vorgenommen – Viktor Petrowitsch zu verführen. Solche Worte hab ich natürlich nicht gekannt, das kann ich heute so beurteilen, damals aber tobte ein Sturm in meinem Herzen. Sagen konnte ich ihm nichts. Ich hab doch damals kaum geredet. Schreiben schien mir noch schrecklicher. Und was hätte ich auch schreiben sollen? Ich bin mitten in der Nacht aufgestanden, barfuß und nur im Hemd. Meine Mutter schlief wie eine Tote, und ich bin zu ihm, durch den dunklen Flur, zitternd vor Angst, nicht vor der Dunkelheit, sondern vor mir selbst. Und ich hab ihn besiegt, Irotschka. Nicht ohne Mühe. Das muß ich ihm lassen – er hat sich gewehrt.«

Bronka lächelte. Irina schüttelte den Kopf und sagte leise:

»Ich kann's gar nicht glauben. Das ist ja wie im Roman ...«

»Er hat mich sehr geliebt, Ira«, sagte Bronka seufzend. »Sehr. Wenn einer was mitgekriegt hätte, wäre er wegen Verführung ins Gefängnis gekommen. Dabei hätte ich ins Gefängnis gehört, ich hab ihn ja belagert. Na, ich hätt mich eher aufgehängt, als jemandem was erzählt. Ich hab ihn geschützt. Keiner hatte ihn in Verdacht. Obwohl die Kinder und ich viel bei ihm waren.

Als Jura geboren war, bin ich immer mit ihm rausgegangen, hab mich vor sein Fenster gestellt, und er hat im Sessel gesessen und uns durch die Gardine angesehen. Die ganze Zeit, solange wir spazierengingen, hat er rausgekuckt.«

Irina hielt eine blaue Tasse in der Hand; auf dem Goldrand hatten ihre geschminkten Lippen eine himbeerrote Spur hinterlassen. Sie hörte Bronka zu wie im Traum, wie durch einen Wasserschleier.

»Junge Männer können nicht so lieben. Überhaupt die Männer heute ... Das hab ich erst später erkannt. Nach seinem Tod vergingen viele Jahre, bis ich wieder einen Mann ansah. Ich hatte ja auch keine Zeit dafür, du weißt ja.

Gestorben ist Viktor Petrowitsch drei Tage lang. An einer Lungenentzündung. Es war schwer für ihn. Er bekam keine Luft mehr. Ich bin nicht von seiner Seite gewichen. Er schlug die Augen auf und sagte: Mein Herz, danke. Mein Gott, danke. Das war alles ...

Meine Mutter hat gleich begriffen, daß ich's auf Viktor Petrowitschs Zimmer abgesehen hatte. Als er im Sterben lag, hat sie mich nicht gehindert, zu ihm zu gehen, sie ist nicht mal ins Zimmer gekommen. Sie hat die Kinder zurückgehalten, nur gegen Ende wollte er sie sehen. Na, Saschenka war doch gerade erst zwei Monate alt ... So war das, Irotschka. Mein Geheimnis, für das ich vor vierzig Jahren gestorben wäre, ist heute nichts mehr wert. Es interessiert keinen mehr. Keinen interessiert die Vergangenheit, wer der Vater meiner Kinder ist. Nicht einmal Simka ...«

Irina Michailowna sah zur Uhr. Ihr Mann wartete bereits auf dem Majakowskiplatz.

»Ich danke dir, Bronka. Ich komme zu spät, mein Mann wartet auf mich. Ich freue mich, daß wir uns wiedergesehen haben.«

Bronka brachte sie zur Tür.

»Wenn du mal irgendwelche Karten brauchst, komm vorbei. Ich kann alles besorgen. Ich danke dir. So eine Freude.«

Sie küßten sich. Irina ging. Die Telefonnummern tauschten sie nicht aus.

Es war noch immer derselbe verschleierte Herbst, auch derselbe Wochentag und dasselbe Jahr, doch Irina Michailowna trug eine tiefe, bittere Veränderung in sich und begriff nicht, was eigentlich vorgefallen war. Ihr eigenes Leben, das ihrer Eltern und ihrer Tochter kam ihr plötzlich entwertet vor, farblos, obwohl doch alles ehrbar und richtig war – die Alten starben in ihrer Familie in hohem Alter, die Erwachsenen waren gesund und fleißig und die Kinder gehorsam ...

Und dann erinnerte Irina sich, erinnerte sich an Viktor Petrowitsch, den mageren, zerschlissenen Alten mit dem kantigen rasierten Gesicht, dem sauberen Schnurrbart, den hellen Augen in den faltigen, lederartigen Augensäcken und dem schwarzsilbernen Ring an der gelben Hand.

Ein lächerlicher, wilder, unerklärlicher Neid auf Bronka regte sich in ihr. Allerdings nur für eine Minute.

Sonetschka

Von frühester Kindheit an vertiefte sich Sonetschka in Bücher. Ihr älterer Bruder Jefrem, der Witzbold der Familie, wiederholte ständig ein und denselben Scherz, der schon zu seiner Entstehung altmodisch war:

»Vom endlosen Lesen hat Sonetschkas Hintern die Form eines Stuhls angenommen und ihre Nase die Form einer Birne.«

Leider war das nicht sehr übertrieben: Die Nase war wirklich unförmig wie eine Birne, und Sonetschka, aufgeschossen, breitschultrig, mit dürren Beinen und durchgesessenem mageren Hintern, hatte nur ein einziges charakteristisches Figurmerkmal – eine große Brust, die sehr früh entwickelt war und irgendwie unpassend am dünnen Körper angebracht schien. Sonetschka zog die Schultern zusammen, ging gebeugt und trug weite, lange Kittel, weil sie sich ihres unnützen Reichtums vorn und ihrer trostlosen Flachheit hinten schämte.

Sonjas mitleidige ältere Schwester, längst verheiratet, erzählte ihr großherzig, sie habe schöne Augen.

Doch es waren ganz gewöhnliche Augen, braun und nicht besonders groß. Allerdings wuchsen ihre auffallend dichten Wimpern in drei Reihen und verlängerten den geschwollenen Rand der Lider; aber auch das war nicht besonders schön, sondern eher hinderlich, denn die kurzsichtige Sonetschka trug von Kindheit an eine Brille.

Ganze zwanzig Jahre, von sieben bis siebenundzwanzig, las Sonetschka fast ununterbrochen. Sie sank in die Lektüre wie in eine Ohnmacht, die mit der letzten Buchseite endete.

Sie hatte ein außergewöhnliches Lesetalent, vielleicht sogar eine Art Genialität. Ihre Empfänglichkeit für Gedrucktes ging so weit, daß die erfundenen Gestalten neben lebenden, ihr nahestehenden Menschen existierten; die lichten Leiden von Natascha Rostowa am Bett des sterbenden Andrej waren für sie ebenso wirklich und echt wie der brennende Schmerz der Schwester, die aus dummer Unachtsamkeit ihre vierjährige Tochter verlor: Sie hatte sich mit der Nachbarin festgeschwatzt und nicht bemerkt, wie es in den Brunnen gerutscht war – das dicke, unbeholfene Mädchen mit den langsamen Augen.

Was war das – völliges Unverständnis für das Spiel, das in jeder Kunst lag; die frappierende Vertrauensseligkeit eines ewigen Kindes; mangelnde Phantasie, die zur Zerstörung der Grenzen zwischen Ausgedachtem und Realem führte; oder im Gegenteil, ein so selbstvergessenes Versinken im Phantastischen, daß alles, was außerhalb seiner Grenzen lag, seinen Sinn und Gehalt verlor?

Das Lesen, das zu einer leichten Geistesgestörtheit wurde, begleitete Sonetschka auch im Schlaf: Sogar ihre Träume las sie gewissermaßen. Sie träumte spannende historische Romane; und am Charakter der Handlung erkannte sie die Schrift des Buches, spürte auf unerfindliche Weise Absätze und Interpunktion. Die innere Verschiebung, die mit ihrer krankhaften Leidenschaft zusammenhing, vertiefte sich im Traum sogar, und sie agierte dort als gleichberechtigte Heldin oder Held und existierte auf der schmalen Grenze zwischen dem spürbaren Willen des Autors, den sie von vornherein kannte, und ihrem eigenen Drang nach Bewegung, Handlung und Taten.

Die NÖP* war am Ende. Der Vater, Nachfahre eines Dorfschmieds aus Weißrußland und nicht ohne praktische Veranlagung, schloß seine private Werkstatt, überwand seine eingefleischte Abneigung gegen Fließbandproduktion jeder Art, ging ins Uhrenwerk und besänftigte seine störrische Seele, indem er abends einzigartige Mechanismen reparierte, geschaffen von den denkenden Händen seiner aus verschiedenen Völkern stammenden Vorgänger.

Die Mutter, die bis zu ihrem Tod eine dumme Perücke unter dem sauberen gepunkteten Kopftuch

---

* NÖP – Neue Ökonomische Politik, 1921–1928. Zeit der teilweisen Rückkehr zur Marktwirtschaft in der Sowjetunion. (A. d. Ü.)

trug, nähte heimlich auf der Singer-Nähmaschine für die Nachbarinnen schlichte Seidenkleider, passend zur lauten und bettelarmen Zeit, deren sämtliche Ängste für sie auf den bedrohlichen Namen des Steuerinspektors hinausliefen.

Sonetschka jedoch entrann, nachdem sie mehr schlecht als recht ihre Hausaufgaben erledigt hatte, jeden Tag und jede Minute dem Zwang, in den pathetischen und lärmenden dreißiger Jahren zu leben; sie weidete ihre Seele auf den Weiten der großen russischen Literatur, tauchte mal in die beunruhigenden Abgründe des verdächtigen Dostojewski, mal in die schattigen Alleen Turgenjews oder in die kleinen, von der prinzipienlosen und großherzigen Liebe des aus irgendeinem Grunde zweitrangigen Leskow erwärmten Provinzgüter.

Sie absolvierte die Bibliotheksfachschule, begann im Magazin einer alten Bibliothek zu arbeiten und gehörte zu den seltenen Glückspilzen, die am Ende des Arbeitstages ihren staubigen, stickigen Keller mit leisem Schmerz ob der Unterbrechung eines Vergnügens verlassen, denn sie konnte sich nicht satt sehen an den aufgereihten Katalogkarten und den weißen Bestellzetteln, die von oben aus dem Lesesaal zu ihr herunterkamen, und nicht genug bekommen von der lebendigen Last der Bücher, die sich in ihre dünnen Arme senkten.

Viele Jahre betrachtete sie die Schriftstellerei als eine heilige Handlung: Den zweitrangigen Pawlow, Pausanias und Palamas hielt sie in gewisser Weise für gleichwertig – weil sie im Lexikon auf derselben Seite standen. Mit den Jahren lernte sie, im riesigen Bücherozean selbständig große von kleinen Wellen zu unterscheiden und jene wiederum vom Uferschaum, der die asketischen Schränke der Abteilung für zeitgenössische Literatur fast vollständig ausfüllte.

Nach ein paar Jahren abgeschiedenen, nonnenhaften Dienstes in der Bibliothek ließ sich Sonetschka von ihrer Chefin, einer ebenso besessenen Leserin wie sie selbst, zu einer Bewerbung zum Philologiestudium an der Universität überreden. Sie bereitete sich nach einem umfangreichen und unsinnigen Programm vor und war schon drauf und dran, die Aufnahmeprüfung abzulegen, als plötzlich alles zusammenbrach, sich mit einem Schlag alles änderte: Der Krieg begann.

Möglicherweise war dies das erste Ereignis in ihrem jungen Leben, das sie aus ihrem nebelhaften Zustand unaufhörlichen Lesens riß. Gemeinsam mit ihrem Vater, der in diesen Jahren in einer Werkzeugmacherei arbeitete, wurde sie nach Swerdlowsk evakuiert, wo sie sich alsbald wieder in der einzig sicheren Umgebung befand – in einer Bibliothek, im Keller.

Es ist unklar, ob das eine in unserem Vaterland seit langem verwurzelte Tradition war – die wertvollen Früchte des Geistes ebenso wie die der Erde unbedingt in kalten Kellern unterzubringen – oder eine Schutzimpfung für das künftige Jahrzehnt in Sonetschkas Leben, das sie mit einem Menschen aus dem Untergrund verbringen sollte, ihrem künftigen Mann, der im hoffnungslos schweren ersten Jahr der Evakuierung auftauchte.

Robert Viktorowitsch kam an dem Tag in die Bibliothek, als Sonetschka die erkrankte Leiterin an der Buchausgabe vertrat. Er war klein von Wuchs, spindeldürr und grauhaarig und wäre Sonetschka nicht aufgefallen, hätte er nicht nach dem Katalog französischsprachiger Bücher gefragt. Französische Bücher gab es zwar, aber der dazugehörige Katalog war mangels Bedarfs längst verschwunden. Zu dieser abendlichen Stunde vor der Schließung waren keine weiteren Benutzer da, und Sonetschka führte den ungewöhnlichen Leser in ihren Keller, in die entlegene westeuropäische Ecke.

Lange und erschüttert stand er vor dem Schrank, den Kopf zur Seite geneigt, mit dem hungrigen und erstaunten Gesicht eines Kindes, das einen Teller voller Kuchen erblickt. Sonetschka stand hinter ihm, ihn um einen halben Kopf überragend, und erstarrte ebenfalls, von seiner Erregung angesteckt.

Er drehte sich zu ihr um, küßte ihr überraschend die langfingrige Hand und sagte mit tiefer Stimme, die flimmerte wie das Licht der blauen Lampe aus der fiebrigen Kindheit:

»Was für ein Wunder. Was für eine Pracht ... Montaigne, Pascal ...« Ihre Hand noch immer in der seinen, ergänzte er seufzend: »Und sogar in Elsevier-Ausgaben ...«

»Hier sind neun Elseviers«, bemerkte stolz die gerührte Sonetschka, die sich jetzt mit Büchern bestens auskannte, und er sah sie mit einem seltsamen Blick von unten nach oben an, als blicke er von oben nach unten, lächelte mit seinen schmalen Lippen, zeigte seinen schartigen Mund, zögerte, als wolle er etwas Wichtiges sagen, überlegte es sich aber anders und sagte:

»Schreiben Sie mir bitte eine Leserkarte aus, oder wie heißt das bei Ihnen?«

Sonetschka entzog ihm die in seinen trockenen Händen vergessene Hand, und sie stiegen die gierige kalte Treppe hinauf, die jegliche Wärme aus jedem Fuß sog, der sie berührte. Hier, im engen Lesesaal, schrieb sie zum erstenmal mit eigener Hand seinen Namen, den sie bis dahin nicht gekannt hatte und der genau zwei Wochen später ihr eigener werden sollte. Doch vorerst schrieb sie ungelenke Buchstaben mit einem Kopierstift, der in ihren gestopften Wollhandschuhen hin und her rutschte; er betrachtete ihre reine Stirn, lächelte innerlich über ihre merkwürdige Ähnlichkeit mit einem jungen Kamel, einem geduldigen und sanften Tier, und dachte: Sogar das Kolorit stimmt – dunkles, trauriges Umbra und etwas Rosiges, Warmes.

Sie hörte auf zu schreiben und schob mit dem Zeigefinger die heruntergerutschte Brille hoch. Sie sah ihn freundlich, desinteressiert und wartend an: Er hatte ihr seine Adresse nicht diktiert.

Er jedoch war zutiefst verwirrt von dem urplötzlich, wie ein Regenguß aus ruhigem, heiterem Himmel über ihn hereingebrochenen heftigen Gefühl der Schicksalsvollendung: Er begriff – vor ihm stand seine Frau.

Am Tag zuvor war er siebenundvierzig geworden. Er war eine lebende Legende, doch diese Legende war durch seine plötzliche und, wie seine Freunde meinten, unmotivierte Rückkehr aus Frankreich Anfang der dreißiger Jahre von ihm abgeschnitten worden und führte ihr mündliches Leben in den aussterbenden Galerien des okkupierten Paris weiter, zusammen mit seinen seltsamen Bildern, die Schmähungen, Vergessen und schließlich Auferstehung und postumen Ruhm durchlebten. Doch das alles wußte er nicht. In einer schwarzen löchrigen Wattejacke, ein graues Handtuch um den Hals mit dem hervortretenden Adamsapfel gewickelt, Glücklichster unter den Unglücklichen, nach nichtigen fünf Jahren Haft nun auf Bewährung Maler in einer Fabrikverwaltung, stand er vor dem linkischen Mädchen und lächelte, denn er begriff, daß sich in ihm wieder mal ein Verrat vollzog, woran sein wendiges Leben so reich gewesen war: Er verriet den Glauben der Vorfahren, die Hoffnungen der Eltern, die Liebe seines Lehrers, verriet die Wissenschaft und zerriß freundschaftliche Bande, hart und unerbittlich, sobald er sie als Fessel für seine Freiheit empfand. Diesmal verriet er das Gelübde der Ehelosigkeit, das er in den Jahren seines frühen und trügerischen Erfolgs abgelegt hatte, das aber im übrigen kein Keuschheitsgelübde gewesen war.

Er war ein Frauenliebhaber und -verbraucher; aus dieser unerschöpflichen Quelle bezog er viel Nahrung, hütete sich aber sorgsam vor Abhängigkeit, aus Angst, selber Nahrung für jene weibliche Elementargewalt zu werden, die so paradox großzügig ist gegenüber dem Nehmenden und so zerstörerisch grausam gegenüber dem Gebenden.

Sonetschkas friedliche Seele, eingesponnen in einen Kokon aus Tausenden gelesener Bücher, eingeschläfert vom rauchgrauen Surren griechischer Mythen und hypnotisch schrillen Tönen mittelalterlicher Flöten, von der nebelhaften, windigen Sehnsucht Ibsens, von Balzacs ausführlicher Schwere, von Dantes Astralmusik, vom Sirenengesang der scharfen Stimmen von Rilke und Novalis, verführt von der belehrenden, direkt ins Herz des Himmels gerichteten Verzweiflung der großen Russen – Sonetschkas friedliche Seele erkannte ihre große Minute nicht, ihre Gedanken waren einzig damit beschäftigt, ob sie nicht einen riskanten Schritt wagte, wenn sie einem Leser Bücher mitgab, die nur für die Ausleihe im Lesesaal bestimmt waren.

»Ihre Adresse«, bat Sonetschka schüchtern.

»Sehen Sie, ich bin auf Dienstreise. Ich wohne in der Fabrikverwaltung«, erklärte der seltsame Leser.

»Na, dann Ihren Ausweis, Ihren Meldevermerk«, bat Sonetschka.

Er wühlte in einer tiefen Tasche und holte ein zerknittertes Papier hervor. Sie betrachtete es lange durch die Brille, dann schüttelte sie den Kopf.

»Nein, das geht nicht. Sie sind ja aus der Gebietsstadt.«

Kybele zeigte ihm ihre rote Zunge. Alles ist aus, schien ihm. Er versenkte die Bescheinigung wieder in der Tasche.

»Wir machen es so: Ich nehm sie auf meine Karte, und Sie bringen mir die Bücher vor Ihrer Abreise zurück«, sagte Sonetschka entschuldigend.

Er begriff, daß alles in Ordnung war.

»Aber ich bitte Sie, gehen Sie sehr sorgfältig damit um«, bat sie sanft und wickelte die drei kleinen Bände in zerfleddertes Zeitungspapier.

Er bedankte sich trocken und ging hinaus.

Während Robert Viktorowitsch voller Abscheu über die Technologie des Kennenlernens und die Mühen des Werbens nachdachte, beendete Sonetschka ohne Eile ihren langen Arbeitstag und rüstete sich zum Nachhausegehen. Sie sorgte sich nicht im mindesten mehr um die Rückgabe der drei wertvollen Bücher, die sie so leichtfertig einem Unbekannten ausgeliehen hatte. Alle ihre Gedanken waren auf den Heimweg durch die kalte und dunkle Stadt gerichtet.

Die besonderen weiblichen Augen, die sich bei allen Mädchen wie ein mystisches drittes Auge sehr früh öffnen, waren bei Sonetschka nicht etwa völlig geschlossen – sie waren eher zusammengekniffen.

In früher Jugend, mit vierzehn, gleichsam in Erfüllung des uralten Geschlechtsprogramms, demzufolge jahrtausendelang Mädchen in diesem zarten Alter verheiratet wurden, verliebte sie sich in einen Klassenkameraden, den hübschen stupsnäsigen Vitka Starostin. Ihre Verliebtheit äußerte sich ausschließlich in dem unbändigen Verlangen, ihn anzusehen, und ihr suchender Blick wurde alsbald nicht nur vom Inhaber des Puppengesichtchens bemerkt, sondern auch von den übrigen Klassenkameraden, denen das Phänomen auffiel, noch bevor Sonetschka sich seiner überhaupt bewußt wurde.

Bemüht, sich zu beherrschen, suchte sie andere Objekte für ihr Auge – das Rechteck der Tafel, eines Hefts oder des staubigen Fensters –, doch ihr Blick kehrte mit der Hartnäckigkeit einer Kompaßnadel immer wieder von selbst zu dem blonden Hinterkopf zurück, suchte die Begegnung mit dem Blauen, Kalten, Anziehenden ... Auch ihre mitfühlende Freundin Soja flüsterte ihr schon zu, sie solle nicht so starren. Doch Sonetschka konnte nichts dagegen tun. Ihr Auge verlangte gierig nach blonder Nahrung.

Das Ganze endete auf schrecklichste und unvergeßliche Weise. Der brutale Onegin, zermürbt von der Last des verliebten Blicks, bestellte seine schweigsame Verehrerin zu einem Rendezvous in eine Seitenallee des Parks und versetzte ihr zwei nicht sehr schmerzhafte, aber tödlich kränkende Ohrfeigen, unter dem wohlwollenden Gelächter vierer im Gebüsch sitzender Klassenkameraden, die man für ihre seelische Grobheit tadeln müßte, wären die jungen

Beobachter nicht allesamt im ersten Winter des bald darauf ausbrechenden Krieges gefallen.

Die erzieherische Lektion des dreizehnjährigen Ritters war im übrigen so überzeugend, daß das Mädchen krank wurde. Zwei Wochen lag sie mit hohem Fieber im Bett. Offenbar verließ das Feuer der Verliebtheit sie auf diese klassische Weise. Als sie wieder gesund war und in Erwartung einer neuen Erniedrigung in die Schule kam, war ihr tragikomisches Abenteuer völlig verdrängt vom Selbstmord der Schulschönheit Nina Borissowa, die sich eines Abends nach dem Unterricht im Klassenraum erhängt hatte.

Was den hartherzigen Helden Vitka Starostin angeht, so war er zu Sonetschkas Glück mit seinen Eltern inzwischen in eine andere Stadt gezogen, und Sonetschka blieb zurück im vollen Bewußtsein, ihre weibliche Biographie habe sich damit ein für allemal erledigt, was sie für ihr ganzes Leben freimachte vom Drang zu gefallen, zu betören und zu bezaubern. Sie empfand gegenüber ihren erfolgreichen Altersgenossinnen weder zerstörerischen Neid noch kräftezehrende Gereiztheit und kehrte zu ihrer wilden und berauschenden Leidenschaft zurück – dem Lesen.

Robert Viktorowitsch kam nach zwei Tagen, als Sonetschka schon nicht mehr an der Ausgabe arbeitete. Er ließ sie rufen. Sie stieg aus dem Keller herauf, wuchs in drei Schritten aus dem dunklen Loch empor, sah ihn lange kurzsichtig an, bis sie ihn erkannte, und nickte ihm dann zu wie einem guten Bekannten.

»Setzen Sie sich bitte.« Er rückte ihr einen Stuhl heran.

In dem kleinen Lesesaal saßen nur ein paar warm angezogene Besucher. Es war kalt – es wurde kaum geheizt.

Sonetschka setzte sich auf den Stuhlrand. Eine schäbige Stoffmütze mit Ohrenklappen lag auf dem Tisch, daneben ein Päckchen, das der Mann langsam und sehr sorgfältig auswickelte.

»Unlängst vergaß ich Sie zu fragen«, sagte er mit seiner leuchtenden Stimme, und Sonetschka lächelte über das gute Wort »unlängst«, das schon lange aus dem allgemeinen Sprachgebrauch verschwunden war, »wie Sie heißen. Verzeihen Sie?«

»Sonja«, antwortete sie kurz und sah weiter zu, wie er das Päckchen auswickelte.

»Sonetschka ... Gut«, sagte er, als sei er einverstanden.

Endlich war die Verpackung ab, und Sonetschka erblickte ein Frauenporträt, mit zartbrauner Farbe, mit Sepia, auf grobem, porösem Papier gemalt. Das Porträt war wundervoll, das Frauengesicht edel, fein, aus einer anderen Zeit. Es war ihr, Sonetschkas Gesicht. Sie atmete kurz ein und verspürte den Geruch von kaltem Meer.

»Das ist mein Hochzeitsgeschenk«, sagte er. »Ich bin nämlich gekommen, um Ihnen einen Heiratsantrag zu machen.« Er sah sie erwartungsvoll an.

Da betrachtete Sonetschka ihn zum erstenmal: Gerade Augenbrauen, schmales Nasenbein, ein trockener Mund mit geraden Lippen, tiefe vertikale Falten in den Wangen und fahle Augen, klug und düster ...

Ihre Lippen zitterten. Sie schwieg, den Blick gesenkt. Sie hätte gern noch einmal sein so bedeutsames und anziehendes Gesicht betrachtet, doch das Gespenst von Vitka Starostin huschte hinter seinem Rücken vorbei, und auf die welligen Linien der Zeichnung starrend, die plötzlich kein weibliches Gesicht mehr waren, schon gar nicht ihres, sagte sie kalt und abweisend:

»Ist das ein Scherz?«

Da erschrak er. Er schmiedete längst keine Pläne mehr: Das Schicksal hatte ihn an einen so finsteren Ort verschlagen, den Vorhof der Hölle, sein animalischer Lebenswille war nahezu erschöpft, und die Dämmerung des diesseitigen Lebens erschien ihm nicht mehr verlockend, und nun sah er diese Frau, die ein echtes Licht von innen her erleuchtete, ahnte in ihr seine Frau, die sein erschöpftes, zur Erde strebendes Leben in den zarten Händen hielt, und sah zugleich, daß sie eine süße Last für seine von keiner Familie beschwerten Schultern sein würde, für seine feige Männlichkeit, die stets die Bürde der Vaterschaft und die Pflichten eines verheirateten Mannes gemieden hatte. Aber wie hatte er denken können, wie hatte ihm nicht früher in den Sinn kommen können ... Vielleicht gehörte sie bereits einem anderen, irgendeinem jungen Leutnant oder einem Ingenieur in gestopftem Pullover?

Kybele verspottete ihn wieder mit ihrer roten spitzen Zunge, und ihr fröhliches Gefolge aus unzüchtigen, schrecklichen, ihm jedoch sämtlich wohlbekannten Frauen grinste in purpurrotem Schimmer.

Er lachte heiser und gezwungen, schob ihr das Blatt hin und sagte:

»Das war kein Scherz. Ich habe einfach nicht bedacht, daß Sie verheiratet sein könnten.«

Er stand auf und nahm seine unglaubliche Mütze in die Hand.

»Verzeihen Sie mir.«

Er verbeugte sich zackig auf alte Offiziersart, indem er den kurzgeschorenen Kopf neigte, und wandte sich zum Ausgang. Da rief Sonetschka ihm hinterher:

»Warten Sie! Nein! Nein! Ich bin nicht verheiratet!«

Ein alter Mann, der mit einem Jahrgang Zeitungen an einem Lesetisch saß, blickte mißbilligend zu ihr. Robert Viktorowitsch drehte sich um, lächelte und verfiel von seiner kürzlichen Verwirrung, als er vermutete, die Frau entgleite ihm, in eine noch tiefere: Er wußte absolut nicht, was er nun sagen und tun sollte.

Woher nahmen der erschöpfte Robert Viktorowitsch und die von Natur aus zarte Sonetschka die

Kraft, inmitten der notleidenden Wüste der Evakuierung, inmitten von Armut, Bedrückung und fanatischen Losungen, die mühsam den unterschwelligen Schrecken des ersten Kriegswinters überdeckten, ein neues Leben aufzubauen, einsam und abgeschieden wie der Turm von Swanetien, ein Leben, das dennoch ohne die geringsten Abstriche ihre gesamte getrennte Vergangenheit umfaßte – das wie der Flug eines geblendeten Nachtfalters jäh unterbrochene Leben Robert Viktorowitschs mit seinen blitzartigen und freudigen Wendungen von der Judaistik zur Mathematik und schließlich zur wichtigsten Sache seines Lebens, der sinnlosen und anziehenden Farbkleckserei, wie er selbst sein Handwerk bezeichnete, und Sonetschkas Leben, das sich von fremden, verlogenen und verführerischen Bücherphantasien nährte.

Sonetschka brachte nun in ihr gemeinsames Leben ein irgendwie erhabenes und heiliges Fehlen von Erfahrung ein, eine unendliche Anteilnahme an all dem wichtigen, großen, nicht ganz verständlichen Inhalt, den Robert Viktorowitsch über sie ergoß, unaufhörlich darüber staunend, wie neu und verwandelt seine Vergangenheit nach langen nächtlichen Gesprächen plötzlich wurde. Wie die Berührung des Steins der Weisen erwiesen sich die nächtlichen Gespräche mit seiner Frau als Zaubermechanismus zur Reinigung der Vergangenheit.

Von den fünf Jahren Lagerhaft, erinnerte sich Robert Viktorowitsch, waren die ersten beiden am schlimmsten, dann rüttelte es sich irgendwie zurecht – er malte Porträtbilder von den Ehefrauen der Natschalniks, fertigte auf Bestellung Kopien von Kopien an ... Die Originale selbst waren armselige Zeugnisse gefallener Kunst, und wenn Robert Viktorowitsch sie ausführte, lenkte er sich auf irgendeine formale Weise ab, zum Beispiel, indem er linkshändig malte. Nebenbei entdeckte er, daß sich durch die zeitweilige Linkshändigkeit seine Farbwahrnehmung änderte.

Von seiner inneren Struktur her war Robert Viktorowitsch ein Asket, kam immer mit einem Minimum aus, doch nachdem es ihm viele Jahre selbst an dem gefehlt hatte, was er für unentbehrlich hielt – Zahnpasta, eine gute Rasierklinge und heißes Wasser zum Rasieren, ein Taschentuch und Toilettenpapier –, freute er sich jetzt über jede winzige Kleinigkeit, über jeden neuen Tag, erleuchtet von der Anwesenheit seiner Frau Sonetschka, über die verhältnismäßige Freiheit des durch ein Wunder aus dem Lager Entlassenen, der sich nur einmal in der Woche bei der örtlichen Miliz melden mußte.

Sie lebten besser als viele andere. Im Keller der Fabrikverwaltung wurde dem Maler ein fensterloses Zimmer neben dem Kesselraum zugeteilt. Es war warm. Der Strom wurde fast nie abgeschaltet. Der Heizer kochte ihnen die Kartoffeln, die Sonetschkas Vater brachte – mit seiner nimmermüden handwerklichen Fertigkeit sorgte er für zusätzliche Lebensmittel.

Einmal sagte Sonetschka träumerisch und mit einem leisen Anflug von Pathos, das ihr sonst nicht eigen war:

»Wenn wir gesiegt haben und der Krieg zu Ende ist, dann werden wir glücklich leben.«

Ihr Mann unterbrach sie trocken und gallig:

»Mach dir keine Illusionen. Wir leben wunderbar, und zwar jetzt. Und was den Sieg angeht ... Wir beide werden immer die Verlierer sein, egal, welcher Menschenfresser gewinnt.« Finster schloß er mit dem unverständlichen Satz: »Von meinem Erzieher hab ich mitbekommen, daß ich weder ein Grüner noch ein Blauer, weder Parmutarier noch Scutarier geworden bin ...«

»Wovon redest du?« fragte Sonetschka ängstlich.

»Das ist nicht von mir. Das ist Mark Aurel. Blaue und Grüne – das waren die Farben der Parteien auf dem Hippodrom. Ich wollte sagen, daß mich nie interessiert hat, wessen Pferd als erstes einläuft. Für uns ist das unwichtig. In jedem Fall geht der Mensch zugrunde, sein Privatleben. Schlaf, Sonetschka.«

Er wickelte sich das Handtuch um den Kopf – eine seltsame Angewohnheit aus dem Lager – und schlief augenblicklich ein. Sonetschka aber lag noch lange im Dunkel wach, quälte sich, weil etwas unausgesprochen geblieben war, und verdrängte eine Ahnung, die weit schrecklicher war als alles Unausgesprochene: Ihr Mann verfügte über ein so gefährliches Wissen, daß es besser war, nicht daran zu rühren, und sie lenkte ihre Gedanken auf eine andere

Stelle, auf die matten und sachten Bewegungen in ihrem Unterleib, und versuchte sich vorzustellen, wie die Fingerchen, so lang wie ein viertel Streichholz, in ebensolcher Dunkelheit wie der, die sie jetzt umgab, leicht über die weiche Wand ihrer ersten Behausung strichen, und sie lächelte.

Sonetschkas Begabung für lebhaftes und intensives Aufnehmen von Bücherleben trübte sich, schien zu erstarren, und plötzlich stellte sich heraus, daß das unbedeutendste Ereignis diesseits der Buchseiten – das Fangen einer Maus in einer selbstgebastelten Mausefalle, ein in einem Glas plötzlich aufgeblühter knorriger und völlig toter Zweig, eine Handvoll chinesischen Tees, den Robert Viktorowitsch zufällig aufgetrieben hatte – wichtiger und bedeutsamer war als eine fremde erste Liebe, ein fremder Tod und sogar als der Abstieg in die Hölle, jener äußerste literarische Punkt, wo der Geschmack der Jungvermählten völlig übereinstimmte.

Bereits in der zweiten Woche ihrer überstürzten Ehe erfuhr Sonetschka von ihrem Mann etwas für sie Entsetzliches: Ihm war die russische Literatur vollkommen gleichgültig, er fand sie nackt, tendenziös und unerträglich belehrend. Einzig bei Puschkin machte er widerwillig eine Ausnahme. Es kam zu einer Diskussion, bei der Robert Viktorowitsch Sonetschkas Hitzigkeit strenge und kalte Argumente entgegenhielt, die Sonetschka nicht ganz verstand; die häusliche Konferenz endete schließlich mit bitteren Tränen und süßen Umarmungen.

Der dickköpfige Robert Viktorowitsch, der immer das letzte Wort behielt, sagte in der dumpfen vormorgendlichen Stunde noch zu seiner im Einschlafen begriffenen Frau:

»Eine Pest ... Eine Pest sind diese ganzen Autoritäten von Gamaliel bis Marx. Und eure erst ... Dieser ganze aufgeblasene Gorki und der zu Tode erschreckte Ehrenburg ... Und Apollinaire ist auch aufgeblasen ...«

Bei Apollinaire fuhr Sonetschka auf:

»Hast du Apollinaire auch gekannt?«

»Hab ich«, antwortete er widerwillig. »Im vorigen Krieg ... Ich hab mir zwei Monate lang mit ihm das Quartier geteilt. Dann wurde ich nach Belgien versetzt, in die Nähe von Ypern. Kennst du das?«

»Ja, Yperit, ich weiß«, murmelte Sonetschka, begeistert von der Unerschöpflichkeit seiner Biographie.

»Na, Gott sei Dank ... Ich bin genau in den Gasangriff geraten. Aber ich war auf einem Hügel, auf der vom Wind abgewandten Seite, darum hab ich keine Vergiftungen abgekriegt. Ich bin schließlich ein Glückspilz ...« Und um sich noch einmal von seinem außerordentlichen, auserwählten Glück zu überzeugen, schob er eine Hand unter Sonjas Schulter.

Auf die russische Literatur kamen sie nicht mehr zurück.

Einen Monat vor der Geburt des Kindes endete die

unbestimmte Dienstreise von Robert Viktorowitsch, die er so lange hingezogen hatte, wie er konnte, und er bekam die Auflage, unverzüglich in das baschkirische Dorf Dawlekanowo zurückzukehren, wo er seine Verbannung absitzen und auf die Zukunft hoffen sollte, die in Sonetschkas Vorstellung noch immer wundervoll aussah, woran Robert Viktorowitsch stark zweifelte.

Der Vater und die inzwischen schwer lungenkranke Mutter redeten auf Sonja ein, sie solle wenigstens bis zur Entbindung in der Stadt bleiben, aber Sonetschka war fest entschlossen, mit ihrem Mann zu fahren, und auch Robert Viktorowitsch mochte sich nicht von seiner Frau trennen. Bei dieser Gelegenheit fiel der einzige Schatten von Unzufriedenheit auf das Verhältnis des alten Uhrmachers zu seinem Schwiegersohn. Der Alte, der zu der Zeit bereits zwei Söhne und den älteren Schwiegersohn verloren hatte, befreundete sich wortlos und eng mit Robert Viktorowitsch: Der Unterschied in ihrer sozialen Stellung schien jetzt, in der aus den Fugen geratenen Welt, keine Rolle mehr zu spielen, sondern eher die ganze vermeintliche Überlegenheit des Intellektuellen gegenüber dem Proletarier zu entlarven. Was den Rest anging – der kulturelle Eisberg unter der Wasseroberfläche war bei beiden derselbe.

Die Familie machte Sonja einen Tag lang reisefertig – soviel Zeit hatte Robert Viktorowitsch bekommen, um alle seine Angelegenheiten zu Ende zu bringen. Die Mutter vergoß gelbe Tränen, säumte dabei energisch Windeln und nähte mit der kostbaren dünnen Nadel zärtlich Leibchen, die sie aus einem alten Hemd von sich geschneidert hatte. Sonjas ältere Schwester, die vor kurzem ihren Mann an der Front verloren hatte, strickte winzige Socken aus roter Wolle und starrte reglos vor sich hin. Der Vater, der ein Pud Weizen beschafft hatte, schüttete ihn in kleine Säckchen und sah ab und zu mißtrauisch auf Sonja, die zwar schon im neunten Monat war, in letzter Zeit aber so abgenommen hatte, daß sie nicht einmal die Knöpfe an ihrem Rock versetzen mußte; ihre Schwangerschaft war weniger an der veränderten Figur zu erkennen als an dem aufgedunsenen Gesicht und den geschwollenen Lippen.

»Ein Mädchen, es wird ein Mädchen«, sagte die Mutter leise. »Töchter, die saugen immer die Schönheit aus der Mutter ...«

Sonjas Schwester nickte teilnahmslos, Sonetschka aber lächelte und wiederholte insgeheim immer wieder: Mein Gott, laß es ein Mädchen sein, wenn's geht, blond ...

In der Nacht brachte sie ein Bekannter, ein Eisenbahner, in einem kleinen Zug mit drei Waggons unter, der anderthalb Kilometer von der Bahnstation entfernt stand; in einem Waggon, der noch Spuren seiner edlen Herkunft in Form von massiver Holztäfelung bewahrt hatte. Die weichen Liegen und Klapptische waren im übrigen längst herausgerissen und der Pullman-Luxus durch Holzbänke ersetzt.

Von Swerdlowsk bis Ufa fuhren sie über anderthalb Tage in einem vollgestopften Waggon, und während der ganzen Fahrt mußte Robert Viktorowitsch merkwürdigerweise an seine jugendlich übermütige Reise nach Barcelona denken, wohin er 1923 oder 1924, nachdem er sein erstes großes Geld bekommen hatte, gefahren war, um Gaudi kennenzulernen.

Sonetschka schlief fast die ganze Fahrt über vertrauensvoll, die Füße gegen das weiche Bündel der Decke gestemmt und die Schulter an die magere Brust ihres Mannes gelehnt; und er rief sich die krumme, bergauf kriechende Straße in Erinnerung, in der sein Hotel gestanden hatte, den naiven runden Springbrunnen vor dem Fenster und das sonnengebräunte Gesicht, die feingeschnittene Nase der außergewöhnlich schönen Prostituierten, mit der er die ganze Woche in Barcelona gezecht hatte wie ein reicher Kaufmann. Er kramte in seinem Gedächtnis und fand mühelos kleine, schillernde Details: das Eulengesicht des Kellners im Hotelrestaurant, die wundervollen geflochtenen Schuhe aus strohgelbem Kalbsleder, die er in einem Laden mit dem riesigen blauen Schild »Homer« gekauft hatte, und sogar den Namen des barcelonischen Mädchens – Concetta! Sie war Italienerin, eine Zugereiste, stammte aus den Abruzzen. Gaudi aber hatte ihm überhaupt nicht gefallen ... In allen Einzelheiten sah er nun, ein Vierteljahrhundert später, diese seltsamen Gebilde vor sich, vollkommen vegetabil, ganz und gar ausgedacht, unglaubhaft ...

Sonetschka nieste, wurde halb wach und murmelte etwas. Er drückte ihre verschlafene Hand an sich, kehrte zurück in die Umgebung von Ufa, ins wilde Baschkirien, lächelte und schüttelte ungläubig den grauen Kopf: War das wirklich ich? Bin wirklich ich jetzt hier? Nein, es gibt überhaupt keine Wirklichkeit ...

Die Entbindungsklinik, wohin Robert Viktorowitsch Sonetschka bei den ersten Anzeichen der einsetzenden Geburt brachte, befand sich am Rande einer großen, flachen Siedlung in einer waldlosen, zertrampelten Gegend. Das Gebäude selbst, gebaut aus mit Stroh vermischten Lehmziegeln, hatte kleine matte Fenster und war häßlich.

Der einzige Arzt war ein schnell errötender, nicht mehr ganz junger blonder Mann mit dünner weißer Haut, Pan Rzuwalski, ein Flüchtling aus Polen, in jüngster Vergangenheit noch ein Warschauer Modearzt, ein Weltmann und Liebhaber guter Weine. Er stand mit dem Rücken zu den eintretenden Besuchern, blendete sie mit dem bläulichen Weiß seines Kittels, das hier zwar fehl am Platz, aber beruhigend war; er kaute auf den Enden seines hellen Schnurrbarts herum und polierte mit einem Wildlederlappen die Gläser seiner großen Brille. An dieses Fenster trat er mehrmals am Tag, blickte auf die formlose, mit schmutzigen Grasfetzen bewachsene Erde statt auf die ebenmäßige Jerusalemer Allee, an der seine Warschauer Klinik lag, und wischte sich die Augen mit einem rot-grün karierten englischen Taschentuch, dem einzigen, das er noch besaß.

Er hatte gerade eine vierzig Werst zu Pferd angereiste ältere Baschkirin untersucht, der Pflegerin zugerufen: »Waschen Sie die Dame ein bißchen!« und stand nun da, kämpfte gegen das ob dieser Zumutung unwillkürlich aufkommende Zittern in der Brust an und dachte wehmütig an seine seidigen Patientinnen und den süßlichen Milchgeruch ihrer gepflegten, teuren Genitalien.

Er drehte sich um, als er jemanden hinter sich spürte, und erblickte auf der Bank eine große junge Frau in einem hellen, abgetragenen Mantel und einen grauhaarigen, spitzgesichtigen Mann in einer geflickten Jacke.

»Ich habe gewagt, Sie zu behelligen, Doktor«, begann der Mann, und Pan Rzuwalski, der beim ersten Ton sogleich die Zugehörigkeit des Mannes zu seiner eigenen Kaste spürte, der mit Füßen getretenen europäischen Intelligenz, ging mit einem Lächeln des Erkennens auf ihn zu.

»Ich bitte Sie ... Bitte. Sie sind mit Ihrer Gattin gekommen?« sagte Pan Rzuwalski halb fragend, nachdem er den großen Altersunterschied bemerkt hatte, der auch andere Beziehungen zwischen diesen beiden äußerlich so wenig zusammenpassenden Menschen vermuten ließ. Er zeigte auf einen Vorhang, hinter dem er seinen winzigen Untersuchungsraum hatte.

Nach weiteren fünfzehn Minuten hatte er Sonetschka untersucht und das Herannahen der Geburt bestätigt, sagte aber, sie müßten sich noch bis gegen zehn Uhr gedulden, wenn alles glatt und terminerecht abliefe.

Sonja wurde auf ein Bett gelegt, das mit kaltem, starrem Wachstuch bedeckt war, Pan Rzuwalski klopfte ihr eher wie ein Tierarzt auf den Bauch und ging zu der Baschkirin, die, wie sich herausstellte, drei Tage zuvor ein totes Kind geboren hatte; es war alles gut gewesen, nun aber schlecht geworden.

Nach zweieinhalb Stunden ging der Doktor mit großen Tränen auf den sauber rasierten Wangen auf die Treppe hinaus, wo der finstere Robert Viktorowitsch saß, ohne sich von der Stelle zu rühren, und flüsterte ihm tragisch ins Ohr:

»Ich müßte erschossen werden. Ich habe nicht das Recht, unter solchen Bedingungen zu operieren. Ich habe nichts, buchstäblich nichts. Aber sein lassen kann ich es auch nicht. In vierundzwanzig Stunden wird sie an Kindbettfieber sterben!«

»Was ist mit ihr?« fragte Robert Viktorowitsch mit versteinerter Stimme und stellte sich die sterbende Sonetschka vor.

»Ach, mein Gott! Verzeihen Sie! Mit Ihrer Frau ist alles in Ordnung, sie hat Wehen; ich rede von dieser unglücklichen Baschkirin ...«

Robert Viktorowitsch knirschte mit den Zähnen und fluchte insgeheim: Er verabscheute nervenschwache Männer, die von dem Verlangen besessen sind, jede Minute ihre Empfindungen auszusprechen. Er kaute auf den Lippen und blickte zur Seite.

Das kleine, zwei Kilogramm schwere Mädchen, das Sonja in der Viertelstunde zur Welt brachte, während Pan Rzuwalski auf der Treppe redete, war blond und schmalgesichtig, haargenau wie Sonja es sich vorgestellt hatte.

Für Sonetschka veränderte sich alles so gründlich und tiefgreifend, als habe ihr bisheriges Leben sich abgewandt, den geliebten Gehalt der Bücher mit sich genommen und ihr statt dessen die unglaublichen Lasten von Armut, Kälte, Unsicherheit und täglichen Sorgen um die kleine Tanja und Robert Viktorowitsch überlassen, die abwechselnd krank waren.

Die Familie hätte nicht überleben können ohne die ständige Unterstützung des Vaters, der es fertigbrachte, alles Lebensnotwendige für sie aufzutreiben. Auf alle Überredungsversuche der Eltern, wenigstens für diese schwerste Zeit mit dem Kind nach Smolensk zu kommen, hatte Sonja nur eine Antwort: Robert Viktorowitsch und ich gehören zusammen.

Nach einem regnerischen Sommer, der wie ein nicht enden wollender Herbst anmutete, brach übergangslos ein strenger Winter herein. In dem baufälligen Häuschen aus ungebrannten Lehmziegeln erschien ihnen das Kellerzimmer in der Fabrikverwaltung im nachhinein wie ein tropischer Paradiesgarten.

Ihre Hauptsorge war das Heizmaterial. Die Schule für Mähdrescherfahrer, wo Robert Viktorowitsch als Buchhalter angestellt war, lieh ihm manchmal ein Pferd, und er fuhr seit dem Herbst oft in die Steppe, um trockenes, hohes Gras zu mähen, das an Schilf erinnerte und dessen Namen niemand wußte. Ein bis obenhin vollbeladener Karren davon reichte zum Heizen für zwei Tage – das wußte er noch vom vorigen Winter, den er vor seiner Abreise nach Smolensk im Dorf verbracht hatte.

Er preßte das Gras und stopfte den Anbau mit den selbstgemachten Briketts voll. Er hob einen Teil des Fußbodens wieder aus, den er selber verlegt hatte, ohne daran zu denken, daß er irgendwo Kartoffeln lagern mußte. Er grub einen Keller, ließ ihn trocknen und befestigte ihn mit gestohlenen Brettern. Er baute eine Toilette, worüber sein Nachbar, der alte Ragimow, den Kopf schüttelte und spottete. In hiesigen Gefilden hielt man ein Holzbrett mit einem Loch in der Mitte für überflüssigen Luxus und begnügte sich seit Jahrhunderten mit dem nahe gelegenen Platz, der als »vor dem Wind« bezeichnet wurde.

Er war zäh und sehnig, und körperliche Erschöpfung war tröstlich für seine Seele, die das sinnlose Berechnen falscher Zahlen ebenso verabscheute wie das Abfassen verlogener Berichte und fiktiver Vermerke über die Abschreibung angeblich gestohlenen Treibstoffs, geklauter Ersatzteile und auf dem örtlichen Markt verkauften Gemüses von der Hilfswirtschaft, für die ein durchtriebener Gärtner zuständig war, ein fröhlicher, schamloser Ukrainer mit einem verkrüppelten rechten Arm.

Dafür öffnete er jeden Abend die Tür seines Hauses und erblickte im lebendigen, feueratmenden Licht der Petroleumlampe, in einer flackernden, blinkenden Wolke Sonja, die auf ihrem einzigen, von Robert Viktorowitsch zu einem Sessel umgebauten Stuhl saß; und am spitz auslaufenden Ende ihrer kissenartigen Brust lag wie angeleimt das Köpfchen des Kindes, gräulich und zart-wuschelig wie ein Tennisball. Alles schwankte und pulsierte ganz sacht: die Wellen des ungleichmäßigen Lichtes, die Wellen der warmen Milch und andere unsichtbare Ströme, vor denen er erstarrte und vergaß, die Tür zu schließen. »Die Tür!« verkündete Sonetschka mit einem langgezogenen Flüstern, lächelte ihrem Mann entgegen, legte die Tochter quer auf ihr einziges Bett, holte einen Topf unter dem Kopfkissen hervor und stellte ihn mitten auf den leeren Tisch. An ihren besten Tagen war darin eine dicke Suppe aus Pferdefleisch mit Kartoffeln aus der Hilfswirtschaft und Weizen, den der Vater geschickt hatte.

Sonetschka erwachte immer im Morgengrauen vom Strampeln des Mädchens, das sie dann fest an ihren Bauch drückte, wobei sie im verschlafenen Rücken die Anwesenheit ihres Mannes spürte. Ohne die Augen zu öffnen, knöpfte sie sich die Jacke auf, holte die morgens stets feste Brust heraus, drückte zweimal auf die Brustwarze, und zwei lange Strahlen fielen auf den bunten Lappen, mit dem sie die Brustwarze abwischte. Das Mädchen wurde unruhig, schürzte die Lippen, schmatzte und schnappte nach

der Brustwarze wie ein kleiner Fisch nach einer gro
ßen Beute. Es war viel Milch, sie kam leicht, und das
Stillen mit dem sanften Stupsen gegen die Brustwarze, an der der zahnlose Mund zupfte und kaute, bereitete Sonja einen Genuß, den ihr Mann auf unbegreifliche Weise spürte, worauf er unfehlbar zu
dieser frühen vormorgendlichen Stunde erwachte.
Er umarmte ihren breiten Rücken, preßte sie eifersüchtig an sich, und sie erstarb unter der doppelten
Last unerträglichen Glücks. Sie lächelte beim ersten
Morgenlicht, und ihr Körper stillte schweigend und
freudig den Hunger der beiden kostbaren und untrennbar mit ihr verbundenen Wesen.

Dieses morgendliche Gefühl beleuchtete den ganzen Tag, alle Arbeit lief wie von selbst, leicht und
beschwingt, und jeder Tag, den Gott werden ließ,
prägte sich Sonetschka ein, ohne mit dem davor oder
danach zu verschmelzen: Mal gab es mittags einen
trägen Regen, mal kam ein großer rostbrauner Vogel
mit krummem Bein angeflogen und setzte sich auf
den Zaun, mal brach der erste frühe Zahn als schmaler Grat im geschwollenen Kiefer der Tochter durch.
Fürs ganze Leben bewahrte Sonja – wem nützte diese mühselige und sinnlose Gedächtnisarbeit – das
Bild eines jeden Tages, seine Gerüche und Schattierungen, und insbesondere, übertrieben und gewichtig, jedes Wort ihres Mannes in jedem Augenblick.

Viele Jahre später wunderte sich Robert Viktorowitsch oft über das wahllose Gedächtnis seiner Frau,
das einen ganzen Wust von Daten, Stunden und De

tails auf seinem Grund versenkte. Selbst an jedes Spielzeug, das Robert Viktorowitsch zahllos und mit längst vergessener schöpferischer Freude für seine heranwachsende Tochter gebastelt hatte, erinnerte sich Sonetschka ohne Ausnahme. Allerhand Kleinigkeiten – holzgeschnitzte Tiere, aus Seilen gedrehte fliegende Vögel, Holzpuppen mit gefährlichen Gesichtern – nahm Sonetschka später mit nach Moskau, vergaß jedoch nie, was sie bei Ragimows Kindern und Enkeln gelassen hatte, einer fröhlichen Horde sich gleichender, magerer Spatzen: die zusammenlegbare Festung für den Puppenkönig mit gotischem Turm und Zugbrücke, den römischen Zirkus mit Sklaven und Tieren aus Streichhölzern und ein ziemlich sperriges Gerät mit einem Griff und vielen farbigen Brettchen, die sich bewegten, klapperten und barbarische Musik machten.

Diese Erfindungen überstiegen bei weitem die spielerischen Möglichkeiten eines kleinen Kindes. Das Mädchen, das ein ebenso ausgeprägtes Gedächtnis hatte wie seine Mutter und auch viele Erinnerungen an diese Zeit bewahrte, erinnerte sich später nicht mehr an das Spielzeug; zum Teil vielleicht auch deshalb, weil Robert Viktorowitsch bereits in Alexandrow, wohin die Familie neunzehnhundertsechsundvierzig aus dem Ural umzog, ihr ganze Phantasiestädte aus Holzspänen und gefärbtem Papier gebaut hatte, reiche Vorstufen zu dem, was später als Papierarchitektur bezeichnet wurde. Dieses zerbrechliche Spielzeug verschwand bei den zahlreichen Umzügen der Familie Ende der vierziger und Anfang der fünfziger Jahre.

Hatte sich die erste Hälfte von Robert Viktorowitschs Leben in großen und übermütigen geographischen Sprüngen von Rußland nach Frankreich, dann nach Amerika, auf den Balkan, nach Algier, erneut nach Frankreich und schließlich wieder nach Rußland vollzogen, war die zweite Hälfte, von Lager und Verbannung bestimmt, von kleinen Ortswechseln geprägt: Alexandrow, Kalinin, Puschkino, Lianosowo. So näherte er sich ein ganzes Jahrzehnt lang Moskau, das er keineswegs als Athen oder Jerusalem betrachtete.

In den ersten Nachkriegsjahren ernährte Sonetschka die Familie mit der von der Mutter geerbten Nähmaschine und dem unschuldigen Wagemut der Autodidaktin, die immerhin einen Ärmel richtig anzunähen verstand. Ihre Auftraggeber waren nicht anspruchsvoll, und die Meisterin selbst gab sich Mühe und hatte feste Preise.

Robert Viktorowitsch bekam Stellen, die mehr für Invaliden geeignet waren – mal als Wächter in einer Schule, mal als Rechnungsführer in einem Artel, das gräßliche Eisenklammern unbekannter Bestimmung herstellte. Robert Viktorowitsch, der sich in Paris als freier Künstler ernährt hatte, konnte sich nicht vorstellen, in seinem Beruf im Dienste des langweiligen und trostlosen Staates zu arbeiten, selbst wenn er sich mit dessen dumpfer Blutrünstigkeit und schamloser Verlogenheit hätte abfinden können.

Seine künstlerische Phantasie befriedigte er auf schneeweißen Zeichenbrettern, wo er die dritte Generation der einst zur Unterhaltung seiner Tochter gedachten Bauwerke aus Holzspänen und Papier schuf. Bei der Gelegenheit offenbarte sich sein besonderer Blick für Räumlichkeit, ein exaktes Gefühl für das Verhältnis von Raum und Fläche. Man konnte sich nicht satt sehen an den bizarren Figuren, die er aus einem Blatt Papier ausschnitt und aus denen er dann – hier ein bißchen gerollt, dort gefalzt und nach außen gestülpt – einen namenlosen Gegenstand formte, den es in der Natur bislang nicht gab. Das Spiel, einst für seine Tochter ersonnen, wurde zu seinem eigenen.

Sonjas weibliches Vertrauen kannte keine Grenzen. Sie hatte das Talent ihres Mannes zum Glauben erhoben und betrachtete alles, was seine Hände schufen, mit ehrfürchtiger Begeisterung. Sie verstand nichts von den komplizierten räumlichen Aufgaben und den um so eleganteren Lösungen, spürte aber in seinem sonderbaren Spielzeug das Abbild seiner Persönlichkeit, die Bewegung geheimnisvoller Mächte, und murmelte glücklich vor sich hin: »Mein Gott, womit habe ich ein solches Glück verdient ...«

Die Malerei hatte Robert Viktorowitsch so gut wie aufgegeben. Aus seinem früheren Spiel mit Tanetschka war ein neues Handwerk geworden. Wie immer kam ihm der Zufall zu Hilfe: Im Vorortzug nach Alexandrow traf er den berühmten Maler Timler. Sie kannten sich noch aus Paris, und Timler hatte die Beziehung zu ihm nach seiner Rückkehr nach Moskau bis zur Verhaftung aufrechterhalten. Dieser Künstler mit dem Ruf eines Formalisten – wer wird je erklären, was die anmaßende und zum Gesetz erhobene Mittelmäßigkeit darunter verstand – hatte im Theater Unterschlupf gefunden. Er besuchte Robert Viktorowitsch, stand anderthalb Stunden im Bretterverschlag vor ein paar Kompositionen, die mit Reihen arabischer Ziffern und hebräischer Buchstaben unterzeichnet waren, wußte als Sohn eines Dorfzimmermanns, der zwei Jahre im Cheder gelernt hatte, deren außerordentliche Qualität zu schätzen, genierte sich jedoch, den Autor nach der Bedeutung der seltsamen Reihen von Zeichen zu fragen; Robert Viktorowitsch seinerseits kam es nicht in den Sinn, Erklärungen abzugeben über die für ihn offensichtliche Verbindung des kabbalistischen Alphabets, eines trockenen Überbleibsels aus der Zeit seiner jugendlichen Begeisterung für die Judaistik, und der kühnen Spiele mit dem Raum, den er auseinandernahm und umstülpte.

Timler trank lange schweigend Tee, und bevor er abfuhr, sagte er mürrisch:

»Hier ist es sehr feucht, Robert, Sie können Ihre Arbeiten in mein Atelier bringen.«

Dieses Angebot bedeutete völlige Anerkennung und war äußerst großherzig, doch Robert Viktorowitsch nahm es nicht an. Die zu zufälligem Leben erweckten unbenannten Gegenstände fielen wieder ins Nichts, verfaulten in einem der nächsten Schuppen und überlebten die vielen Umzüge nicht.

Hier im Schuppen bekam Robert Viktorowitsch von Timler auch den ersten Auftrag für ein Bühnenbild. Bald waren Robert Viktorowitschs Theaterdekorationen in ganz Moskau berühmt, und die Aufträge nahmen kein Ende. Auf einer Bühne von einem halben Meter gestaltete er mal Gorkis Nachtasyl, mal das verlassene Zimmer eines Toten, mal Ostrowskis unsterbliche Kornspeicher.

Zwischen Holzschuppen, Taubenschlägen und quietschenden Schaukeln lief die sonderbare Tanja herum. Sie trug gern die Kleider ihrer Mutter. Das magere große Mädchen ertrank in Sonetschkas weiten Kleidern, um die sie in der Taille ein verblaßtes Kaschmirtuch band. Das schmale Gesicht war wie von Pusteblumensamen von dickem, widerspenstigem Haar umrahmt, das sich von keinem Kamm bändigen und nicht zu Zöpfen flechten ließ. Sie flitzte in der schwülen Luft umher, die angefüllt war vom Geruch alter Fässer, fauliger Gartenmöbel und den dichten, allzu dichten Schatten, von denen verschlissene und nutzlose Dinge umgeben sind, und verschwand plötzlich wie ein Chamäleon darin. Sie erstarrte für lange Zeit und schrak zusammen, wenn sie gerufen wurde. Sonetschka machte sich Sorgen und beklagte ihrem Mann gegenüber die Nervosität und merkwürdige Nachdenklichkeit der Tochter. Er legte Sonja die Hand auf die Schulter und sagte:

»Laß sie. Du willst doch schließlich nicht, daß sie im Gleichschritt marschiert.«

Sonetschka bemühte sich, Tanja an Bücher heranzuführen, doch wenn Tanja Sonjas meisterhaftem Vorlesen zuhörte, bekam sie glasige Augen und entschwebte in Gefilde, von denen Sonja nicht einmal etwas ahnte.

In den Jahren ihrer Ehe hatte sich Sonetschka von einem erhabenen Mädchen zu einer recht praktischen Hausfrau gewandelt. Sie wünschte sich leidenschaftlich ein normales menschliches Zuhause – mit einem Wasserhahn in der Küche, einem separaten Zimmer für die Tochter, einem Atelier für ihren Mann, mit Buletten, Kompott und gestärkten weißen Laken anstelle der aus drei unterschiedlichen Flicken zusammengesetzten. Im Namen dieses großen Ziels hatte Sonja zwei Arbeitsstellen zugleich, ratterte nachts mit der Nähmaschine und sparte heimlich Geld. Außerdem träumte sie davon, mit ihrem verwitweten Vater zusammenzuziehen, der inzwischen fast erblindet und sehr schwach war.

Ständig unterwegs in Bussen und verrotteten Vorortzügen, wurde sie schnell und unschön alt: Der zarte Flaum auf ihrer Oberlippe verwandelte sich in schmuddeliges, geschlechtsloses Gestrüpp, die Augenlider sackten herab und verliehen ihrem Gesicht einen hündischen Ausdruck, und die Schatten unter den Augen wichen weder nach der sonntäglichen Erholung noch nach einem zweiwöchigen Urlaub.

Doch die Bitterkeit des Alterns vergiftete Sonetschka nicht das Leben, wie es bei stolzen Schönen vorkommt: Der unantastbare Altersunterschied zwischen ihr und ihrem Mann bewahrte ihr das Gefühl eigener nimmerwelkender Jugend, und Roberts unerschöpflicher ehelicher Eifer bestätigte sie darin. Jeder Morgen war in das Licht unverdienten weiblichen Glücks getaucht, so grell, daß sie sich unmöglich daran gewöhnen konnte. Im tiefsten Innern ihres Herzens war sie ständig darauf gefaßt, dieses Glück zu verlieren – wie etwas Zufälliges, das irrtümlich oder aus Versehen über sie hereingebrochen war. Auch die liebe Tochter Tanja kam ihr vor wie eine zufällige Gabe, was der Gynäkologe seinerzeit bestätigt hatte: Sonetschka hatte eine sogenannte kindliche Gebärmutter, unterentwickelt und ungeeignet zum Austragen von Kindern, und nach Tanja wurde Sonja nie wieder schwanger, worüber sie sehr trauerte und sogar weinte. Ihr schien, sie sei der Liebe ihres Mannes nicht wert, wenn sie nicht in der Lage war, ihm weitere Kinder zu gebären.

Anfang der fünfziger Jahre bekam die Familie dank Sonjas gewaltiger Mühen und Anstrengungen eine Wohnung, halb durch Kauf, halb durch Tausch. Sie bezogen ein ganzes Viertel eines einstöckigen Holzhauses, eines der wenigen damals noch erhaltenen Gebäude im fast vollständig vernichteten Moskauer Peterspark in der Nähe der Metrostation »Dynamo«. Das Haus war wundervoll – die einstige Datscha eines vor der Revolution berühmten Anwalts. Auch ein Viertel des Gartens am Haus gehörte zu ihrer Wohnung.

Alles erfüllte sich. Tanja hatte ein eigenes Zimmer, eine Kammer im Dachgeschoß, Sonjas Vater, der sein letztes Lebensjahr vor sich hatte, bekam ein Eckzimmerchen, und auf der winterfesten Veranda richtete Robert Viktorowitsch sein Atelier ein. Auch das Geld war nicht mehr so knapp.

Durch die Umstände des Wohnungstauschs lebte Robert Viktorowitsch nun zufällig in der Nähe des Moskauer Montmartre, zehn Minuten entfernt von einem ganzen Künstlerstädtchen. Zu seiner großen Überraschung fand er an einem Ort, den er für verödet und verlassen gehalten hatte, wenn nicht Gleichgesinnte, so doch zumindest Gesprächspartner – einen russischen Barbizonier*, Beschützer streunender Katzen und aus dem Nest gefallener Vögel; Alexander Iwanowitsch K., der seine eigenwilligen Bilder auf der nackten Erde sitzend malte und behauptete, der Kontakt seines Gesäßes verleihe ihm wie Antäus schöpferische Kraft; den kahlköpfigen ukrainischen Zen-Buddhisten Grigori L., der durchsichtiges Porzellan und Seide auf Papier zauberte, indem er Aquarellschichten Dutzende Male mit Tee oder Milch übergoß; und den Dichter Gawrilin mit den bunten Haaren und der gebrochenen Nase, ein einmaliges Zeichentalent – auf großen, ungleichmäßig beschnittenen Bögen Packpapier zeichnete er zwischen ausgeklügelten Figuren seine

* Barbizonier – Anhänger einer Malschule der Mitte des 19. Jh., benannt nach dem französischen Dorf Barbizon. (A. d. Ü.)

Palindrom-Poeme, verschlüsselte Wort- und Schrift-
bilder, von denen Robert Viktorowitsch begeistert
war.

All diese sonderbaren Menschen, die zu Beginn
der trügerischen Tauwetterperiode auftauchten,
fühlten sich zu Robert Viktorowitsch hingezogen,
und allmählich wurde sein abgeschiedenes Haus zu
einer Art Klub, in dem der Hausherr die Rolle des
Ehrenvorsitzenden spielte.

Er war wie immer wortkarg, aber eine einzige kri-
tische Bemerkung, der geringste Spott seinerseits genügte, um eine in die Sackgasse geratene Diskussion
zu retten oder dem Gespräch eine andere Richtung
zu geben. Das Land, das so viele Jahre in lastendem
Schweigen verbracht hatte, begann zu reden; doch
das freie Gespräch fand hinter verschlossenen Türen
statt – die Angst saß allen noch im Nacken.

Sonetschka stopfte einen Strumpf von Tanja, den
sie auf einen glatten Stopfpilz aus Holz gezogen hatte, und hörte dem Gespräch der Männer zu. Worüber sie sprachen – Wintersperlinge, die Visionen
des Meisters Eckhart, die Methoden, Tee aufzubrü-
hen, oder Goethes Farbtheorie – hatte absolut nichts
mit den Sorgen der Zeit draußen zu tun, doch Sonetschka wärmte sich andächtig am Feuer des welt-
umspannenden Gesprächs und sagte immer wieder
vor sich hin: »Mein Gott, womit habe ich das alles
verdient ...«

Der plattnasige Gawrilin, Liebhaber aller Künste,

hatte die Angewohnheit, in Zeitschriften herumzu-
wühlen. Einmal stieß er in der Bibliothek in einer
amerikanischen kunstwissenschaftlichen Zeitschrift
auf einen Artikel über Robert Viktorowitsch. Die
kurze biographische Notiz über den Maler endete
mit der etwas übertriebenen Auskunft über seinen
Tod im stalinschen Lager Ende der dreißiger Jahre.
Der analytische Teil des Artikels war in einer für den
Dichter zu komplizierten Sprache geschrieben, er
verstand nicht alles, aber aus dem, was er übersetzen
konnte, ging hervor, daß Robert Viktorowitsch bei-
nahe ein Klassiker, zumindest aber ein Pionier einer
zur Zeit in Europa mächtig aufblühenden Kunst-
richtung sei. Dem Artikel waren vier farbige Reproduktionen beigefügt.

Am nächsten Tag ging Robert Viktorowitsch in
Begleitung seines Freundes, des Barbizoniers, in die
Bibliothek des Moskauer Künstlerverbandes, fand
den Artikel und geriet in unbeschreiblichen Zorn
darüber, daß eines der vier Bilder im Anhang nicht
das geringste mit ihm zu tun hatte, weil es von Mo-
randi stammte, und ein zweites verkehrtherum abge-
druckt war. Doch als er den Artikel gelesen hatte,
wurde er noch wütender.

»Amerika kam mir schon in den zwanziger Jahren
vor wie ein Land hoffnungsloser Dummköpfe. Offenbar ist es nicht klüger geworden«, zischte er.

Gawrilin dagegen trompetete den Artikel in der
ganzen Gegend herum, und selbst forsche, karriere-
bewußte Bühnenbildner erinnerten sich plötzlich an

den alten Künstler und eilten herbei, um die Bekanntschaft mit ihm zu erneuern.

Eine unerwartete Folge dieses Wirbels war, daß Robert Viktorowitsch in den Künstlerverband aufgenommen wurde und ein Atelier bekam. Ein schönes Atelier mit Fenstern zum »Dynamo«-Stadion, nicht schlechter als sein letztes Atelier in Paris, eine Mansarde auf der Rue Gay-Lussac mit Blick auf den Jardin du Luxembourg.

Sonetschka war bereits an die vierzig. Sie war ergraut und sehr dick geworden. Der leichte und wie eine Heuschrecke ausgedörrte Robert Viktorowitsch veränderte sich wenig, und allmählich glich sich ihr Altersunterschied aus. Tanja schämte sich ein bißchen für ihre alten Eltern, genauso wie für ihre eigene Körpergröße, ihre großen Füße und Brüste. Alles an ihr war unverhältnismäßig groß, unangemessen für das Jahrzehnt, das noch keine Akzeleraten hervorgebracht hatte. Doch im Unterschied zu Sonja hatte sie keinen spöttischen älteren Bruder an ihrer Seite, sondern von überall blickten ihre wundervollen Porträts aus allen Kindesaltern auf sie herab. Diese Porträts milderten ihre Unzufriedenheit mit sich. Seit der siebten Klasse erhielt sie von halbwüchsigen Klassenkameraden und älteren Jungen überzeugende Beweise für ihre Anziehungskraft.

Von früher Kindheit an waren Tanjas Wünsche leicht zu befriedigen. Die liebenden Eltern gaben sich in dieser Hinsicht alle erdenkliche Mühe und eilten ihren Wünschen gewöhnlich voraus. Fische, ein Hund und ein Klavier tauchten fast am selben Tag auf, an dem das Mädchen zum erstenmal davon sprach.

Seit ihrer Geburt umgab sie wunderbares Spielzeug, und das Spielen, allein, ohne Mitspieler, war ihr hauptsächlicher Lebensinhalt. So kam es auch, daß sie, aus den Zerstreuungen ihrer langen Kindheit herausgewachsen, rund zwei Jahre verschlief, während sie sich in einem gewissen Übergangsalter befand, und dann, als sie sehr früh herausgefunden hatte, welches Spiel die Erwachsenen am liebsten spielten, sich diesem hingab, im vollen Bewußtsein ihres Rechts auf Vergnügen und mit der Freiheit der durch nichts unterdrückten Persönlichkeit.

Nichts auch nur annähernd Vergleichbares mit Sonetschkas erniedrigender Liebe zu Vitka Starostin passierte Tanja. Obwohl sie nach den üblichen Maßstäben keine Schönheit war und auch nicht im landläufigen Sinne hübsch, waren ihr langes Gesicht mit der schmalen Nase, umrahmt von widerspenstigen Locken, und die schmalen, glashellen Augen doch äußerst anziehend. Ihre Altersgenossen reizte es außerdem, daß Tanja ständig spielte: mit einem Buch, einem Bleistift oder mit ihrer Mütze. Ihre Hände gaben ständig eine kleine, nur für den nächsten Nachbarn sichtbare Vorstellung.

Einmal, beim Spiel mit den Händen und Lippen ihres Freundes Boriska, von dem sie die Mathematikhausaufgaben abschreiben wollte, bemerkte sie einen bestimmten Gegenstand, den sie nicht besaß und der sie außerordentlich reizte. Die Tür zum Zimmer von Boriskas Eltern stand an diesem Abend ein Stück offen, und der helle breite Streifen mit den dicken Schatten vor dem Fernseher gehörte irgendwie zu den Spielregeln, die sie wunderbar einhielten, indem sie sich gegenseitig Stichworte gaben, die absolut nichts mit dem zu tun hatten, was vorging. Und die Vorstellung, die mit einem unschuldigen kindlichen Austausch von Fragen begonnen hatte wie: »Hast du's nie probiert?«, »Und du?« – worauf Tanetschka, die nichts abschlagen konnte, sagte: »Komm, wir probieren es!« – endete mit einer kurzen Einführung – im direkten wie übertragenen Sinne – in den neuen Gegenstand.

Im heißesten Moment kam aus dem Nebenzimmer die ungelegene Einladung zum Abendbrot, und weitere Proben wurden auf einen günstigeren Zeitpunkt verschoben.

Die nächsten Begegnungen fanden in Abwesenheit der Eltern statt. Am interessantesten war für Tanja das neue Gefühl für ihren Körper: Es schien, als sei jeder Teil – Brust, Finger, Rücken – unterschiedlich empfänglich für Berührungen und in der Lage, alle möglichen wunderbaren Empfindungen zu bescheren, und die gegenseitige Erforschung bereitete beiden eine Menge Genuß.

Der schmächtige, sommersprossige Junge mit den hervorstehenden großen Zähnen und den entzündeten Mundwinkeln offenbarte ebenfalls ein erstaunliches Talent, und im Verlauf von zwei Monaten hatten die jungen Experimentatoren, die von drei bis halb sieben unermüdlich am Werke waren, also bis Boriskas Eltern nach Hause kamen, die gesamte mechanische Seite der Liebe begriffen, ohne dabei etwas zu empfinden, das über den Rahmen von Freundschaft und sachlicher Partnerschaft hinausging.

Dann gerieten sie in einen, wie es so schön heißt, Produktionskonflikt: Tanja hatte sich Boriskas Geometrieheft geborgt und es verloren. Sie teilte ihm das in äußerst leichtsinniger Form mit und entschuldigte sich nicht einmal. Boriska, sehr ordentlich, sogar pedantisch, regte sich furchtbar auf – nicht so sehr über den Verlust des Heftes, als darüber, daß Tanja das Unziemliche ihres Verhaltens überhaupt nicht begriff. Tanja nannte ihn einen Langweiler, er sie eine Schlampe. Sie zankten sich.

In der freigewordenen Zeit von drei bis halb sieben widmete sich Boriska nun intensiv der Mathematik und bestimmte, daß seine Berufung ganz und gar auf dem Gebiet der exakten Wissenschaften lag, und Tanja, die sich nicht im geringsten um ihr weiteres Leben kümmerte, saß in ihrem Dachstübchen, entlockte einer Flöte schlechte hölzerne Töne, kaute Fingernägel und las – ach, arme Sonetschka, die ihre lichte Jugend mit erhabener Weltliteratur verbracht hatte – Phantastik, nichts als Phantastik, ausländische wie einheimische, las ihre unschuldige, humanistisch erzogene Tochter.

Indessen folgten ganze Heerscharen von Bewunderern den unsicheren Tönen von Tanjas Flöte. Selbst die Luft, die Tanja umgab, war erhitzt; ihre elektrisierten Locken standen zu Berge und sprühten Funken, sobald man nur die Hand danach ausstreckte. Sonetschka konnte gar nicht schnell genug die Tür öffnen und wieder schließen für die Jünglinge in zoologischen Pullovern mit eckigen Hirschen oder in grauen Hemden und Militärjacken, der anachronistischen Schulkleidung der Endfünfziger, die sich ein uralter Volksbildungsminister in einem Anfall nostalgischer Geistesschwäche ausgedacht hatte.

Wladimir A., ein hervorragender Musiker, der auf skandalöse Weise in Europa blieb, als ein solcher Schritt diesseits der Grenze noch als politisches Verbrechen betrachtet wurde, wird in seinen Erinnerungen, die Ende der neunziger Jahre erscheinen und sein außerordentliches literarisches Talent offenbaren, die musikalischen Abende in Tanjas Dachstübchen beschreiben, ihr Klavier mit den straffen Saiten und dem wundervollen Klang, das täglich neu gestimmt werden mußte. Zärtlich erinnert er sich an das Instrument, das dem werdenden Musiker das Geheimnis der Individualität der Dinge eröffnete. Er spricht von ihm, wie man von einer alten, längst gestorbenen Verwandten sprechen könnte, die den Autor in der Kindheit mit unvergeßlichem, ganz mit Kirschen gefülltem Kuchen bewirtet hat.

Wladimir A.s Bekenntnis zufolge empfand er hier in Tanjas Dachstübchen mit dem verschnörkelten

Fenster zum Garten, in dem ein alter Apfelbaum mit gespaltenem Stamm stand, während er Tanjas schwache Flöte begleitete, zum erstenmal die Erregung schöpferischen Einvernehmens und ließ sich freudig auf eine musikalische Selbstverleugnung ein, um der schüchternen Flöte mehr Bedeutung einzuräumen.

Wladimir A., damals ein kleiner, dicklicher Junge, der aussah wie ein Tapir, war in Tanja verliebt. Sie hinterließ eine tiefe Spur in seinem Leben und seinem Herzen, und seine beiden Frauen, die erste in Moskau und die zweite in London, gehörten zweifellos zum gleichen Typ Frau wie Tanja.

Der zweite musikalische Gesprächspartner war Aljoscha Piterski – unter diesem Spitznamen war er in Moskau bekannt. Wladimirs klassischer Bildung setzte er die Ungebundenheit der Gitarre entgegen und die absolute Beherrschung aller Gegenstände, die Töne hervorzubringen vermochten, von der Mundharmonika bis hin zu zwei Konservenbüchsen. Zudem war er auch noch ein Dichter und sang mit hoher Harlekinstimme die ersten Lieder der neuen Untergrundkultur.

Es kamen noch mehr Jungen, eher Anwesende als Teilnehmer, aber auch sie waren unverzichtbar, weil sie das begeisterte Publikum abgaben, das die beiden künftigen Berühmtheiten brauchten.

In jungen Jahren war Robert Viktorowitsch auch ein Zentrum von Wirbeln unsichtbarer Ströme gewesen, aber das waren Ströme anderer, intellektueller Art. Wie Tanjas Flöte zogen auch sie junge Leute an. Es ist bemerkenswert, daß dieser Zirkel früh erwachsen gewordener jüdischer Jungen, Teenager, wie man heute sagen würde, in den konfliktgeladenen Vorkriegsjahren sich nicht mit dem damals in Mode gekommenen Marxismus beschäftigte, sondern mit dem »Sefer ha-sohari«, dem »Buch des Glanzes«, dem Haupttraktat der Kabbala. Die Jungen aus Podol, der jüdischen Vorstadt von Kiew, versammelten sich im Haus des Müllers Avidgor, des Vaters von Robert Viktorowitsch, und dieses Haus stand Wand an Wand zum Nachbarhaus, das Schwarzman gehörte, dem Vater von Lew Schestow, mit dem Robert Viktorowitsch viele Jahre später in Paris eng befreundet war.

Nicht einer der Jungen, denen es beschieden war, die Revolutions- und Kriegsjahre zu überleben, wurde traditioneller jüdischer Philosoph oder Glaubenslehrer. Sie alle wuchsen zu »Epikureern« heran, zu »Freidenkern« also. Einer von ihnen wurde ein glänzender Theoretiker und minder erfolgreicher Praktiker der entstehenden Kinematographie, ein anderer ein berühmter Musiker, ein dritter ein Chirurg mit begnadeten Händen; sie alle waren mit derselben Milch genährt worden, jener jungen Elektrizität, die sich unterm Dach des Müllers Avidgor sammelte.

Was um Tanja herum vorging, mutmaßte Robert Viktorowitsch, war das gleiche, womit seine Jugend angefüllt gewesen war, nur im Zeichen einer anderen Kraft – der Weiblichkeit, die er so verabscheute –, zudem unter den ganz anderen Voraussetzungen einer verarmten, entarteten Generation ...

Robert Viktorowitsch bemerkte als erster, daß Tanjas späte Besucher manchmal erst am nächsten Morgen wieder gingen. Er hatte fürs ganze Leben die Gewohnheit beibehalten, früh aufzuwachen, und als er um sechs Uhr früh aus dem Wohnteil des Hauses in sein Verandaatelier ging, wo er diese ersten, für sein Gefühl reinsten Stunden mit Vorliebe verbrachte, sah er eines Tages im gerade gefallenen Schnee frische Fußspuren, die von der Treppe zum Gartenzaun führten. Ein paar Tage später bemerkte er sie wieder und fragte seine Frau vorsichtig, ob ihre Schwester bei ihnen übernachtet habe. Sonetschka war verwundert – nein, Anja habe nicht hier übernachtet.

Robert Viktorowitsch stellte keine Nachforschungen an, da er am nächsten Morgen einen großen Jüngling in einem dünnen Jäckchen durch den Garten laufen sah. Sonetschka sagte er von seiner Entdeckung kein Wort. Sie legte ihren nächtlich schweren Kopf auf seine Schulter und klagte:

»Sie lernt nicht ... Sie tut nichts ... In der Schule schimpfen sie ... Machen häßliche Andeutungen, diese, ihre ... Raissa Semjonowna ...«

Robert Viktorowitsch tröstete sie:

»Laß nur, Sonja, laß nur. Das ist alles tot und stinkt ekelhaft. Soll sie doch diese scheußliche Schule aufgeben. Wer braucht die schon ...«

»Nicht doch! Nicht doch!« rief Sonetschka erschrocken. »Bildung muß sein.«

»Nun beruhige dich mal«, unterbrach ihr Mann sie. »Laß das Mädchen in Ruhe. Wenn sie nicht will, dann laß sie. Soll sie Flöte spielen, davon hat sie genausoviel ...«

»Robert, aber diese Jungen. Das beunruhigt mich«, wagte Sonetschka einen schüchternen Vorstoß. »Ich glaube, einer hat die ganze Nacht bei ihr gesessen, und sie ist nicht in die Schule gegangen.«

Robert Viktorowitsch weihte Sonja nicht in seine morgendlichen Beobachtungen ein, er schwieg.

Seit Tanja Boriska den Laufpaß gegeben hatte, begann die reinste Hundehochzeit. Von Steroiden überquellende Jünglinge umschwirrten sie hartnäckig und unentwegt. Mit einigen Bewerbern probierte sie den neuen Zeitvertreib aus. Der Vergleich fiel in jeder Hinsicht zugunsten von Boriska aus.

Im Frühjahr war klar, daß sie nicht in die neunte Klasse versetzt würde. Die Quälerei in der Schule war gänzlich unerträglich geworden, und Robert Viktorowitsch, ohne Sonja ein Wort davon zu sagen, brachte Tanjas Papiere in die Abendschule, was schwerwiegende Folgen für die ganze Familie haben sollte, in erster Linie für ihn selbst.

Die mächtige Laune des Schicksals, die einst Sonetschka zu Robert Viktorowitschs Frau bestimmt hatte, traf auch Tanja. Gegenstand ihrer leidenschaftlichen Liebe war die Putzfrau der Schule und zugleich ihre Klassenkameradin, die achtzehnjährige Jasja, eine kleine Polin mit einem Gesicht, glatt wie ein frisch gelegtes Ei. Ihre Freundschaft entwickelte sich allmählich in der vorletzten Bankreihe. Die große und etwas nachlässige Tanja betrachtete verzückt Jasja, die durchsichtig war wie eine ausgespülte Medizinflasche, und litt unter ihrer Schüchternheit. Jasja war schweigsam, antwortete einsilbig auf Tanjas seltene Fragen und sah zurückhaltend und hochmütig aus. Sie war die Tochter polnischer Kommunisten, die vor dem faschistischen Überfall geflohen waren – nach dem Willen der Umstände in verschiedene Richtungen: der Vater in den Westen, die Mutter mit dem Säugling gen Osten, nach Rußland. Es gelang ihr nicht, im Millionenland unterzutauchen, und sie wurde menschenfreundlich nach Kasachstan verbannt, wo sie nach zehn Jahren bitterer Not starb, ohne ihre hohen Ideale eingebüßt zu haben.

Jasja kam ins Kinderheim, offenbarte einen außerordentlichen Hang zum Leben, indem sie unter Bedingungen überlebte, wie eigens geschaffen zum langsamen Absterben von Körper und Seele. Aus dem Heim entkam sie dank ihrer Fähigkeit, die jeweiligen Umstände maximal zu nutzen.

Die stark gewölbten Brauen über den grauen Augen und der zarte Katzenmund schienen um Schutz zu bitten, und der fand sich auch immer. Zu ihren Beschützern gehörten Männer wie Frauen, aber kraft ihrer natürlichen Unabhängigkeit bevorzugte sie Männer, nachdem sie schon sehr jung herausgefunden hatte, wie sie wohlfeil zu bezahlen waren.

Einer ihrer letzten Beschützer, aufgetaucht nach ihrer Aufnahme in eine gräßliche Handwerksschule für Kinderheimzöglinge und der durchdachten Flucht von dort, war der dicke vierzigjährige Tatare Rawil, ein Zugschaffner, der sie bis zum Kasaner Bahnhof in Moskau brachte, von wo sie ihren Aufstieg zu beginnen gedachte. In der Seitentasche ihrer karierten Einkaufstasche lagen ein kürzlich auf ihren Namen ausgestellter Ausweis, den sie aus dem Büro des Direktors entwendet hatte, und dreiundzwanzig Vorreform-Rubel, die sie dem schlafenden Rawil aus der Tasche gezogen hatte, als sie sich Orenburg näherten. Das gestohlene Geld brannte ihr aus zwei Gründen nicht in den Händen: Sie hatte nur ganz wenig aus einem dicken Packen genommen, und außerdem fand sie, sie habe sich das Geld während der viertägigen Fahrt redlich verdient.

Rawil bemerkte den Diebstahl nicht und war sehr enttäuscht, als das Mädchen am nächsten Tag nicht zum Wagen sieben kam, um wie versprochen mit ihm nach Kasachstan zurückzufahren.

Lächelnd, voller leiser Nachsicht mit sich selbst, einem vor kurzem noch naiven Dummchen, erzählte Jasja Tanja, wie sie sich auf der öffentlichen Toilette des Kasaner Bahnhofs vor den Augen der verblüfften Asiatinnen, die sich an diesem übelriechenden Ort drängten, splitterfasernackt auszog, sich mit einem nassen grauen Eisenbahnhandtuch von Kopf bis Fuß abrieb, eine schon lange zu diesem Zweck bereitgehaltene weiße Bluse mit Rüschen am Kragen aus der karierten Tasche nahm, sich umzog, das Handtuch in den rostigen Abfallkorb warf und loszog, Moskau zu erobern, und zwar vom erstbesten Ort aus, also vom berühmten Platz der drei Bahnhöfe.

In der karierten Tasche lagen zwei Paar Schlüpfer, eine schmutzige blaue Bluse, ein Heft mit eigenhändig abgeschriebenen Gedichten und ein Packen Postkarten mit berühmten Schauspielern. Sie war hart, schlau und tatsächlich unglaublich naiv: Sie wollte Filmschauspielerin werden.

Alles deutete daraufhin, daß Jasja eine professionelle Prostituierte werden mußte, aber das passierte nicht.

In den zwei Jahren in Moskau erzielte sie bedeutende Erfolge: Sie hatte einen vorläufigen Zuzug und vorläufigen Wohnraum in einer Abstellkammer der Schule, in der sie als Putzfrau arbeitete. Dort besuchte sie von Zeit zu Zeit der Abschnittsbevollmächtigte Malinin, ein alter, rotgesichtiger Wohltäter, durch den sie zu all diesen vorläufigen Schicksalsgaben gekommen war. Malinins Besuche waren kurz, für Jasja nicht weiter beschwerlich und nicht sonderlich reizvoll für Malinin; aber er war ein besessener Erpresser und Schmiergeldkassierer, und da es bei Jasja absolut nichts zu holen gab, mußte er nehmen, was er kriegen konnte.

In diesem Verschlag, auf einer Turnmatte, die

ohne weiteres das Bett ersetzte, erzählte Jasja Tanja ihre Geschichte. Tanja nahm sich alles sehr zu Herzen und empfand dabei ein intensives, kompliziertes Gemisch aus Mitleid, Neid und Scham für ihr eigenes hoffnungsloses Wohlleben. Nachdem Jasja ausführlich, genau und trocken alles erzählt hatte, woran sie sich erinnerte, sah sie plötzlich alles Erlebte von außen und verspürte einen so heftigen und endgültigen Haß darauf, daß sie nie mehr jemandem diese Wahrheit erzählte. Sie nahm eine neue Vergangenheit an – mit einer aristokratischen Großmutter, einem Gut in Polen und französischen Verwandten, die eines Tages zu gegebener Stunde wie der Geist aus der Flasche in ihrem Leben auftauchen würden.

Außer Jasjas Kammer gab es in der Schule noch einen weiteren Wohnraum, in dem die Lehrerin für russische Sprache und Literatur lebte, die Kriegswitwe Taisja Sergejewna. Malinins Besuche mißbilligte sie heftig, aber das hinderte sie nicht, Jasja diverse Reinigungsarbeiten oder die Aufsicht über ihre kleinen Kinder zu übertragen. Für diese Nachbarschaftsdienste durfte Jasja den Bücherschrank der Lehrerin benutzen und wurde vom Literaturunterricht freigestellt. Taisja Sergejewna ließ Jasja in dieser Zeit lieber Kinder hüten.

Wenn Jasja ihren Arbeitstag hinter sich hatte, legte sie sich auf die nach verschwitzter Haut riechende Matte und lernte Krylows Fabeln auswendig, die zu allen Zeiten für die Aufnahmeprüfung an jeder Schauspielschule unabdingbar waren. Oder sie las

Shakespeare, vom ersten bis zum letzten Band, und sprach mit tragischem Flüsterton alle weiblichen Rollen – von Prosperos Tochter Miranda bis zu Perikles' Tochter Marina.

Die Lehrer der Abendschule, bereits erschöpft vom Vormittag, wenn sie die Kleinen unterrichteten, die Tagesbrüder ihrer Abendschüler, belästigten diese im Unterricht nicht allzusehr. Zudem bestand die Hälfte der Klasse aus Bewohnern des Milizwohnheims ganz in der Nähe; die müden jungen Männer schlummerten friedlich in der halbdunklen Klasse, bekamen ihre Dreien und setzten erfolgreich ihre Ausbildung fort, manche als Juristen, andere auf Parteiebene ... Jasja paßte als einzige in die Schulbank, die anderen zwängten sich mühselig in die eigens zum Quälen kleiner Kinder erfundenen Folterbänke.

Die ruppige, schwungvolle Tanja bewegte sich lärmend, mit der ungezogenen Zügellosigkeit eines Fohlens. Wenn sie sich setzte, stieß sie so sehr an die Bank, daß Jasjas leichter Kopf hüpfte. Wenn Jasja aufstand, schlug sie lautlos den Deckel hoch und bewegte sanft und geschmeidig ihre Hüften. Sie ging durch den schmalen Gang zur Tafel, ihr Unterkörper schien ein wenig hinter dem Oberkörper zurückzubleiben, sie zog das jeweils hintere Bein leicht nach, verharrte kurz auf Zehenspitzen und bewegte die Knie, als stießen sie nicht gegen den verschlissenen Rock, sondern gegen den schweren Stoff eines langen Abendkleides. Auch im Kreuz bog sie sich auf ganz besondere Weise, jeder Körperteil vollführte seine eigenen Bewegungen, und alle zusammen – ein kleines Spiel mit der Brust, die wiegenden Hüften, ein besonderes Federn der Füße –, das alles zusammen war nicht einstudierte Koketterie, sondern die Musik eines weiblichen Körpers, der Aufmerksamkeit und Bewunderung heischte. Der nicht mehr junge, dreißigjährige Milizionär Tschurilin mit dem großflächigen Gesicht voller schwarzer Kriegsnarben schüttelte den Kopf und murmelte:

»So was, hmmm ...«

Es war nicht ganz klar, was er damit ausdrücken wollte – Abscheu oder Begeisterung. Im übrigen hielt sich Jasja so unabhängig, daß die Milizionäre nie über tschurilinsches Muhen hinausgingen.

Auf dem Nachhauseweg probierte Tanja im dunklen Park immer wieder, zu gehen wie Jasja, deren Musik mit ihren Knien, Hüften und Schultern zu spielen – sie reckte den Hals, zog das Bein nach und schaukelte mit den Hüften. Sie glaubte, ihre Größe hindere sie daran, ebenso anziehend und zerbrechlich zu wirken wie Jasja, und beugte den Rücken. Sie hat etwas Elfenhaftes an sich, dachte Tanja. Der ballettartigen Gangübungen müde, eilte sie nach Hause – sie schleuderte die ellenlangen Beine, schwenkte ungleichmäßig mal den rechten, mal den linken Arm und warf den Kopf zurück, weil ihr die mit Abendnebel vollgesogenen Haare ins Gesicht fielen. Robert Viktorowitsch, der ihr abends im Park oft entgegenging, erkannte von weitem ihren Gang und ihren ganzen Charakter, der sich in den unkoordinierten Bewegungen ausdrückte, und lächelte über die Kraft und Ungereimtheit seiner ihn um einen halben Kopf überragenden Tochter.

Sie beide liebten den abendlichen Park, schätzten die schweigende Übereinstimmung, die heimliche Bestätigung ihrer unausgesprochenen Verschwörung gegen Sonetschka. Beide, Robert Viktorowitsch aus angeborenem Hochmut, Tanja kraft ihrer Jugend und ihrer Erbmasse, nahmen für sich einen gut Teil erlesenen Intellektualismus in Anspruch und überließen Sonetschka die niederen Dinge wie Tisch und Kochtopf.

Doch Sonetschka kam es gar nicht in den Sinn, ihr Los zu bedauern und auf den Erhabenen eifersüchtig zu sein: Sie wusch Teller und Töpfe blitzblank, kochte mit leidenschaftlichem Eifer nach Rezepten, die sie mit lila Tinte aus einem Buch von Jelena Molochowez bei ihrer Schwester abgeschrieben hatte, kochte kesselweise Wäsche, bleichte und stärkte sie, und Robert Viktorowitsch stand manchmal hinter ihr und betrachtete aufmerksam Grütze, Wäsche, zerschnitzelte Kernseife oder Bohnen und bemerkte mit dem ihm eigenen Scharfsinn die überzeugende Ästhetik, hohe Sinnerfüllung und Schönheit in Sonetschkas häuslichem Wirken. Weise, weise ist die Welt der Ameise, dachte er flüchtig und schloß hinter sich die Tür zur Veranda, wo er seine rauhen Papiere hatte, das Bleiweiß und das Wenige, das er sonst noch für seine strengen Übungen zuließ.

Tanja interessierte sich nicht für das Küchenleben ihrer Mutter: Sie existierte nun im Nebel der Verliebtheit. Wenn sie am Morgen erwachte, lag sie lange mit geschlossenen Augen da und stellte sich Jasja vor, sich und Jasja in reizvollen, erfundenen Situationen: Mal ritten sie auf weißen Pferden über eine junge Wiese, mal kreuzten sie mit einer Jacht auf dem Mittelmeer herum.

Ihr freier, ja unverfrorener Umgang mit dem heiligen Instrumentarium der Natur endete für sie damit, daß ihre Instinkte sich ein wenig verirrten, und während sie mit schlanken Burschen fröhliches körperliches Vergnügen teilte, sehnte ihre Seele sich nach erhabenem Austausch, nach Vereinigung, Verschmelzen und Gegenseitigkeit ohne Grenzen und Ufer. Ihre Seele hatte Jasja auserwählt, und mit aller Kraft ihres Verstandes versuchte sie diese Wahl zu begründen, eine rationale Erklärung dafür zu finden.

»Ach, Mama, sie wirkt so schwach, so federleicht, aber sie ist ungeheuer stark!« rief Tanja begeistert, als sie ihrer Mutter von der neuen Freundin, vom schrecklichen Kinderheim, von Ausbrüchen, Schlägen und Siegen erzählte. Jasja hatte aus natürlicher Vorsicht bei ihren Erzählungen Tanja gegenüber einiges ausgelassen: die Verbannung der Mutter, den billigen kindlichen Handel mit ihrem Körper und ihren eingefleischten Hang zu kleinen Diebstählen.

Doch das Erzählte genügte Sonetschka, um Mitgefühl für das kindliche Leid zu empfinden und zu erraten, was Tanja verborgen geblieben war. Das arme, arme Mädchen, dachte Sonja. Das hätte unserer Tanetschka auch passieren können, bei allem, was war ...

Sie dachte an die vielen Fälle, da Gott sie vor einem frühen Tod bewahrt hatte: als Robert im Vorortzug von Alexandrow aus dem Wagen geworfen worden war; als in dem Raum, wo sie arbeitete, ein Balken herabstürzte und das halbe Zimmer, das sie eine Minute zuvor verlassen hatte, mit uralten schwarzen Ziegeln übersät war; und als sie nach einer eitrigen Blinddarmentzündung beinah auf dem Operationstisch gestorben wäre. Das arme Mädchen, seufzte Sonetschka, und das unbekannte Mädchen nahm Tanjas Züge an ...

Bis Silvester schlug Jasja Tanjas Einladungen nach Hause immer wieder aus. Sie zuckte die Achseln und lehnte ab, ohne ihre hartnäckige Weigerung zu erklären.

Die Sache war die, daß Jasja schon lange eine starke und unklare Vorahnung hatte, was das neue und vielversprechende Territorium anging, weshalb sie sich heimlich und gründlich wie ein Feldherr auf die entscheidende Schlacht, auf diesen Besuch vorbereitete, an den sie die unbestimmtesten Hoffnungen knüpfte.

Im Geschäft »Stoffe« am Nikita-Tor kaufte sie ein Stück Taft, kühl auf der Haut, heiß fürs Auge, in einer Farbe, die irgendwie verbrüht aussah, und nähte spätabends mit kleinen Stichen, per Hand, ein festliches Kleid – still und einsam wie im Gebet und konzentriert wie eine schwangere Frau, die ein bißchen Angst hat, mit dem vorzeitigen Nähen von Kleidern für das Ungeborene sein Zurweltkommen zu verderben.

Sie kam am einunddreißigsten Dezember nach elf. Am gedeckten Tisch saßen bereits der Barbizonier, der Dichter und obendrein noch ein Regisseur mit Vogelnase und Froschmund. Sie hatte ihre bedeutenden Gesichter noch gar nicht recht betrachtet, jubelte aber innerlich bereits, denn sie wußte, daß sie ins Schwarze der vorausgeahnten Zielscheibe getroffen hatte. Genau sie, diese erwachsenen, selbständigen Männer, brauchte sie für den Anlauf, für den Aufstieg, für ihren vollkommenen und endgültigen Sieg.

Mit einem zärtlichen und dankbaren Blick bedachte sie Tanja, die ihr mit geschminkten Wangen glücklich und rosig entgegenstrahlte. Tanja war sich bis zur letzten Minute nicht sicher gewesen, ob Jasja kommen würde, und jetzt war sie stolz auf Jasjas Schönheit, als hätte sie selbst sie erdacht und gemalt.

Jasjas Kleid raschelte laut und seidig, ihr schweres blondes Haar war wie aus einem Guß, wie aus hellem Pech gegossen, und lag auf ihren Schultern wie abgehackt, genau wie bei Marina Viady in dem in jenen Jahren berühmten Film »Die Hexe«. Das Kleid war tief ausgeschnitten, und ihre winzigen Gemsenbrüste, eng aneinandergepreßt, bildeten einen sanften Pfad abwärts; die ohnehin schmale Taille war noch extra wie ein Kelch zusammengeschnürt, die

Fesseln unter den festen Waden waren schmal, und die Handgelenke wirkten wegen der leichten Mollligkeit der Oberarme besonders zierlich. Ja, das ist nicht die Grobheit einer Gitarre, sondern die gläserne Anmut eines Kelches, bemerkte Robert Viktorowitsch flüchtig.

Ein bißchen enttäuscht war Sonetschka. Schon vorher voller Mitgefühl für das Schicksal des armen Mädchens, hatte sie nicht erwartet, anstelle eines schmuddeligen Aschenputtels eine gutgekleidete Schönheit mit geschminkten Augen und dem ganzen Liebreiz der blonden Slawin zu erblicken.

Auf Fragen antwortete Jasja einsilbig, die Augen hielt sie gesenkt, bis sie die tuscheschweren Lider hob, um sich im demütig-königlichen Tonfall ihrer verstorbenen Mutter die Worte zu entringen, ja, zu entringen: »Danke, nein, ich danke Ihnen, ja ...« In ihren knappen Antworten konnte das hellhörige Ohr den polnischen Akzent heraushören, das Verschmelzen von »w« und »l«.

Sonetschka legte Jasja voller Rührung Essen auf den Teller. Jasja seufzte, lehnte ab, aß dann aber sowohl die Entenkeule als auch ein Stück Sülze und den Krabbensalat.

»Ich kann schon nicht mehr, danke schön«, sagte Jasja jedesmal beinah klagend, und Sonetschka konnte das Mitgefühl nicht aus ihrem Herzen verdrängen – eine Waise, das arme Mädchen, Kinderheim ... Mein Gott, wie ist so etwas möglich ...

Der Barbizonier Alexander Iwanowitsch sang

bereits mit dunkler Küsterstimme italienische Opernarien, der betrunkene Gawrilin führte wahnsinnig komisch vor, wie ein Hund nach einem Floh sucht. Die Augen verdreht, knurrte er mal böse, mal wohlig, steckte den Kopf unter die Achsel und brachte alle zum Lachen, bis sie nicht mehr konnten. Robert Viktorowitsch lächelte, und das zwiefache Metall seiner Augen und der frisch eingesetzten Zähne blinkte.

Nach zwei kam Aljoschka Piterski, Tanjas glühender Verehrer, mit seinem künftigen Ruhm, den er bereits anprobierte, und einem Säckchen voll grauem Gras – er war einer der ersten Liebhaber des asiatischen Rauschs an den Ufern der Newa. Aljoschka packte ohne sich zu zieren seine Gitarre aus und sang ein paar traurig-geistreiche und lustige Lieder, wobei er schreckliche Grimassen schnitt und seinen Harlekinmund breit auseinanderzog.

Aljoscha war verliebt in Tanja, Tanja in Jasja, und Jasja verliebte sich an diesem Abend in Tanjas Zuhause. Gegen Morgen, nachdem die Gäste gegangen waren und die Mädchen beim Tischabräumen geholfen hatten, ließ Sonja Jasja in dem leerstehenden Eckzimmer übernachten, wo Robert Viktorowitsch sie am nächsten Tag vorfand, als er auf der Suche nach einer Rolle grauen Papiers war.

Im Haus war es still. Sonja war, nachdem sie aufgeräumt hatte, zu ihrer Schwester gefahren, Tanja schlief in ihrem Dachstübchen, und Jasja, vom Türquietschen aufgewacht, öffnete die Augen und beobachtete lange, wie Robert Viktorowitsch leise fluchend hinter dem Schrank herumkramte. Sie betrachtete seinen Rücken und überlegte lange, welchem amerikanischen Schauspieler er ähnelte. Sie hatte genauso ein Gesicht, genauso einen silbergrauen Igelkopf schon einmal gesehen, in der polnischen Zeitschrift »Przegląd artystyczny«, die sie immer von vorn bis hinten las. Sie konnte sich beim besten Willen nicht an den Namen des Schauspielers erinnern, aber ihr schien, der Amerikaner habe sogar genauso ein großkariertes Hemd angehabt.

Sie setzte sich auf. Das Bett quietschte. Robert Viktorowitsch drehte sich um. Aus einem riesigen Nachthemd von Sonja sah ein kleiner blonder Kopf auf kurzem Hals heraus. Das Mädchen leckte sich die Lippen, lächelte, packte das Nachthemd an den Ärmeln, und es rutschte leicht über den Halsausschnitt hinunter. Mit dem Fuß warf sie die Decke zu Boden, richtete sich zu voller Größe auf, und das riesige Nachthemd glitt ungehindert ab. Sie lief mit ihren kindlichen kleinen Füßen über den kalten gestrichenen Fußboden zu Robert Viktorowitsch, nahm ihm die Papierrolle aus der Hand, die er endlich gefunden hatte, ersetzte sie gleichsam durch sich selbst und lag plötzlich in seinen Armen.

»Ein Mal, aber schnell«, sagte die geschäftige Fee ohne jede Koketterie, wie sie gewöhnlich mit ihrem Wohltäter, dem Milizionär Malinin sprach. Aber da wußte sie wenigstens, warum sie es tat, hier aber – weder Eigennutz noch Berechnung. Sie wußte selbst nicht, warum. Aus Dankbarkeit gegenüber dem Haus ... Und außerdem – er sah diesem Schauspieler so verdammt ähnlich, dem berühmten Amerikaner. Peter O'Toole oder so ...

Daß ein Mann den ihm angebotenen Liebesdienst, ein Zeichen der Dankbarkeit und Aufmerksamkeit, ausschlagen konnte, wußte sie einfach nicht. Klein, wie aus wärmstem, weißestem Holz geschnitzt, reckte sie ihm ihr feierliches Gesicht entgegen.

Er wich ein Stück zurück zum Schrank, sagte streng: »Ab unter die Decke, du wirst dich erkälten!« und verschwand aus dem Zimmer, wobei er die Papierrolle ganz vergaß. Noch nie hatte er einen so mondgleichen, metallisch glänzenden Körper gesehen.

Jasja deckte sich mit der noch nicht ausgekühlten Decke zu und war binnen einer Minute wieder eingeschlafen. Sie schlief süß und war sich auch im Traum der Süße dieses häuslichen Schlafs in einem behaglichen Zuhause bewußt, und Sonjas Nachthemd, das sie nicht wieder angezogen hatte, lag unter ihrer Wange und duftete paradiesisch.

Robert Viktorowitsch lief wie angestochen im Nebenzimmer auf und ab, fröstelte und schüttelte den Kopf. Die Morgendämmerung des gerade anbrechenden Jahres blickte zum Fenster herein; Sonja blieb noch immer aus, und Tanja kam nicht die knarrende Treppe herunter. Er öffnete vorsichtig die Tür zum Eckzimmer und ging leise zum Bett. Das Mädchen war fast bis obenhin zugedeckt, nur der blonde

Hinterkopf lag draußen. Er steckte seine trockenen Hände unter den warmen Deckenhügel. Die Einmischung seiner Hände in Jasjas Traum unterbrach ihn nicht und verdarb nichts. Jasja drehte sich seinen Händen entgegen, und für Robert Viktorowitsch begann noch ein neues, sein letztes Leben.

Der rechtschaffene Neujahrsfrost verstärkte sich zum Abend. Auf dem Tisch welkten die Reste des nun bereits vorjährigen Mahls. Robert Viktorowitsch aß nicht. Essen vom Vortag erregte ihm Abscheu, und er dachte an seine weisen Vorfahren, die die Reste des Ostermahls verbrannten, weil sie einen solchen Verfall nicht duldeten.

Sonetschka rührte sinnlos in ihrem Tee, obwohl gar kein Zucker drin war, und wollte ihrem Mann etwas Wichtiges sagen, fand aber nicht die passenden Worte dafür.

Robert Viktorowitsch hing mit grüblerischer Miene dem dumpfen Widerhall des glücklichen Dröhnens im Innern seiner alternden Knochen nach und versuchte sich zu besinnen, wann er das schon einmal empfunden hatte ... Woher das seltsame Gefühl der Erinnerung ... Vielleicht hatte es in der Kindheit etwas Ähnliches gegeben, wenn er nach ausgiebigem Toben im schweren Dneprwasser auf den knirschenden überhitzten Sand kroch, sich eingrub und sich in diesem Sandbad wärmte, bis es ihm süß durchs Mark rann ... Ähnlich war auch das heftige Aufleuchten in der Kindheit, als der kleine Ruwim, Sohn des Avidgor, aus dem mit den Jahren Robert Viktorowitsch wurde, eines Nachts hinausging, um sein kleines Geschäft zu verrichten, den Kopf in den Nacken legte und sah, daß alle Sterne der Welt mit lebendigen und neugierigen Augen auf ihn herabblickten und ein leises Klingen einen faltenreichen Mantel am Himmel ausbreitete, und er, der kleine Junge, hielt alle Fäden der Welt in der Hand, und am Ende jedes Fadens klingelte ein durchdringendes feines Glöckchen, und in dieser gigantischen Spieluhr war er das Herz, die ganze Welt folgte seinem Herzschlag, jedem Atemzug, seinem Blutstrom und seinem warmen Urinstrahl ... Er ließ das hochgezogene Nachthemd herunter und hob langsam die Arme, als dirigiere er dieses Himmelsorchester ... Die Musik durchdrang ihn ganz und gar, floß ihm als süße Welle durchs Mark ...

Vergessen, vergessen hatte er diese Musik, nur die Erinnerung daran war viele Jahre lang nicht erloschen.

»Robert, das Mädchen kann doch bei uns wohnen. Das Eckzimmer ist frei ...«, sagte Sonetschka leise und hörte auf, in ihrem Teeglas zu rühren.

Robert Viktorowitsch sah seine Frau verwundert an und sagte, wie immer, wenn von Dingen die Rede war, die ihn wenig berührten:

»Wenn du es für nötig hältst, Sonja. Tu, was du für nötig hältst.«

Damit ging er in sein Zimmer.

Jasja zog in Sonetschkas Haus. Ihre schweigsame,

anmutige Gegenwart war Sonja angenehm und schmeichelte insgeheim ihrem Stolz – eine Waise zu beherbergen, das war eine »mizwa«, eine gute Tat, und für Sonja, die mit den Jahren das Jüdische in sich immer stärker empfand, war es eine Freude und angenehme Pflichterfüllung zugleich.

Sie besann sich wieder auf den Sabbat, es zog sie zum geordneten rituellen Leben ihrer Vorfahren mit seiner unerschütterlichen Grundlage, einem stabilen Tisch mit schweren Füßen und einem steifen festlichen Tischtuch, mit Kerzen, selbstgebackenem Brot und der familiären sakralen Feier, die am Vorabend des Sabbats in jedem jüdischen Haus stattfindet. Abgeschnitten von diesem archaischen Leben, verlegte sie ihren ganzen religiösen Eifer auf die Küchenarbeit mit Fleisch, Zwiebeln und Möhren, auf die steifen weißen Servietten, aufs Tischdecken, wo die Gewürzmenage, die Messerbänke und die Teller rechts und links regelgerecht standen, wie es eine ganz andere Vorschrift gebot, die neue, bürgerliche. Doch so weit dachte Sonja nicht.

In den letzten Jahren, Jahren relativen Wohlstands, wurde ihr die Familie plötzlich zu klein, und insgeheim litt sie darunter, daß es ihr nicht vergönnt war, viele Kinder zu gebären, wie es in ihrem Volk üblich war. Sie kaufte immer mehr Saucieren und englische Fayenceteller zu sagenhaften Schleuderpreisen im Kommissionsgeschäft in der Nishnaja Maslowka, als wolle sie sich für den bevorstehenden Kinderreichtum ihrer Tochter Tanja rüsten.

Sonjas Religion bestand wie die Bibel aus drei Teilen. Aber anstelle von Thora, Nebiim und Kebutim waren das Vorsuppe, Hauptgericht und Nachtisch.

Jasjas Anwesenheit bei Tisch schuf in Sonjas Augen die Illusion von Familienzuwachs und schmückte die Tafel – so natürlich und lieblich benahm sie sich bei Tisch; sie aß scheinbar nicht viel, aber mit unstillbarem Appetit, bis zur komischen Erschöpfung, denn ihre Erinnerung an den ständigen Hunger in der Kindheit war unauslöschlich. Dann lehnte sie sich im Stuhl zurück und stöhnte leise:

»Oh, Tante Sonja! Es hat so gut geschmeckt. Ich hab wieder zu viel gegessen.«

Sonetschka lächelte selig und stellte flache Glasschalen mit Kompott auf den Tisch.

Zwei Monate waren vergangen. Dank Jasjas katzenhafter Anpassungsfähigkeit und ihrem angeborenen Zartgefühl hatte sie nicht nur das Eckzimmer bekommen, sondern sich obendrein in der Familie als eine Art Verwandte etabliert.

Frühmorgens lief sie aus dem Haus und putzte die rauhen Schulflure und die stets überschwemmten Toiletten, abends ging sie mit Tanja in dieselbe Schule zum Unterricht. Manchmal kamen sie nicht bis zur Schule, sondern schwänzten die armseligen Stunden der schläfrigen Lehrer. Zwischen ihnen hatte sich ein schwesterliches Verhältnis herausgebildet, wobei Tanja, die Jüngere, mit Jasjas Einzug unbemerkt die Rolle der älteren Schwester übernommen hatte, und ihre Verliebtheit in Jasja war nun weniger euphorisch und überspannt.

Die Mädchen kletterten oft in Tanjas Dachstübchen. Tanja spielte in Lotospose ihre falsche Flötenmusik, und Jasja, zu ihren Füßen kauernd, las mit leicht lispelnder Flüsterstimme die aussterbenden Stücke Ostrowskis. Sie bereitete sich auf die Schauspielschule vor.

Sonja war gerührt von Jasjas Leseleidenschaft. Zudem schien ihr, daß nebenbei auch Tanja an die große Kultur herangeführt wurde. Darin irrte sie.

Wenn die Mädchen überhaupt miteinander redeten, dann begnügte sich Jasja hauptsächlich mit der Rolle der höflichen Zuhörerin. Ohne sonderliches Interesse und innere Anteilnahme ließ sie sich Tanjas Liebesabenteuer erzählen. Der Enthusiasmus der Freundin war ihr völlig fremd; Tanja jedoch führte diese Gleichgültigkeit auf Jasjas, im Vergleich zu ihren eigenen reichhaltigen Erlebnissen, geringe Erfahrungen auf diesem Gebiet zurück. Es kam ihr nicht in den Sinn, daß Jasja – zum erstenmal seit ihrem zwölften Lebensjahr – der Notwendigkeit enthoben war, »diese ekligen Dinger« in ihren desinteressierten Körper zu lassen.

Robert Viktorowitsch litt unter Jasjas Anwesenheit. Die Episode im Eckzimmer, im Morgengrauen des ersten Tages des Jahres, war in seiner Erinnerung wie ein Rausch, ein heimlich beobachteter fremder Traum. Jasja ließ er jetzt nur noch an den Rand seines Blickfeldes, labte seinen Blick verstohlen an ihrem stillen Weiß und verging im Feuer jugendlichen Begehrens. Er gestattete sich nicht die geringste Bewegung in ihre Richtung, aber nicht aus kleinlichen moralischen Motiven. Sein Verlangen gehörte ihm, doch die Frau gehörte ihm nicht, mehr noch – da sie dank Sonjas Bemühungen einen tabuisierten Platz neben seiner Tochter eingenommen hatte, konnte sie ihm nicht gehören.

Stundenlang betrachtete er das sich durch Beleuchtung und Nässe ständig ändernde Weiß des Schnees vorm Fenster, vertiefte sich in die verschwimmende weiße Oberfläche eines Fayencekruges, in grobkörnige Whatmanblätter auf dem Tisch, in die trübweißen Gipsabgüsse alter Reliefs mit den sich darauf nur schwach abzeichnenden Buchstaben eines altertümlichen Alphabets.

Am Ende des zweiten Monats begann er wieder zu malen – zwanzig Jahre nach den Übungen im Lager, eigenwilligen Kopien von langweiligem Wild.

Jetzt waren es durchweg weiße Stilleben, in denen sich Robert Viktorowitschs vielschichtige Gedanken über die Natur des Weißen, über die Form und die das Malerische versklavende Faktur niederschlugen; Silben und Worte seiner Gedanken waren Zuckerdosen aus Porzellan, weiße Waffelhandtücher, Milch im Glas und alles, was dem gewöhnlichen Auge weiß erscheint, für Robert Viktorowitsch jedoch ein quälender Weg auf der Suche nach dem Idealen und Geheimnisvollen war.

Eines Tages, als der Winter bereits zum Aufbruch rüstete und die Schneepracht im Peterspark schwand und zusammenschmolz, traten sie beide zur selben Zeit auf die Vortreppe: Robert Viktorowitsch mit zwei Bilderrahmen und einer Rolle Zeichenkarton und Jasja mit einer roten Stofftasche, in der zwei Bücher für den abendlichen Unterricht lagen.

»Halten Sie bitte mal.« Er drückte ihr die Rolle in die Hand und hatte das dunkle Gefühl, etwas Ähnliches habe sich irgendwo schon einmal abgespielt.

Jasja zog die Rolle schnell an sich, während er die Bilderrahmen bequemer zu fassen versuchte.

»Vielleicht kann ich Ihnen tragen helfen«, schlug das Mädchen vor, den Blick gesenkt.

Er schwieg, sie hob den Kopf, und zum erstenmal, seit sie unter einem Dach lebten, bohrte er sich mit seinem scharfen Blick bis ins Innere ihrer gleichmütigen Augen. Er nickte, sie senkte zustimmend den Kopf mit dem flauschigen weißen Kopftuch und folgte ihm, mit ihren kindlichen Gummistiefeln verschwörerisch in seine Fußstapfen tretend.

Er drehte sich auf dem ganzen kurzen Weg nicht um. Im Gänsemarsch langten sie am Eingang des mehrstöckigen Hauses an, wo in langen Fluren, Tür an Tür, fleißig und geschäftig gutbezahlte sozialistische Kunst geschaffen und ab und zu sperrige Ausführungen des glatzköpfigen Geistesgiganten auf die trostlosen Flure gestellt wurden.

Mit dem Rücken an die Granitkante eines Monuments gelehnt, hielt Robert Viktorowitsch ungeschickt mit dem Fuß die Tür auf und ließ Jasja als erste hineingehen. In dem Augenblick, als die Tür zuklappte, verspürte er heftiges, dumpfes Herzklopfen, aber nicht in der Brust, sondern irgendwo tief in seinem Bauch. Das Herzklopfen stieg auf, wie die Sonne vom Horizont, Meeresrauschen erfüllte seinen Kopf, die Schläfen, sogar die Fingerspitzen. Er stellte die Bilderrahmen ab und nahm Jasja die Rolle aus der Hand. Da erinnerte er sich, wann das gewesen war.

Er lächelte, die Hand auf dem feuchten Flausch ihres Kopftuches, und sie öffnete bereits flink die riesigen Knöpfe ihres selbstgeschneiderten Mantels, den sie mit Sonetschka zusammen viele Abende lang aus einem alten Plaid genäht hatte. In jenem Jahr waren große Knöpfe Mode. Auch Jasjas Rock und Bluse wurden von Scharen brauner und weißer Knöpfe zusammengehalten, die sie jetzt, nachdem sie den Mantel abgeworfen hatte, ernst und bedächtig einen nach dem anderen aus den ordentlich gesäumten Knopflöchern holte.

Das Herzklopfen, das inzwischen zum Geläut angewachsen war und alle Winkel der kleinsten Kapillare erfüllte, hörte mit einem Schlag auf, und in der blendenden Stille setzte sie sich auf einen kaputten Sessel und zog die straffen Beine unter sich. Dann gab sie ihr hinten mit einem Gummi zusammengehaltenes langes Haar frei und wartete, wann er sich wohl aus seiner Erstarrung lösen und das Geringe nehmen würde, worum es ihr nicht leid tat ...

Von diesem Tag an kam Jasja fast jeden Tag ins Atelier gelaufen. Heiß und eigenartig schweigsam war ihre Romanze. Gewöhnlich kam sie, setzte sich in den ein für allemal auserkorenen Sessel und löste das Haar. Er setzte den Teekessel auf, kochte einen kräftigen Tee, rührte fünf Stück Zucker in einen weißen Emaillebecher – aus alter Kinderheimgewohnheit konnte sie von Süßem nicht genug kriegen – und stellte eine weiße Zuckerdose aus Porzellan vor sie hin, denn sie nahm Zucker nicht nur in den Tee, sie aß ihn auch dazu.

Er sah sie lange, lange an, während sie langsam ihren Sirup trank und er sich in ihr Weiß versenkte, das vor dem matten Weiß der leeren Wand greller als ein Regenbogen leuchtete. Der Emailleglanz des Bechers in ihrer rosigen, aber dennoch weißen Hand, die groben Zuckerstücke mit den kristallfunkelnden Bruchstellen und der weißliche Himmel draußen – das alles bildete ein Strahlenspektrum, gekrönt von ihrem Gesicht, das weiß war wie ein Ei, ein Wunder an Weiß, Wärme und Lebendigkeit; dieses Gesicht war der Grundton, aus dem alles hervorging, wuchs, spielte und vom Geheimnis des toten und lebendigen Weiß kündete.

Er genoß ihren Anblick, und sie spürte es und wuchs unter seinen Augen, zerfloß vor kleinem weiblichem Stolz und genoß ihre unendliche Macht, denn sie wußte: Sie brauchte nur ihr kindlich schamloses: »Willst du mal?« zu sagen, und er würde nikken und sie zu der mit einem alten Teppich bedeckten Liege tragen, und wenn nicht, dann würde er sie weiter so anstarren, der Ärmste, das Dummerchen, der komische Kauz; er war etwas ganz Besonderes und liebte sie wahnsinnig ...

Wahnsinnig, wiederholte sie in Gedanken, und ein stolzes Lächeln huschte über ihre Lippen; er spürte ihren dümmlichen Triumph, sah sie aber nur fortwährend an, bis sie sagte:

»Na dann ... Ich geh jetzt.«

Er stellte ihr nie Fragen, und sie erzählte nichts von sich, aber das war auch gar nicht nötig. Sein grenzenloses Verlangen nach ihr brauchte, ebenso wie ihr unablässiger Wunsch, bei ihm zu sein, keinerlei Bestätigung durch Worte. In seiner Gegenwart fühlte sie sich bereits jetzt am Ziel ihrer geplanten Karriere: reich, schön und frei. Die Schauspielschule brauchte sie nicht mehr.

Mitte April begann er mit ihrem Porträt. Erst malte er eins mit Teekanne und weißen Blumen, dann ein anderes. Es entstand eine ganze Myriade weißer Gesichter, wobei eins vom nächsten in den Schatten gedrängt wurde und wieder hervortrat; alle diese Gesichter waren durch irgendeine optische Täuschung miteinander verbunden.

Robert Viktorowitsch malte schnell. Doch obwohl sie bei ihm saß und das für den Maler wichtig war, malte er nicht nach Modell. Er hatte sie förmlich in sich aufgesogen und blickte erst jetzt in sein geheimes Arsenal. Er arbeitete den ganzen Tag, solange es hell war, blieb immer länger im Atelier. Er war auch früher schon gern am frühen Morgen hergekommen, doch jetzt übernachtete er häufig auch.

Zu dieser Zeit, als die Anziehungskraft seines Zuhauses nachließ, Robert Viktorowitsch immer mehr ins Atelier zog und das Atelier weich und kupplerisch die schweigsame Geliebte aufnahm, brauten sich über seinem Heim Wolken zusammen.

Ihre ganze kleine Siedlung war zum Abriß vorgesehen. Jahrelanges Gerede, hartnäckig, aber ohne Überzeugungskraft, verwirklichte sich plötzlich in einem häßlichen Papier mit verwischtem Stempel – dem Beschluß über den Abriß des Hauses und die Umsiedlung seiner Bewohner. Das Papier wurde nicht persönlich ausgehändigt, wie es sich in solchen Fällen gehört, sondern per Post geschickt, und mitten am Tag, als die Morgenpost schon lange ausgetragen war, fand Sonja das unheilvolle Papier im Briefkasten.

Das Papier in der fest zusammengepreßten Hand, kam Sonja zu ihrem Mann ins Atelier gerannt, wohin sie für gewöhnlich nicht ging, weil sie sich an ein unausgesprochenes, aber ihr wohlbekanntes Verbot hielt. Robert Viktorowitsch war allein, er arbeitete. Sonja setzte sich in den Sessel, der unter ihr knackste. Ihr Mann saß ihr schweigend gegenüber. Sonja betrachtete lange die Leinwände mit den fahlen weißäugigen Frauen und begriff, wer die echte Schneekönigin war. Und Robert Viktorowitsch begriff, daß sie es begriff. Sie sagten kein Wort.

Sonja saß eine Weile schweigend da, legte dann die traurige Benachrichtigung auf den Tisch und verließ das Atelier. An der Haustür blieb sie wie betäubt stehen. Ihr schien, ringsum müsse Schnee liegen – doch draußen wogte und schwebte grün-buntes Maigrün, und nach Grün klang das langgezogene Klingeln der Straßenbahnen.

Sie ging nach Hause, zu ihrem geliebten glücklichen Heim, das aus irgendeinem Grund Balken für Balken auseinandergerissen werden sollte. Tränen rannen ihr über die langen runzligen Wangen, und sie flüsterte mit ausgetrockneten Lippen:

»Das mußte schon lange passieren, schon lange ... Ich hab immer gewußt, daß das nicht sein kann ... Das konnte nicht sein ...«

In den zehn Minuten, die sie für den Nachhauseweg brauchte, wurde sie sich bewußt, daß die siebzehn Jahre ihrer glücklichen Ehe zu Ende waren, daß ihr nichts gehörte, weder Robert Viktorowitsch – doch wem hatte er je gehört? – noch Tanja, die durch und durch ganz anders war, dem Vater oder dem Großvater nachgeraten, aber nicht ihrem, Sonjas schüchternem Wesen, noch das Haus, dessen Seufzen und Ächzen sie nachts spürte wie alte Menschen ihren sich mit den Jahren entfremdenden Körper. Wie gerecht, daß diese junge Schönheit an seiner Seite sein wird, zart, fein und ihm ebenbürtig in ihrer Einzigartigkeit und Überdurchschnittlichkeit, und wie weise vom Leben, ihm im Alter ein solches Wunder zuzuführen, das ihn veranlaßt hat, sich wieder dem zuzuwenden, was für ihn das wichtigste ist – der Kunst, dachte Sonja.

Völlig leer, leicht, mit einem hellen Klingen im Ohr ging sie in ihr Zimmer, trat an den Bücherschrank, nahm auf gut Glück ein Buch heraus, legte sich hin und schlug das Buch in der Mitte auf. Es war »Das Edelfräulein als Bäuerin«. Lisa kam gerade zum Essen, bis über beide Ohren weiß gepudert, die Augenbrauen heftiger gefärbt als Miss Jackson. Alexej Berestow spielte den Zerstreuten und Nachdenklichen, und von diesen Seiten leuchtete Sonja das stille Glück des vollkommenen Wortes und des Inbegriffs von Edelmut entgegen.

Tagelang wurde gepackt. Sonetschka schnürte Bündel, stopfte Papirossakartons mit Töpfen und Kleidern voll und befand sich in einer seltsam gehobenen Stimmung: Es kam ihr vor, als begrabe sie ihr bisheriges Leben, als enthalte jeder gepackte Karton ihre glücklichen Minuten, Tage, Nächte und Jahre; und zärtlich strich sie über diese Pappsärge.

Die unordentliche Tanja schlenderte abwesend durchs Haus, stieß sich an Möbeln, die nicht mehr an ihrem gewohnten Platz standen und eine selbständige Beweglichkeit erlangt zu haben schienen. Schranktüren öffneten sich wie von selbst, Stühle stellten ihr Beine.

Ihrer Mutter half Tanja nicht. Voll und ganz mit ihren eigenen Empfindungen befaßt, versank sie in äußersten Abscheu gegen das, was im Haus vorging.

Es gab noch einen weiteren Umstand, der sie zutiefst betrübte. Verschlossen und damals noch ungeübt im Reden, breitete sie vor Jasja alle Winkel ihrer wirren Seele aus, und Jasja mit ihrem klugen Schweigen war für Tanja der einzige Zuhörer, der ihre durchaus geringfügigen Empfindungen mit einer für Tanja so fruchtbaren gutwilligen Neutralität aufnahm, daß sie in diesen Gesprächen, die eher Monologe waren, lernte, ihre Gedanken zu formulieren, Bilder auf Anhieb zu erfassen, und das bereitete ihr einen ungeheuren Genuß.

Ihre anderen Freunde, der Herumtreiber und Umkrempler Aljoscha und Wolodja mit seinem ozeanischen Talent, seinem allesfressenden Gedächtnis und dem damit festgehaltenen Wissen über alles auf der Welt – die beiden zogen sie gewaltsam in ihre eigenen verlockenden Welten. Nur Jasja ließ ihr die Möglichkeit, selbständig zu denken, laut zu überlegen und tastend die Kleinigkeiten auszuwählen, aus denen der Mensch willkürlich das erste Bild zusammensetzt, nach dem sich dann das ganze spätere Lebensmuster entwickelt. Von daher rührte Tanjas tiefe Bindung an Jasja und eine vage Dankbarkeit ihr gegenüber.

Während einer der seltenen Unterbrechungen ihrer Selbstvertiefung bemerkte Tanja, daß Jasja ein eigenes, separates Leben hatte. Doch alle Versuche, in den geheiligten Raum dieser Tagesstunden vorzudringen – die sie nicht in der Schule und nicht zu Hause verbrachte –, stießen auf sanftes und ausweichendes Schweigen oder unbestimmte Antworten. Die erstbeste Vermutung – eine heimliche Romanze – drängte Tanja die brennende Frage auf: Wer ist er?

Die Frage löste sich auf ganz zufällige Weise. Tanja stieß in der Nähe der Metro auf ihren Vater und Jasja und wurde Zeugin einer unglaublichen Szene: Sie aßen auf der Straße Eis und lachten. Das Eis lief in dicken Tropfen herunter, und Robert Viktorowitsch wischte mit einer solchen Handbewegung einen klebrigen weißen Fleck von Jasjas Wange, daß Tanja, eine große Spezialistin in Sachen Berührungen, von einer neuen, bislang nichtgekannten Eifersucht zusammenzuckte.

Weder die weiblichen Interessen ihrer Mutter noch irgendwelche moralische Überlegungen beschäftigten Tanja. Sie empörte nur eins – das gemeine Verschweigen dieser für sie in jeder Hinsicht gänzlich uninteressanten Romanze.

Tanja machte Jasja eine Szene. Jasja, innerlich längst auf eine Entlarvung vorbereitet, packte unverzüglich ihre Sachen, huschte die Holztreppe hinunter, und Tanja blieb zurück, verwirrt und voller Kummer. Sie hatte doch geglaubt, das Verhältnis zwischen ihr und Jasja sei wesentlich wichtiger als jede Romanze ...

Robert Viktorowitsch schraubte gerade ein Regal auseinander, das er einst selbst gebaut hatte, und bemerkte Jasjas Abwesenheit nicht sofort.

Dann kam schließlich der Tag, an dem die Möbel rausgetragen wurden. Im Licht des hellen Sommertages wirkten die so gemütlichen und eingewohnten abgewetzten Möbel, einst in einer Art Jagdfieber auf dem Preobrashenski-Markt gekauft, richtig ärmlich.

Alles wurde auf einen geschlossenen Laster geladen und in den bedrückenden Stadtteil Lichobory gebracht, in eine unbequeme Dreizimmerwohnung, wo alles, einfach alles erniedrigend häßlich war: die dünnen Wände, die winzige, für Sonjas Ellenbogen zu enge Küche und das unausgegorene Bad.

Mit Gawrilins Hilfe stellte Robert Viktorowitsch die Möbel auf. Jedes Stück wehrte sich störrisch, wollte den zugewiesenen Platz nicht einnehmen, alles sträubte sich mit überflüssigen Ecken, überall fehlten ein paar Zentimeter. Robert Viktorowitsch mußte die Scheuerleiste abreißen, um einen eintürigen, gar nicht großen Kleiderschrank an die dafür vorgesehene Wand zu bekommen. Tanja weinte fast über einer beschlagenen Truhe mit gewölbtem Dekkel, die Gefahr lief, überhaupt nicht in die neue Behausung zu passen.

In das hinterste Zimmer ließ Sonja Tanjas Liege und Jasjas Bett stellen und sagte:

»Das ist das Mädchenzimmer.«

Jasja, von Sonetschka gebeten, beim Umzug zu helfen, horchte auf. Sie begriff absolut nicht, was hier vorging. Aber das war ihr auch nicht so wichtig. Nicht an diesem Haus lag ihr so viel, sondern an etwas anderem. Und die Hauptsache glaubte sie fest in der Hand zu haben.

Sonetschka aber zauberte plötzlich eine große braune Tasche hervor, aus der sie ein Tischleindeckdich-Tuch mit Servietten, kalten Buletten und eiskalter Kwaßsuppe in einer Thermosflasche nahm.

Sonetschka legte Jasja wie früher gute Stücke auf den Teller. Jasja lächelte dankbar. Sie wunderte sich über Sonetschka. Aber vielleicht ist sie bloß hinterlistig, überlegte Jasja mit einiger geistiger Anstrengung. Doch in ihrem Herzen wußte sie, daß es nicht so war.

Und plötzlich brach Tanja mitten beim Essen in Tränen aus, schluchzte, schüttelte Haar und Brust, begann dann hysterisch zu lachen, und als der Anfall unvermittelt aufhörte, erklärte sie, naß von Tränen und dem Wasser, mit dem sie begossen worden war, sie würde unverzüglich nach Leningrad abreisen.

Jasja brachte sie in das frischgebackene Mädchenzimmer, dem es nicht vergönnt war, jemals eine Jungfrau zu beherbergen. Sie krochen in Jasjas Bett. Jasja löste das Gummiband an ihrem Hinterkopf, und unter gegenseitigem Haarestreicheln versöhnten sie sich gänzlich.

Doch Tanja änderte ihren Entschluß nicht und machte sich noch am selben Abend auf und davon zu ihrem von süßem Gras durchräucherten Barden.

Robert Viktorowitsch fuhr mit Gawrilin und Jasja nach Maslowka. So blieb Sonetschka, nachdem sie ihre Lieben verabschiedet hatte, gleich am ersten Abend in Lichobory allein. Traurig dachte sie über das an allen Ecken und Enden auseinanderkrachende Leben und die plötzlich über sie hereingebrochene Einsamkeit nach; dann legte sie sich im Durchgangszimmer aufs Sofa, zog aus einem Bücherpacken zufällig einen Band Schiller und las bis zum Morgen –

wer könnte bei dieser Lektüre einschlafen! –, las Wallenstein, lieferte sich freiwillig der literarischen Narkose aus, in der sie ihre Jugend verbracht hatte.

Entgegen Sonetschkas Vermutungen dachte Robert Viktorowitsch gar nicht daran, sie zu verlassen. Er kam jeden Sonnabend und ein-, zweimal in der Woche nach Lichobory, zusammen mit der stillen Jasja, und während sie sich seidig raschelnd im Mädchenzimmer zu schaffen machte, ihre und Tanjas Sachen und Papiere sortierte, wechselte Robert Viktorowitsch die schmalen Fensterbretter gegen breitere aus, reparierte Regale, zersägte eins und machte zwei daraus und hängte Tanjas Porträts auf.

Abendbrot aßen sie im mittleren Zimmer, das nun Sonja gehörte. Sie sprachen ein bißchen über Tanja, die schon einen Monat in Leningrad war und ihre Rückkehr in dieses gräßliche Lichobory immer wieder aufschob.

Sie gingen früh schlafen. Jasja im Mädchenzimmer, Robert Viktorowitsch in dem ihm zugeteilten Zimmer am Eingang, und Sonetschka sank schwer aufs Sofa und freute sich im Einschlafen, daß Robert Viktorowitsch da war, hinter der dünnen Wand rechts von ihr, und die schöne Jasja links von ihr. Schade nur, daß Tanja fehlte ...

Am Morgen füllte Sonetschka den vom Vortag übriggebliebenen Salat, Buletten und Buchweizengrütze in Gläser, band sie zu, stellte alles in die braune Tasche und gab sie Jasja.

»Danke, Tante Sonja«, sagte Jasja und schlug die Augen nieder.

Als Alexander Iwanowitsch Geburtstag hatte, bestellte Robert Viktorowitsch Sonja ins Atelier, damit sie gemeinsam gehen könnten. Es war ihr erster Ausgang als Familie. Alexander Iwanowitsch, keusch und ein Mönch vom Mutterleib an, dem im ganzen Leben nie irgendwelche Damengeschichten nachgesagt werden konnten und der deshalb bei der wohlmeinenden Gesellschaft in dem Verdacht stand, interessantere Sünden zu begehen, nahm das Trio als einziger in der Runde als etwas ganz Natürliches auf.

Die übrigen Gäste, besonders die Künstlerdamen, erörterten in den Ecken leidenschaftlich das Dreieck und plusterten sich auf wie Hefeteig. Die rothaarige, leicht besessene Magdalina litt so für die arme Sonetschka, daß sie Migräne bekam. Völlig überflüssigerweise: Sonja freute sich, daß Robert Viktorowitsch sie mitgenommen hatte, war stolz auf die Treue, die er, wie sie glaubte, ihr angedeihen ließ, seiner alten und häßlichen Frau, und bewunderte Jasjas Schönheit.

Auf Alexander Iwanowitschs Bitte spielte sie bei Tisch ein bißchen die Gastgeberin, verteilte die gekauften Speisen an die Gäste und flüsterte Jasja ins Ohr, weil sie wußte, daß diese ständig an Magenschmerzen litt:

»Kindchen, ich glaube, diese Kohlrouladen sind nicht ganz ... Sei vorsichtig ...«

Einige Damen neigten dazu, Sonja Heuchelei vorzuwerfen – sie sah zu gut aus in dieser für sie doch anscheinend so unvorteilhaften Verbindung; andere hätten Sonja gern ihr Mitgefühl ausgesprochen und Robert Viktorowitsch getadelt. Aber das war völlig unmöglich, denn sie hielten sich ganz familiär, saßen auch am Tisch in ihrem trauten Dreieck: Robert Viktorowitsch in der Mitte, rechts überragte ihn Sonetschka um einen halben Kopf, und links von ihm strahlte Jasja in ihrem Weiß, mit einem kleinen spitzen Brillanten am Finger.

Man konnte sich Robert Viktorowitsch nicht vorstellen, wie er in einem Juweliergeschäft einen Brillanten für sein Mädchen kaufte. Doch der Gerechtigkeit halber muß gesagt werden, daß Jasja zu den kleinen schutzlosen Frauen gehörte, denen man unbedingt einen Edelstein auf den Finger schieben und einen Mantel um die fröstelnden Schultern legen möchte.

Robert Viktorowitsch gab Außenstehenden, das heißt Freunden, keine Gelegenheit, sich zwischen den Eheleuten zu entscheiden, Mitgefühl, Tadel oder Bedauern auszudrücken ...

Der Abend nahm seinen Lauf. Der angetrunkene Gawrilin spielte den sterbenden Schwan, dann Lenin und als Zugabe den allen bekannten Hund, der einen Floh sucht. Dann wurde eine Allegorie vorgeführt, in der ein Gespenst vorkam, das nicht so sehr umging, als vielmehr kroch, und zwar auf der sechsbeinigen Kuh Europa, gebildet von den drei dicksten Damen unter einem Leinwandvorhang.

Bei diesem Teil des Festes dachten alle an Tanja, eine geistreiche Erfinderin von Scharaden, und die scharfsinnigsten Damen warfen sich Blicke zu: Das arme Mädchen!

Das arme Mädchen lebte unterdessen in einer hübschen Höhle auf der Basiliusinsel bei ihrem Freund Aljoscha. In Leningrad waren Weiße Nächte, und sie war furchtlos und neugierig, jeden Augenblick zu einem neuen ernsthaften Spiel bereit. Sie mochten sich absolut nicht trennen, blickten sich vieräugig nach allen Seiten um, und Aljoscha stellte erstaunt fest, daß ihre Gegenwart sein unvorhersehbares Leben nicht behinderte, sondern ihm sogar zusätzliche Möglichkeiten verlieh, dem »Sowjeteln« zu entrinnen, wie er die allgemein übliche Existenzform verächtlich nannte.

Ein paar Tage nach der Geburtstagsfeier bei Alexander Iwanowitsch fuhr Sonja nach Leningrad, um ihre Tochter zu besuchen, wartete den halben Tag auf dem Hof, saß dann noch vierzig Minuten mit Tanja und Aljoscha am Tisch, auf dem sich Bücher, Schallplatten, Essensreste und leere Flaschen türmten, trank ein bißchen Tee und fuhr mit dem Abendzug zurück, nachdem sie der Tochter Geld dagelassen und sie gebeten hatte, öfter die Tante anzurufen.

Im Zug konnte Sonja nicht einschlafen, sie mußte immerzu daran denken, was für ein wunderbares Leben ihr Mann und ihre Tochter führten, wie ringsum die Jugend blühte – schade, daß für sie schon alles vorbei war, und was für ein Glück, daß sie das alles gehabt hatte ... Sie wackelte greisenhaft mit dem Kopf, im Takt mit dem Rattern des Zuges – ein Vorbote des Nervenleidens, das sich zwanzig Jahre später bei ihr einstellen sollte.

Dann wurde wieder Winter. Die Mädchen hätten die Schule abschließen müssen, aber sie hatten sie beide aufgegeben. Tanja fuhr den ganzen Winter immer die gleiche Strecke. Sie zankte sich ständig mit Aljoscha, kehrte nach Hause zurück, aber Lichobory machte sie so trübsinnig, daß sie wieder in ihr geliebtes Leningrad eilte.

Robert Viktorowitsch malte den ganzen Winter. Er magerte stark ab, blühte im Gesicht jedoch auf und wurde irgendwie freundlicher zu allen. Seine kleine Lebensgefährtin existierte still an seiner Seite, raschelte mal mit Konfektpapier, mal mit billiger Seide – mit flinken kleinen Stichen nähte sie sich ständig verschiedenfarbige Kleider im stets gleichen Schnitt – oder blätterte in polnischen Zeitschriften.

Damals schwärmten alle für Polen. Von dort wehte ein Hauch von westlicher Freiheit herüber, wenn er auch auf dem Weg über Osteuropa ein wenig von seiner Leichtigkeit eingebüßt hatte.

Jasja verhehlte ihre polnische Herkunft nicht mehr, und es stellte sich heraus, daß sie ihre Kindersprache, in der sie mit ihrer Mutter gesprochen hatte, noch wunderbar beherrschte. Robert Viktorowitsch sprach außer den üblichen europäischen Sprachen auch Polnisch, und diese lieblich lispelnde, zärtliche

Sprache brachte die beiden zum Reden. Wie einst Sonja, erzählte Robert Viktorowitsch nun Jasja kleine Geschichten, lustige, unwahrscheinliche und schreckliche Begebenheiten, und auch das war sein Leben, allerdings, aus einer gewissen verbalen Keuschheit heraus, ein anderes Leben, gewissermaßen außerhalb der Klammern dessen, was Sonetschka aus Erzählungen kannte.

Jasja lachte, weinte, rief: »Jesus Maria!« und war stolz, begeistert und freute sich so, daß sie sogar gewisse angenehme Empfindungen kennenlernte, von denen sie früher nie etwas geahnt hatte, trotz ihrer frühen und langen Erfahrung mit Männern.

Er aber betrachtete noch immer ihren unvergänglichen Hals, ihre frische Gesichtshaut, den weißen Flaum unter ihrer schmalen Augenbraue und dachte an die Kostbarkeit der jungen Materie, jene Form der Vollkommenheit, von der das einzige russische Genie gesagt hatte: »der es nicht zusteht, klug zu sein«.

Robert Viktorowitschs Gefangenschaft war fruchtbar. Er mußte im Atelier ein neues Zwischengeschoß einbauen, weil der Platz für die Rahmen nicht mehr ausreichte. Er beendete seine weißen Serien. Eine Entdeckung, so schien ihm, hatte er nicht gemacht. Er hatte den Boden umgegraben, der sich bearbeiten ließ, und das war nicht wenig, aber das eigentliche Geheimnis, das sich ihm jeden Augenblick enthüllen mußte, entglitt ihm und hinterließ den süßen Schmerz der Annäherung und seine vollwertige Repräsentantin einer so erschütternden Anmut, daß sie seine Müdigkeit besiegte, sein Alter und den ganzen Verschleiß seines Körpers. Keine Last waren für den alten Robert die übermäßigen Anstrengungen der Liebe.

Ende April, mitten im feuchten nächtlichen Tauwetter, preßte er heftig Jasjas Schultern und fiel mit zitterndem Kopf schwer auf das harte Kissen.

Es dauerte eine Weile, bis Jasja begriff, daß er starb. Mit Geheul stürzte sie in den Flur, auf dem noch sieben weitere Ateliertüren lagen. Die Maler wohnten nicht hier, selten blieb mal jemand über Nacht. Sie rüttelte an den beiden benachbarten Türen und rannte vom dritten Stock hinunter zum Telefon, das in der Pförtnerloge stand.

Die alte Frau mit dem dünnen Pferdeschwanz kreischte beim Anblick der nackten Jasja leise auf, doch die stieß sie beiseite.

»Einen Krankenwagen, schnell, einen Krankenwagen ...«

Mit zitternden Händen wählte sie die Nummer.

Als die Ärzte kamen, atmete Robert Viktorowitsch nicht mehr. Er lag auf dem Bauch, das dunkle Gesicht ins Kissen gepreßt. Jasja vermochte ihn nicht umzudrehen.

Die Todesumstände waren offensichtlich.

»Blutsturz im Gehirn«, brummte der unsympathische dicke Arzt, der nach Alkohol und schlechtem Essen roch. Er schrieb die Telefonnummer des Leichenschauhauses auf.

Beim Hinuntergehen polterten die Krankenpfleger mit der Trage, die sie nicht gebraucht hatten.

»Ein alter Knacker, aber auf einem Weib gestorben. Eine ganz Junge«, sagte der eine.

»Na und? Besser als im Krankenhaus verfaulen«, antwortete der andere.

Die Wohnung in Lichobory hatte kein Telefon. Jasja kam bei Sonja an, als diese gerade ihren Morgenkaffee trinken wollte. Sonja wackelte heftig mit dem Kopf, schloß Jasja in die Arme, drückte sie an sich, und sie weinten lange im Flur.

Dann fuhren sie ins Atelier. Der Körper war bereits ins Leichenschauhaus gebracht worden. Die fremde, beängstigende Unordnung, die Mediziner und Leichenfahrer hinterlassen hatten, beseitigten sie schnell.

Sonja nahm die für fremde Augen peinliche Wäsche von der Liege und steckte sie in ihre Tasche. Dann gingen sie Tanja in Leningrad anrufen, aber die Nachbarn sagten, sie sei mit Aljoscha weggefahren. Jasja hielt die ganze Zeit über Sonjas Hand, klammerte sich daran wie ein Kind. Sie war eine Waise und Sonja die Mutter.

Die Pförtnerin hatte schon allen, die es hören wollten, vom skandalösen Tod des alten Robert erzählt. Die Malernachbarn strömten seit Mittag ins Atelier. Jeder brachte, was er den Umständen entsprechend für angemessen hielt: Blumen, Wodka, Geld ...

Nebenbei formierte sich die öffentliche Meinung: Robert wurde bedauert, Jasja gehaßt und verachtet; mit Sonja allerdings war es etwas komplizierter; von ihr wurde etwas erwartet, man sah sie voller Interesse an, übrigens durchaus mitfühlend.

Spätabends, als nur noch die engen Freunde im Atelier waren, sagte Sonja nach leisem, tränenlosem Weinen plötzlich fest:

»Besorgt einen möglichst großen Saal. Ich will, daß dort, wo der Sarg stehen wird, seine Bilder hängen.« Sie zeigte nach oben, auf das Zwischengeschoß, wo die Rahmen standen.

Der Barbizonier und Gawrilin wechselten einen Blick. Sie nickten.

Genau so wurde es gemacht.

Der Künstlerfonds stellte einen Saal zur Verfügung. Einen Tag zuvor wurden die Bilder aufgehängt. Es waren zweiundfünfzig. Sonja überwachte das Aufhängen, und niemand hätte das besser gekonnt. Plötzlich fiel von irgendwoher Sonnenlicht herein, schmerzhaft grell und intensiv; es störte, mischte sich in Sonjas Arbeit ein. Die Leinwände spiegelten, bekamen Lichtflecke, und Sonja bat, die gerafften Behördenvorhänge zuzuziehen. Dann war sie fertig. Die Vorhänge wurden wieder aufgezogen. Die Sonne hatte sich inzwischen beruhigt, und alles war an seinem Platz. Robert Viktorowitsch selbst hätte es nicht besser machen können.

Am nächsten Tag gegen zwölf strömten die Menschen zusammen. Kaum vorzustellen, wie viele Leute sich zu dieser Beerdigung einfanden. Es kamen die Alten, Berühmten, die sich Schwielen und Medaillen beim Malen von gewissen Porträts geholt hatten, es kamen die Mittelmäßigen, die von der gemäßigten neuen Welle, und es kamen auch jene, die von den ehrenwerten Mitgliedern des Künstlerverbandes nicht über die Schwelle gelassen wurden – Gesindel, Lianosowopack, die zerlumpte Avantgarde.

Die postume Ausstellung war nicht zum Diskutieren angetan. Auch Robert Viktorowitsch selbst hatte nie das Bedürfnis verspürt, über seine Arbeit zu diskutieren.

Mitten im Saal stand der Sarg. Das Gesicht des Toten war dunkel, wirkte aufgedunsen, und nur die auf der Brust gefalteten Hände leuchteten in dem eisigen Weiß, das Robert Viktorowitsch als totes Weiß bezeichnet hatte.

Jasja im schwarzen Seidenkleid klebte an der großen, unförmigen Sonetschka, schaute unter ihrem Arm hervor wie ein Küken unter dem Flügel eines Pinguins. Tanja war nicht da, unauffindbar im fröhlichen Mittelasien, wohin sie mit Aljoscha auf der Suche nach einer grünen Weide gezogen war.

Alles Geflüster, alles Skandalöse dieses Todes blieb in der Garderobe. Hier im Saal schwiegen selbst die gierigsten Leichenfledderer. Sie traten zu Sonja und sagten ungeschickte Beileidsworte. Sonja schob Jasja ein Stück vor und antwortete mechanisch:

»Ja, so ein Kummer ... Ein solcher Kummer ist über uns hereingebrochen ...«

Timler, der in Begleitung einer jungen Geliebten gekommen war, um von seinem alten Freund Abschied zu nehmen, sagte mit wehmütiger dünner Stimme:

»Wie schön ... Lea und Rahel ... Ich hab nie gewußt, wie schön Lea sein kann ...«

Gott bescherte Sonetschka ein langes Leben in der Wohnung in Lichobory, lang und einsam.

Tanja, die allmählich Aljoscha heiratete und als Mitgift von ihm die bezaubernde rauhe Stadt bekam, in der sich nur stolze und unabhängige Menschen einleben, wurde eine Leningraderin. Ihre Talente entfalteten sich spät. Als sie bereits über zwanzig war, stellte sich heraus, daß sie eine außerordentliche Begabung sowohl für die Musik als auch fürs Zeichnen hatte – überhaupt für alles, worauf ihr zerstreutes Auge fiel. Spielend lernte sie Französisch, dann Italienisch und Deutsch – nur gegen das Englische hegte sie eine merkwürdige Abneigung – und war stets ruhelos, bis sie Mitte der siebziger Jahre, bereits getrennt von Aljoscha und zwei weiteren kurzzeitigen Ehemännern, mit einem anderthalbjährigen Sohn auf dem Arm und einer Tasche über der Schulter nach Israel emigrierte. Kurz darauf bekam sie eine wunderbare Stellung bei der UNO, wozu ihr in nicht geringem Maße der Weltruhm ihres Vaters verholfen hatte.

Mehrere Jahre lang lebte Jasja bei Sonetschka in Lichobory. Sonetschka kümmerte sich zärtlich um

Jasja und empfand ehrfürchtige Dankbarkeit für das Schicksal, das ihrem teuren Mann Robert auf seine alten Tage einen solchen Schmuck, einen solchen Trost gesandt hatte.

Jasja nahm ihre Idee mit der Schauspielschule wieder auf, aber irgendwie lustlos. Sonetschka und sie machten begeistert Handarbeiten, mal fertigten sie einen außergewöhnlichen handgeknüpften Pullover für Tanja, mal nähten sie für Kundinnen; aber hauptsächlich saßen sie zusammen und tranken Unmengen schwarzen Kaffee mit Sonjas Honigkuchen dazu. Jasja verkümmerte allmählich, und da trieb Sonetschka durch einen umfangreichen, vor Jasja geheimgehaltenen Briefwechsel zwei Tanten und eine Großmutter von Jasja auf, durchaus nicht aristokratischer, sondern ganz bescheidener Herkunft. Von Sonja ausgestattet, fuhr Jasja nach Polen, wo sich alsbald das klassische Märchensujet vollendete: Sie heiratete einen Franzosen, der jung war, reich und schön. Sie lebt nun in Paris, in der Nähe des Jardin du Luxembourg, nur zwei Schritte von dem Haus entfernt, wo einst Robert Viktorowitsch sein Atelier hatte, was sie natürlich nicht weiß.

Das Haus im Peterspark, verlassen, mit eingeschlagenen Fensterscheiben und voller Spuren kindlicher Kokeleien, stand noch ein paar Jahre nutzlos herum. Streunende Hunde und Menschen übernachteten darin. Einmal wurde dort ein Ermordeter gefunden.

Dann stürzte das Dach ein. Es war unbegreiflich,

warum damals die Bewohner mit solcher Eile auf die leblosen Außenbezirke verteilt worden waren.

Robert Viktorowitschs zweiundfünfzig weiße Bilder wurden über die gesamte Welt verstreut. Auf modernen Kunstauktionen bringt jedes neu aufgetauchte Bild Sammler an den Rand des Herzinfarkts. Die Vorkriegsarbeiten aus Paris sind sagenhaft teuer. Davon sind nur noch sehr wenige erhalten, elf insgesamt.

Die schnurrbärtige dicke, alte Sofja Iossifowna lebt in Lichobory, im zweiten Stock eines vierstöckigen Chruschtschow-Baus. Sie will weder in ihre historische Heimat ziehen, deren Bürgerin ihre Tochter ist, noch in die Schweiz, wo diese zur Zeit arbeitet, und nicht einmal in Robert Viktorowitschs geliebtes Paris, wohin ihr zweites Mädchen, Jasja, sie ständig einlädt.

Mit ihrer Gesundheit geht es bergab. Sie leidet offenbar an der Parkinsonschen Krankheit. Das Buch zittert in ihrer Hand.

Im Frühling fährt sie nach Wostrjakowo auf den Friedhof und pflanzt auf das Grab ihres Mannes weiße Blumen, die nie gedeihen.

Abends taucht sie, eine leichte Schweizer Brille auf der birnenförmigen Nase, in süße Tiefen, in dunkle Alleen oder in Frühlingsfluten.

Zarte und grausame Mädchen

Fremde Kinder

Die Umstände waren folgende: Als erste wurde Gajaneh geboren, die der Mutter nicht mehr Qualen als üblich bereitete. Fünfzehn Minuten später kam Viktorija zur Welt, wobei sie zwei große Risse und jede Menge kleiner Zerstörungen an dem heiligen Tor anrichtete, durch das man so süß und leicht hinein- und so schwer und schmerzhaft hinausgelangt.

Die so stürmische Ankunft des zweiten Kindes war für die erfahrene Hebamme Jelisaweta Jakowlewna eine vollkommene Überraschung, und während sie die Blutung bis zum Eintreffen des diensthabenden Chirurgen, der aus einer anderen Abteilung geholt werden mußte, zum Stillstand zu bringen versuchte und Ligaturen anlegte, schrie Viktorija kräftig und schwang die Fäustchen, Gajaneh aber schlief friedlich, als hätte sie gar nicht bemerkt, wie sie die unsichere Brücke passiert hatte, die einen Abgrund mit dem anderen verband.

Trotz der Aufregung um die Gebärende stellte Jelisaweta Jakowlewna fest, daß es sich um eineiige

Zwillinge handelte, was nicht gut war – sie war der Ansicht, eineiige Zwillinge seien körperlich schwächer als zweieiige –, und außerdem fiel ihr auf, daß diese Zwillinge es als erste in ihrer Praxis fertiggebracht hatten, an verschiedenen Tagen zur Welt zu kommen: die erste am zweiundzwanzigsten August, die zweite nur eine Viertelstunde später, aber bereits nach Mitternacht, am dreiundzwanzigsten.

Während Margarita, die Mutter der Mädchen, die sich nicht zu den üblichen Gebärschreien erniedrigt hatte, in einem zähen Fluß schwamm, mal ans schwarze, sichere Ufer völliger Besinnungslosigkeit geworfen, mal erneut mit schwindelerregender Geschwindigkeit von heißen, starken Wellen fortgerissen, verbrachten die Mädchen Woche um Woche im Säuglingszimmer, genährt von den Gaben fremder Brüste.

Ende des ersten Monats, als die Mutter der Mädchen nach einer großen Operation, die sie der Möglichkeit zum künftigen Austragen von wertvollem Samen der Nachkommenschaft beraubt hatte, und einer anschließenden Blutvergiftung entgegen den Prognosen der Ärzte aus dem Dämmerzustand erwachte und allmählich genas, holte die Großmutter Emma Aschotowna die Mädchen nach Hause.

Es war ihr bereits gelungen, ihre gute Arbeit in einer Verwaltung gegen einen Buchhalterposten bei der Wohnungswirtschaft im Nebenhaus zu tauschen – so konnte sie zwischendurch mal schnell zu den Kindern laufen und ihnen zu essen geben.

Als sie, zu Hause angelangt, zum erstenmal die beiden festen Bündel aufwickelte, die man ihr im Entbindungsheim gegen Unterschrift ausgehändigt hatte, und den erbärmlichen Zustand der armen Haut sah, weinte sie. Viktorija, übrigens noch namenlos, weinte ebenfalls – böse, gar nicht auf Säuglingsart, mit großen Tränen. Diese ersten gemeinsamen familiären Tränen entschieden alles: Emma Aschotowna erschrak über ihre heimliche Abneigung gegen die neugeborenen Enkelinnen, die ihrer kostbaren Tochter beinah das Leben geraubt hätten; sie ging in die Küche, ein bißchen Öl aufkochen, mit dem sie die wunden Fältchen nach dem Baden einreiben wollte.

Bereits nach einigen Tagen bemerkte die aufmerksame Emma Aschotowna, daß Viktorija – die sie insgeheim »egrort« nannte, armenisch »die Zweite« – zornig schrie, wenn zuerst ihre Schwester das Milchfläschchen bekam. Die ältere Schwester, von der Großmutter »aratsch andranik« genannt, »die Erste«, gab überhaupt keinen Laut von sich.

Kopf an Fuß in der Wiege liegend, die Onkel Wassja, der Tischler aus ihrem Haus, gebaut hatte, von den ringbeschwerten Händen und geschwollenen Gelenken der Großmutter mit warmen Fläschchen versorgt, taten sie rechtschaffen ihre Pflicht vor dem Leben: Sie nuckelten, räusperten sich, verdauten und schieden zufrieden ächzend die gelben, käsigen Überreste der schwer zu beschaffenden Milch aus.

Sie waren sich sehr ähnlich: Dichte dunkle Här-

chen markierten die niedrige breite Stirn, der zarte
Flaum, der ihr Gesicht bedeckte, verdichtete sich zu
schmalen langen Augenbrauen, und die Oberlippe
war wie bei Mutter und Großmutter bogenförmig –
in dieser winzigen, aber deutlich erkennbaren Fur-
che offenbarten sich ihre Bluts- und Familienbande.
Obwohl beide Mädchen außerordentlich wohlgera-
ten waren, fand Emma Aschotowna die ältere zarter
und hübscher.

Befangen in einem bestimmten System von Volks-
aberglauben, ergänzt durch einige eigene Regeln,
zeigte Emma Aschotowna die Mädchen niemandem
außer der alten Fenja, der Nachbarin, die ihr seit vielen Jahren im Haushalt half. Doch während Fenja
aus dem ihr zugewiesenen Abstand die beiden
schnaufenden Naturwunder betrachtete, faltete
Emma Aschotowna bizarr die Hände und spuckte in
alle vier Himmelsrichtungen. Das sollte den bösen
Blick bannen, für den bekanntlich Säuglinge bis zu
einem Jahr und Jungfrauen vor der Hochzeit besonders anfällig sind.

Emma Aschotowna war eine originelle Person,
mit ganz eigenem Lebenssystem, in dem strenge
moralische Grundsätze, eine abgebrochene Hoch-
schulbildung, besagter Aberglaube und zum Prinzip
erhobene Launen, die für ihre Mitmenschen im übrigen harmlos waren, gleichberechtigt nebeneinander
existierten. Zu letzteren gehörte zum Beispiel der
völlige Verzicht auf Hammelfleisch, einen gängigen
Bestandteil der armenischen Küche, der unerschüt-

terliche Glaube an die Heilkraft der Quittenblätter, die Angst vor gelben Blumen und die heimliche Angewohnheit, Zahlenreihen herzubeten wie einen Rosenkranz. Mit Hilfe dieses eigenwilligen Spiels bewältigte sie in der Regel ihre Alltagsaufgaben.

Ihre jetzige Aufgabe indes war so kompliziert, daß sie ihr mit den geliebten Zahlen, die gefügig unter dem gewaltigen Haar in ihrem großen Kopf klapperten, nicht beikam.

Die Kinder waren lang ersehnt. Ihre Tochter Margarita hatte sehr jung, noch bevor sie achtzehn wurde, aus großer Liebe geheiratet, nicht so sehr gegen den Willen der Eltern, des Professorenvaters und der aus einem alten armenischen Geschlecht stammenden Emma Aschotowna, als vielmehr entgegen deren Erwartungen. Margaritas Auserwählter war bäuerlicher Herkunft und schon im reifen Mannesalter. Der armenische Ton, aus dem er geformt war, wurde schnell hart; so hatte Sergo bereits in der Kindheit jegliche Elastizität eingebüßt. Margaritas Eintritt in sein Leben war das letzte Ereignis, das die endgültige Form seines festen Charakters prägte.

Neuen Ideen gegenüber war er stets zurückhaltend, neuen Menschen gegenüber mißtrauisch; alles Schwierige erschien ihm feindselig, und seine überdurchschnittliche Begabung als Ingenieur erwuchs möglicherweise aus seinem naturgegebenen Bestreben, alle Schwierigkeiten auf dem einfachsten Wege zu lösen.

Margarita wählte er zur Frau, als sie mit ihrer

Mutter bei Verwandten in einem Bergdorf zu Gast war und er, seiner familiären Pflicht nachkommend, einen alten Onkel besuchte. Drei Tage beobachtete er die zwölfjährige Margarita vom Garten des Onkels aus, durch die großen Blätter des Feigenbaums, und fünf Jahre später heiratete er sie. Die schlanke, zarte Margarita, von Kopf bis Fuß mit Pfirsichflaum bedeckt, wurde der Abgott seines Lebens.

Bis zur Heirat war er ehrgeizig gewesen und im Beruf gut vorangekommen, hatte einige Patente angemeldet, doch das Eheglück war anfangs so strahlend, daß dagegen sämtliche Blaupausen und sonstigen Zeichenpapiere der Welt verblaßten.

So vergingen ein paar Jahre, und das Glück trübte sich ein wenig: Er war begierig auf Kinder, aber trotz seiner unermüdlichen Anstrengungen wollte kein Kind kommen. Das zermürbende und fruchtlose Warten machte ihn, einen von Natur aus zurückhaltenden Menschen, mürrisch, und Margarita, die die Sehnsucht ihres Mannes nach Kindern teilte, fühlte sich irgendwie schuldig. Ihre Ehe währte bereits zehn Jahre, und sie war noch immer jung und schlank wie Disneys Reh, er aber wurde alt, verblaßte, und selbst seine einst so glänzenden Fähigkeiten als Ingenieur versiegten.

Kurz vor dem Krieg wurde Sergo in den Fernen Osten kommandiert und fuhr an seinen neuen Dienstort. Margarita sollte ihm nach kurzer, nicht genau bestimmter Zeit folgen. Sie war schon dabei, steifgestärkte Wäsche in Kartons zu verpacken und

Porzellantassen in Zeitungspapier zu wickeln, als der Krieg ausbrach. Margaritas Vater, Alexander Aramowitsch, einen berühmten Orientforscher, Kenner Dutzender toter und halbtoter Sprachen, der diesen Krieg noch kurz zuvor mit großer kalendarischer Genauigkeit vorhergesagt hatte, selbstredend im engsten Kreis, traf am Abend des unglücklichen Junisonntags der Schlag. Margarita fuhr nirgendwohin: Über ein Jahr lag ihr Vater, umgeben von der Abschiedsliebe von Frau und Tochter, gänzlich der Sprache beraubt, fast unbeweglich und bei völlig klarem Bewußtsein, in seinem schmalen Arbeitszimmer und lauschte dem leisen Knacken des vor der Konfiszierung geretteten Stücks Äther voller deutscher und englischer Worte, die er durchaus verstand. Ende November zweiundvierzig starb er.

Eine Woche nach der Beerdigung, als Margarita mit Emma Aschotowna über ihren Umzug zu Sergo reden wollte, tauchte er ohne Vorankündigung plötzlich selbst auf. In diesem Jahr war er seltsamerweise jünger und schlanker geworden, straff und irgendwie erneuert.

Wie sich herausstellte, hatte er lange Zeit vergebens um die Versetzung zur kämpfenden Truppe gebeten – zum Kriegsschauplatz, wie sich der verstorbene Alexander Aramowitsch altmodisch ausdrückte – und war nun endlich unterwegs an die Front.

Er verbrachte in dem traurig veränderten Haus, das noch voller Spuren von Krankheit und Tod war, eine ihm wie durch ein Wunder bescherte Abschiedsnacht, und am frühen Morgen begleitete Margarita ihn nach Mytistschi, wo sein Transport stand. Wieder zu Hause, legte sie sich bäuchlings aufs Bett, umarmte das nach männlichem Eau de Cologne duftende Kissen und blieb so viereinhalb Tage liegen, bis der Geruch endgültig verflogen war.

Mutter und Tochter gehörten zu den orientalischen Frauen, die ihre Männer leidenschaftlich, gebieterisch und selbstlos lieben. Sie schlossen sich zusammen und lebten in gemeinsamer Trauer über den ins Reich der Schatten gezogenen Alexander Aramowitsch und in Angst um Sergo, der in einen zwar weniger weit entfernten, aber eisendröhnenden Raum gegangen war.

In den folgenden fünf Monaten erhielt Margarita von ihrem Mann ganze drei Briefe, alle mit verschiedener Feldpostnummer.

Zu dieser Zeit wußte sie bereits, daß gewisse frauliche Störungen, die sie anfangs ihrer Auszehrung und Blutarmut zugeschrieben hatte, mit dem Besuch ihres Mannes an jenem Tag und zu jener Stunde zusammenhingen, als die Sterne günstig standen für die Empfängnis ihrer Tochter. Daß es eine Tochter war, daran zweifelte Margarita keinen Augenblick, daß es gleich zwei sein würden, ahnte sie nicht.

Emma Aschotowna teilte die unerwartete Freude ihrer Tochter und hielt ihr den Mund zu: Schweig still!

Und Margarita schwieg. Nur in einem einzigen Brief deutete sie ihrem Mann nebulös die neuen Umstände an, doch Sergo begriff die Verschlüsselung nicht. Die so komplizierte, aber doch naive Emma Aschotowna hatte keine Ahnung, welche ungeheure Katastrophe das abergläubische Schweigen nach sich ziehen würde.

Die Geburt der Kinder teilte Emma Aschotowna dem Schwiegersohn erst Wochen danach mit, als feststand, daß Margaritas Leben außer Gefahr war. Die Antwort war ein sonderbares Telegramm: »Gratuliere Geburt Neugeborenen. Sergo.«

Kaum war Margarita wieder einigermaßen genesen, schrieb sie ihm einen langen, glücklichen Brief, auf den sehr lange keine Reaktion kam.

Aus dem Krankenhaus entlassen, machte sich Margarita mit der Mutterrolle vertraut, für die sie kein besonderes Talent besaß. Die beiden kleinen Mädchen, die dank Emma Aschotownas Fürsorge schon zu Kräften gekommen waren, hätten sie beinah ins Jenseits befördert und flößten ihr Angst ein. Sie scheute sich, sie auf den Arm zu nehmen, fürchtete, sie fallen zu lassen oder ihnen Schmerzen zuzufügen. Die wahre Natur ihrer Angst offenbarte sich jedoch nur in Träumen, die sie fast jede Nacht heimsuchten. Sie waren vielfältig, begannen immer verschieden, an beliebiger Stelle, endeten aber jedesmal damit, daß zwei feindselige Wesen auftauchten, die immer klein waren und völlig symmetrisch. Sie kamen mal als zwei Hunde, mal als Karikaturen von

Faschisten mit MPs, mal als kriechende Pflanze, die sich plötzlich zweiteilte.

Sie verscheuchte die unklare und heftige Angst, lernte ihre Kinder lieben und wartete inbrünstig auf den Antwortbrief ihres Mannes.

Sergo aber hatte das überraschende Telegramm in ein Höllenfeuer gestürzt. Das reale, physische Feuer, dessen Spuren er immer wieder als verbranntes Fleisch am Metall der Panzer kleben sah, die er reparierte, schien nun von seinem Herzen Besitz ergriffen zu haben und wütete in seinem Innern.

Von Jugend an hatte er die Frauen gefürchtet, sie für niedere und sündige Geschöpfe gehalten. Eine Ausnahme waren nur seine verstorbene Mutter und seine Frau. Nun brach mit einemmal sein Glaube an Margarita als an ein höheres und makelloses Wesen zusammen.

Alle, alle, alle sind sie ... Das platte, kahle russische Wort, rosig wie Erbrochenes, sprach er mit sadistischer Genugtuung und unausrottbarem Akzent aus. »Huren« – war das Wort. Daß seine Frau ihn betrogen hatte, war für ihn offensichtlich; kleinliche Berechnungen weiblicher Fristen scherten ihn nicht.

Gott weiß, aus welchen Tiefen plötzlich die Gestalt von Margaritas Klassenkameraden Mischa auftauchte, eines jüdischen Jungen, der von der ersten Klasse an unerbittlich in sie verliebt war und sie noch in der zehnten belagert hatte, als sie bereits Sergos Braut war. Sergo hatte dem weibischen Geiger mit den schmalen Händen damals keinerlei Bedeutung beigemessen, obwohl ihn der Anblick der vielen kleinen Büschel armseliger Pflanzen, die Mischa Margarita ständig brachte, zu stummem Ärger reizte. Er selbst schenkte seiner Braut, ihrer Würde angemessen, stets Rosen.

Nun erschien ihm dieser Hänfling plötzlich in einem aufdringlichen Bild wieder – er umarmte Margarita. Nicht, daß er dieses Bild im Traum gesehen hätte. Er selbst hatte es in seiner Phantasie mit unglaublicher Echtheit entworfen, und sein Gedächtnis lieferte ihm bereitwillig reale Einzelheiten in Form einer braunen Kordjacke mit riesigem Reißverschluß und dicht gesäten rosa Pickeln auf der Nase in dem weißen und reinen Gesicht des Jünglings, den er vielleicht ein- oder zweimal gesehen hatte.

Sergo beschwor dieses Bild immer wieder, entwickelte es in verschiedene Richtungen und schürte in sich ein so mächtiges Feuer der Eifersucht, daß der ganze ringsum tobende Krieg, bereits Alltag geworden, von diesem Feuer verzehrt wurde wie ein Strohhalm.

Da schickte er das Telegramm, über das er drei Tage nachgedacht hatte. Für einen Brief von einer dreiviertel Heftseite, in ziemlich großer Schrift verfaßt, brauchte er zwei Wochen.

In diesem langersehnten Brief las Margarita, er freue sich, daß sie Kinder geboren habe, aber er wolle nicht als gehörnter Ehemann dastehen. Wenn sie jemand anderen habe, solle sie sich scheiden lassen und ihn heiraten, wenn dieser Mistkerl jedoch die Mutter seiner Kinder nicht heiraten wolle, möge alles bleiben, wie es ist. Der Krieg würde noch lange dauern, er könne getötet werden, und dann sollten die Mädchen den ehrlichen Namen Oganessjan tragen und wenigstens eine Halbwaisenrente bekommen. Immer noch besser als vaterlos.

Als Margarita den Brief erhalten hatte, legte sie sich wieder bäuchlings aufs Bett und richtete an ihren Mann einen langen Monolog, der anfangs stürmisch und durcheinander war und sich mit der Zeit einförmig im Kreis bewegte: Wir lieben uns so sehr, und du sagst, das sind nicht deine Kinder, aber ich habe keine Schuld vor dir, wie kannst du mir nicht glauben, wir lieben uns doch so, du wolltest so gern ein Kind, und ich habe dir gleich zwei geboren ...

Emma Aschotowna, erschüttert und von Schuldgefühlen geplagt, betete zwei Ziffernfolgen in umgekehrter Reihenfolge herunter, Vielfache von dreizehn und neunzehn, registrierte geistesabwesend, wie sie lila und blau wurden, je weiter sie sich entfernten, und tastete nach dem goldenen Faden einer genialen und märchenhaften Lösung, die alles wieder rückgängig machen würde, friedlich und zur Freude aller.

Doch Margarita stand nicht wieder auf. Emma Aschotowna begann ihren Tag nun damit, daß sie die Tochter aus dem Bett holte, sie auf die Toilette und ins Bad führte, sie wusch, ihr Tee gab und sie wieder ins Bett geleitete.

Allmählich brachte sie Margarita dann nicht mehr ins Bett, sondern setzte sie in einen Sessel und legte ihr eine Decke über die Beine. Auf Fragen antwortete Margarita einsilbig und sehr widerwillig. Mit der Zeit erkannte Emma Aschotowna an ihren Lippenbewegungen, an einzelnen, kaum hörbaren Worten, was ihre Tochter tausendfach wiederholte, und versuchte, Margarita aus ihrer geistigen Lähmung zu holen. Sie brachte ihr die Mädchen, legte sie neben sie. Margarita berührte sie mit ihren durchscheinenden Händen, lächelte strahlend und ohne Verstand, und ihre Lippen bewegten sich unentwegt in lautloser Klage an ihren hartherzigen Mann.

Kopf an Fuß, dick eingemummt und überhitzt wie Piroggen in der Röhre – Emma Aschotowna fürchtete nichts so sehr wie Kälte – schliefen die Mädchen ziemlich lange in einem Bett. Ihre Mutter reagierte kaum auf sie, der Vater litt allein deshalb, weil sie existierten, und nur ihre Großmutter nahm sie als ein Geschenk des Himmels an, dankbar und voller Liebe, voll Scham für die Abneigung, die sie im ersten Augenblick empfunden hatte; und Fenja, die Nachbarin und Helferin, beugte sich über sie, lächelte mit ebenso zahnlosem Mund wie die beiden Mädchen und gurrte mit süßer Stimme: »Aijai, aijai, aijai-jai«.

Dann wurde ein zweites Bett aufgestellt, und sie wuchsen, betrachteten einander wie im Spiegel, übernahmen schnell voneinander alle Fähigkeiten und äfften einander ständig nach. Voller Zärtlichkeit und mit beinah wissenschaftlichem Interesse registrierte Emma Aschotowna alle Ähnlichkeiten und Unterschiede: Die Jüngere schien zu Linkshändigkeit zu neigen, ihre Haut war von kräftigerem Braun, das Haar dichter und dunkler, die Hände waren größer. Am Po hatte sie links ein Muttermal, das aussah wie eine kopfstehende dreizackige Krone. Auch Gajaneh hatte ein Muttermal, aber auf der rechten Seite, und seine Form war irgendwie verschwommen. Dafür brachen die Zähne bei beiden immer am selben Tag durch; sie aßen dieselben Dinge gern und lehnten Mohrrüben stets einträchtig ab, egal, in welcher Form sie auf den Tisch kamen.

Als die Zeit dafür reif war, setzten sie sich auf, lernten stehen, machten die ersten Schritte und fingen an sich zu prügeln.

Der Briefwechsel ihrer Eltern endete mit Sergos letztem Brief. Dann schrieb Sergo nur noch an seine Schwiegermutter. Nachdem Emma Aschotowna sich mit ihrer Gewohnheit, über das Leben ihrer Tochter in allen Einzelheiten zu bestimmen, so grausam verbrannt hatte, tat sie nun so, als sei nichts geschehen, berichtete ausführlich über die Kinder und beendete ihre Briefe immer mit dem Satz: »Margaritas Zustand ist unverändert.«

Sergo antwortete kurz und offiziell. Margarita erwähnte er nie, und die Schwiegermutter hatte er trotz äußerlichen Respekts schon früher für eine alte Hexe gehalten.

Nach einer höllischen Phase der Eifersucht beschloß er, seine Frau aus seinem Leben zu streichen. Aber es war, als hätte er auch sich selbst aus der Liste der Lebenden gestrichen. Wahrscheinlich überlistete er auf diese Weise den Tod. Der ignorierte ihn. Sergo nahm an allen großen Panzerschlachten des Krieges teil, vom Kursker Bogen bis zu den Seelower Höhen, setzte getroffene Panzer wieder in Gang, brachte reparierte Fahrzeuge mehrmals aus Kesseln – einmal ließ er beim Rückzug einen getroffenen Panzer in einer bereits verlorenen Stadt in einem kleinen Park und holte ihn in der Nacht heraus, als die Stadt bereits voller Deutscher war.

Mehrmals bat er um Versetzung zur kämpfenden Truppe, in die Nähe des Todes. Alles umsonst. Nicht einmal der Luftzug einer vorbeifliegenden Kugel streifte seine breite, niedrige Stirn.

»Du bist verhext«, sagte sein Freund Filippow.

Der Krieg ging zu Ende. Der Sieg wurde verkündet. Es war für Emma Aschotowna ein Tag bitterer Erinnerungen an den unglücklichsten aller Tage, als ihr Mann bewußtlos zusammenbrach und nie wieder aufstand, und an Sergos letzten Besuch und das ganze lächerliche Theater, das er nach der Geburt der Kinder veranstaltet hatte.

Emma Aschotowna sagte ihrer Tochter, daß der Krieg zu Ende sei. Margarita nickte schwach und antwortete:

»Ja, ja.«

»Jetzt wird Sergo zurückkommen«, sagte Emma Aschotowna unsicher.

»Ja, ja«, erwiderte Margarita gleichgültig, wie immer in unermüdlicher Zwiesprache mit ihrem abwesenden Mann.

Es war Mitte Juli, früh am Morgen. Er war in der Nacht in Moskau eingetroffen und hatte ein paar Stunden vor dem Haus gestanden, in dem er die glücklichsten Jahre seines Lebens verbracht hatte. Er konnte sich nicht entscheiden, ob er hineingehen oder lieber gleich weiterfahren sollte nach Jerewan, zu seinen Geschwistern und den inzwischen geborenen Neffen. An Margaritas Krankheit hatte er nie geglaubt, und er stand eine Todesangst aus, daß ihm auf sein Klingeln der Geiger Mischa die Tür öffnen würde – umbringen würde er diesen Mickerling, zum Teufel, ihn glatt erwürgen.

Sergo knirschte mit den unübertroffen weißen Zähnen und floh das verfluchte Haus. Er ging zum Nikita-Tor, bog in die Spiridonowka ein, lief einen großen Kreis und langte wieder am vertrauten Haus in der Mersljakowgasse an.

Kurz nach sechs war er entschlossen wegzufahren, warf einen Abschiedsblick auf sein einstiges Fenster im ersten Stock, sah, wie die ihm wohlbekannten Vorhänge beiseite geschoben wurden, und erkannte die Hand seiner Schwiegermutter mit den matt schimmernden Ringen.

Er trat in den Hauseingang und verlor beinah das Bewußtsein vom Geruch der Wände – als wäre es der Duft eines geliebten Körpers. Er stieg in den ersten Stock hinauf, klingelte viermal, und unverzüglich, als hätte sie absichtlich hinter der Tür gestanden, öffnete ihm Emma Aschotowna. Sie war bereits angezogen und frisiert und hielt einen kleinen Messingtopf in der Hand. Er küßte sie mechanisch und ging ins Zimmer. Es war wie früher dreigeteilt: vorn die fensterlose Eßecke, dahinter zwei kleine Kabuffs mit Schiebetüren und je einem quadratischen Fenster. Links war der Arbeitsraum des Schwiegervaters gewesen, rechts hatte er mit Margarita gelebt. Er berührte die Tür, sie fuhr auf einer schmalen Schiene zur Seite – eine Erfindung des verstorbenen Alexander Aramowitsch. Margarita war nicht im Raum.

Ein schwarzäugiges Mädchen saß im Bett und kaute auf einem Zipfel seiner Decke, das zweite stand im Bett und führte einen Plüschhasen auf dem Gitterrahmen hin und her. Viktorija spuckte den halbdurchgekauten Deckenzipfel aus und starrte den Mann neugierig an. Gajaneh fing verzweifelt an zu schreien und ließ den Hasen fallen. Viktorija überlegte, stieß den Mann mit dem dicken Händchen vor die Brust und schrie.

»Böser Onkel!« erklärte sie. »Geh weg!«

Sergo zwängte sich rückwärts ins Eßzimmer, wo Emma Aschotowna beschwörend gestikulierte und sagte:

»Serjosha, sie werden sich an dich gewöhnen, ganz bestimmt. Sie sind erschrocken. Sie haben noch nie einen Mann gesehen.«

Doch Sergo öffnete bereits die zweite Schiebetür, hinter der er alles mögliche zu sehen erwartete, nicht aber das ... Die bleiche Margarita, noch gazellenähnlicher als in ihrer Jugend, halb ergraut, sah ihn zerstreut an und schloß die Augen. Sie sprach mit ihrem Mann und wollte nicht abgelenkt werden.

»Margo«, sagte er leise, »ich bin's.«

Sie öffnete die Augen und sagte leise und deutlich: »Gut.«

Und wandte sich ab.

Sie ist krank. Ganz und gar krank – glaubte er schließlich.

Die geröteten Augen gesenkt, die Stirn in den breiten Händen, die noch ein paar Jahre den Kriegsgeruch nach heißem Metall ausströmen würden, saß er schweigend am Tisch.

Emma Aschotowna lief zwischen den schreienden Enkelinnen, der teilnahmslosen Tochter und dem schweigenden Schwiegersohn hin und her. Die großen Steine an ihren abgearbeiteten Händen funkelten, ihr altes pfauenfarbiges Seidenkleid raschelte. Mit tiefer Stimme und den für Armenier typischen Kehllauten sagte sie feierlich und zugleich alltäglich:

»Du bist gekommen, Sergo. Du bist gekommen. So viele sind gefallen, aber du bist zurückgekommen. Drei Jahre lang hat sie immerzu deinen Namen wiederholt, Tag und Nacht. So eine große Kerze hat sie für dich vor dem Herrn entzündet. Und deine Kinder, das sind auch zwei Kerzen für dich.«

Sergo nahm die Hände nicht von der Stirn. Seine Frau hatte ihn betrogen und war eine »Hure«, wenn auch krank. Die Kinder waren Fremde. Doch der gußeiserne Himmel, den er auf seinen versteinerten Schultern trug, erbebte.

Emma Aschotowna bemerkte diese Bewegung und begriff, daß ihr ganzes Leben sich in dieser Minute entschied und alles davon abhing, ob sie jetzt alles richtig und mit Güte zu sagen vermochte. Den ganzen schwarzen Klumpen Zorn und Wut auf Sergo, der sich in diesen Jahren in ihr angesammelt hatte, hielt sie, so schien ihr, in der linken Hand und preßte ihn fest zusammen.

Sie durchlebte eine Minute größter Anspannung. Zum erstenmal in ihrem Leben spürte sie deutlich einen Mangel an Verstand, Lebenserfahrung und Redegewandtheit, und sie flehte um Hilfe.

Herr, laß es so werden! Herr, vollbringe es! schrie ihre Seele verzweifelt, während sie mit ruhiger und freudiger Miene weiterredete:

»Dein Haus hat auf dich gewartet, Sergo. Hier ist deine Tasse, sieh her ... Margarita hat verboten, daß jemand sie anrührt. Deine Bücher und deine alten Hefte stehen noch genauso wie früher. Nun ist das Warten vorbei ... Nur Alexander Aramowitsch ist nicht mehr bei uns. Deine Kinder haben auf dich gewartet, Sergo. Ich weiß, nun wird sie wieder aufstehen ...«

Draußen weinten die Kinder. Hinter der anderen Tür lag seine kranke Frau. Die Schwiegermutter sprach Worte, die er kaum hörte. Der bittere, schwere Himmel bekam Risse, geriet in Bewegung und zerfiel in Stücke. Ein dumpfer Schmerz zog sich vom

Herzen durch den ganzen Körper – als lösten sich schwarze, verkrustete Rostfetzen von ihm –, und in diesem Schmerz lag die süße Befreiung von jahrelanger Qual. Die fremden Kinder weinten. Ihr Weinen rührte an die frischen Wunden in seinem Herzen und war eine Antwort darauf. Er nahm sie an, diese fremden Kinder, geboren aus einer verbrecherischen Verbindung seiner Frau mit Gott weiß wem, vielleicht auch nicht mit dem Musiker.

Er löste die Hände von der Stirn, richtete sich zu seiner ganzen monumentalen Größe auf, bewegte die Hand mit einer feierlichen kaukasischen Geste und fragte:

»Mama, warum weinen die Kinder? Gehen Sie zu ihnen!«

Am Abend taten Emma Aschotowna die Finger der linken Hand heftig weh, außer dem kleinen Finger und dem Daumen. Die ganze Nacht brannte die Hand, am Morgen waren die Finger geschwollen, und Emma Aschotowna hatte Fieber. Ein paar Tage quälte sie sich entsetzlich. Während ihrer Krankheit – übrigens die erste seit der Vorkriegszeit – schaffte sie es mit Mühe, sich um Margarita zu kümmern; Sergo versorgte die Mädchen, die ihn nicht nur sehr schnell annahmen, sondern ihn liebgewannen und sogar auf weibliche Art um seine Gunst wetteiferten. Er gab ihnen zu essen, zog sie an und setzte sie auf den Topf. Seine Seele stöhnte vor Glück bei jeder Berührung der dunklen, wundervollen Wangen, der ein wenig feuchten Löckchen und winzigen Finger.

Bei Emma Aschotowna wurde mehrfaches Panaritium diagnostiziert. Sie aber wußte: Durch diese Geschwüre verließ sie alles Böse, das sie gegen ihren dummen Schwiegersohn in sich angesammelt hatte. Doch als die Geschwüre reif waren, wurden sie geöffnet, und alles heilte sehr schnell zu. Sie trug den Verband noch etwa zwei Wochen – um die Liebe zwischen Sergo und den Kindern zu festigen.

Wenn er sie abends aus der großen Zinkwanne hob und ihre kleinen Körper durch das flauschige Handtuch berührte, empfand er eine ungeheure Wonne. Er achtete nicht auf die teefarbenen Muttermale, die beide Kinderpopos zierten. Und der einzige Mensch, der ihn in seinen flachen Hintern hätte pieken können, mitten in das Muttermal, das aussah wie eine kopfstehende Krone, war seine Frau Margarita, die noch immer in ihrem Sessel saß und mit ihrem Mann sprach, den sie so sehr liebte.

Das Findelkind

Die heutige Wissenschaft behauptet, das Gefühlsleben des Menschen beginne bereits im Mutterleib, und auch uralte Quellen belegen es: Rebekkas Söhne, so heißt es im ersten Buch Mose, stießen sich miteinander in ihrem Leib.

Niemand wird je erfahren, wann genau – im pränatalen oder im postnatalen Leben – Viktorija zum erstenmal Abneigung gegen ihre Schwester Gajaneh verspürt hatte.

Kleine Zankereien könnte man dabei außer acht lassen, doch die scharfsichtige Großmutter Emma Aschotowna bemerkte sehr früh die charakterlichen Unterschiede zwischen den Zwillingen und breitete aus angeborenem Edelmut ihre Flügel immer über das Mädchen, dessen Teint und Beine schwächer waren. Was sie nicht hinderte, sich ein andermal an der soliden Kraft der zweiten Enkelin zu erfreuen.

Der Vater war von beiden hingerissen. Kinderweinen war für ihn eine solche Marter, daß er das gekränkt weinende Kind, nämlich Gajaneh, mit schlangenartiger Gewandtheit packte, fest umklammerte und bereit war, gleichzeitig zu muhen wie ein Kalb, zu blöken wie ein Schaf und zu krähen wie ein Hahn, damit sich das Kind ja schnell beruhigte.

Die schlaue Viktorija begriff bald, daß das stürmische Liebesduett zwischen dem Vater und der schluchzenden Schwester stark das Vergnügen beeinträchtigte, das sie empfand, wenn sie Gajaneh quälte, und sie trat ihr in Gegenwart des Vaters nicht mehr zu nahe.

Der Gerechtigkeit halber muß gesagt werden, daß es für Viktorija die schlimmste Strafe war, wenn sie in verschiedene Ecken verbannt wurden. Wenn Gajaneh ins Zimmer der Mutter gebracht und die aus Platzgründen eingebaute Schiebetür auf einer Eisenschiene fest hinter ihr geschlossen wurde, saß Viktorija stundenlang neben diesem häuslichen Gleis wie auf dem Bahnhof, darauf wartend, daß ihr verziehen würde.

Die Mutter mischte sich nicht ein in das Verhältnis der Mädchen, sie mischte sich in gar nichts ein. Sie spielte im Haus die Rolle einer Obergottheit – sie saß in ihrem schmalen Zimmer im Lehnstuhl, umhüllt von einem großen, silberschimmernden Geflecht aus Zöpfen, die die Großmutter jeden Morgen lange kämmte. Zweimal am Tag kamen die Mädchen zu ihr, sagten: »Guten Morgen, Mama« und »Gute Nacht, Mama«, worauf sie mit feinen Lippen schwach lächelte.

Manchmal setzte die Großmutter die Mädchen zum Spielen auf den Teppich zu den dünnen Beinen der Mutter, die in dicke gestrickte Wollsocken, gemustert wie der Teppich, gehüllt waren; doch wenn die Mädchen sich zankten oder weinten, verzog die Mutter erschrocken das Gesicht und hielt sich die Ohren zu.

Bis zum Alter von etwa drei Jahren beschränkten sich Viktorijas Angriffe auf rein materielle Dinge: Sie nahm der Schwester Spielzeug weg, Bonbons, Socken und Tücher. Gajaneh wehrte sich heftig und war bitter gekränkt. In ihrem vierten Lebensjahr ereignete sich etwas auf den ersten Blick Belangloses, das jedoch ein höheres Niveau von Viktorijas Anschlägen offenbarte. Anläßlich einer Erkältung der beiden Mädchen war der alte Doktor Juli Solomonowitsch ins Haus gerufen worden, ein Arzt der Gattung, die etwa zur selben Zeit ausstarb wie die Seekuh. Die Anwesenheit eines solchen Arztes beruhigt, seine Stimme senkt das Fieber, und seine Kunst enthält, oft ohne daß er selbst es ahnt, einen Tropfen uralter Zauberei.

Das Ritual der Besuche von Juli Solomonowitsch war schon in Margaritas Kindheit entstanden. Es mag sonderbar erscheinen, und auch darin äußerte sich wohl die Zauberei – bereits damals war er ein sehr alter Doktor gewesen.

Zuerst wurde er mit Tee bewirtet, und zwar unbedingt in Anwesenheit des Patienten. Emma Aschotowna brachte wie vor dreißig Jahren ein Teeglas in einem großen Untersatz, zwei Teekännchen und einen geflochtenen Korb mit Nußgebäck. Der Doktor unterhielt sich leise mit Emma Aschotowna, klapperte mit dem Löffel, lobte die Kekse und schien die Mädchen überhaupt nicht zu beachten. Dann trug Emma Aschotowna eine Schüssel herein, einen Krug mit warmem Wasser und ein ungeheuer langes Handtuch. Der Doktor wusch sich wie vor einer chirurgischen Operation ausgiebig die Hände, dann trocknete er sich gründlich die gespreizten Finger ab. Nun ließen die Mädchen bereits kein Auge mehr von ihm.

Mit einer ausladenden, üppigen Bewegung zog er sich den fest zusammengelegten, knisternden weißen Kittel über und hängte sich Kautschukschläuche mit Metallköpfen vor die flache Brust. Der Goldrahmen seiner Brille funkelte in den rotbraunen Augenbrauen, die Glatze schimmerte schwach rötlich im Widerschein längst ausgegangener Haare. Die Mädchen waren, ohne es zu ahnen, bereits Zuschauerinnen geworden, saßen in der ersten Reihe im Parkett und genossen die erhabene Vorstellung.

»Wie heißen denn unsere Fräuleins?« fragte er höflich, zu ihnen hinuntergebeugt.

Diese Frage stellte er jedesmal, aber sie waren noch so klein, daß sie sich noch nicht abgenutzt hatte.

»Gajaneh«, antwortete die schüchterne Gajaneh. Er wog ihre schwerelose Hand in seiner rauhen Pranke.

»Gajaneh, Gajaneh, sehr schön«, sagte der Doktor begeistert.

»Und Sie, liebes Fräulein?« wandte er sich an Viktorija. Viktorija dachte nach – worüber, könnte selbst Freud nicht erraten – und antwortete hinterhältig: »Gajaneh.«

Die richtige Gajaneh weinte leise und beleidigt: »Ich, ich bin Gajaneh ...«

Der Doktor kratzte sich nachdenklich das glänzende Kinn. Er wußte ja, wie kompliziert die kleinsten Wesen sind, und löste im Kopf eine schwierige Aufgabe – sich selbst klein zu machen.

Viktorija warf triumphierende Blicke – auf den Plüschteddy, auf den Stoffhasen –, es war ihr gelungen, sich den Namen der Schwester anzueignen, und sie feierte einen ungeheuren Sieg.

»So, so, so«, sagte der Doktor langsam. »Gajaneh ..., sehr schön ...« Er blickte erst zur einen, dann zur anderen und wandte sich schließlich ernst und traurig an die Räuberin:

»Und wo ist Viktorija? Ist Viktorija nicht da?«

Viktorija schniefte mit verstopfter Nase: Sie wollte gleichzeitig Viktorija sein und Gajaneh, aber so einfach auf einen Namen verzichten, auf den eigenen oder den fremden, konnte sie auch nicht.

»Ich bin Viktorija«, sagte sie schließlich seufzend, und Gajaneh beruhigte sich sofort.

Und während sie beide den mißglückten Versuch des Namensraubs verdauten, wurden sie von dem lächelnden Alten mit zusammengepreßten Lippen abgehört, mit festen Fingern abgeklopft und an allen Lymphknoten abgetastet.

Emma Aschotowna bewunderte die artistischen Bewegungen des Arztes und freute sich über das bei ihm seltene Lächeln, das sie irrtümlich dem überirdischen Reiz ihrer Enkelinnen zuschrieb. Sie irrte sich: Sein Lächeln galt seinem halbblinden Urvater, den seine Söhne einst auf genau die gleiche Weise betrogen hatten, an der gleichen schlüpfrigen mythologischen Kreuzung.

Das Drama der Namensänderung spielte sich von nun an ziemlich regelmäßig am Twerskoi Boulevard ab, wo die Haushaltshilfe Fenja immer mit den Mädchen spazierenging. Fenja hatte eine kleine Schwäche: Sie schloß für ihr Leben gern Bekanntschaften. Obwohl sie die meisten spazierengehenden Großmütter, Kindermädchen und Kinder kannte, brachte sie es fertig, ihre gesellschaftliche Sammlung beinah jeden Tag zu ergänzen.

Möglicherweise war diese Leidenschaft Fenjas ein Erbteil ihrer Mutter, die einst als Amme in einen reichen Kaufmannshaushalt gekommen war, dort bis zu ihrem Tode gedient und Fenja unter dem Schutz ihrer gütigen Herren großgezogen hatte. Oder der Schatten Jogels, Tanzmeister und Kuppler der vornehmen Gesellschaft, der einst hier gelebt hatte, links von dem schwarzen, mit Taubendreck übersäten Puschkin, kreiste noch über dem Twerskoi Boulevard und segnete die Bekanntschaften der Kindermädchen und Kinder. Wie dem auch sei – die stolze Fenja berichtete Emma Aschotowna stets von ihren Errungenschaften:

»Heute wurden neue Kinder ausgeführt, von einem Admiral!« Oder:

»Heute waren zwei Mädchen da, genau wie unsere, aber ein Jahr auseinander, die Wertlinski-Mädchen, von dem Schauspieler«, erzählte sie und warf dabei kurzerhand Herkunft, Namen und Wesen* in einen Topf.

Doch was Fenja nicht wußte – jede neue Bekanntschaft ging stets mit einer kleinen Szene einher: Viktorija stellte sich mit dem Namen der Schwester vor, und Gajaneh, beleidigt und puterrot, sagte ihren Namen überhaupt nicht, weshalb die Hälfte der Kinder beide Schwestern Gajaneh nannte.

Fenja maß diesen psychologischen Dingen keinerlei Bedeutung bei. Neben ihren gesellschaftlichen hatte sie auch andere bedeutende Pflichten: ihre Zöglinge vom Sandkasten oder gar von Pfützen abhalten, aufpassen, daß sie nicht hinfielen, sich nicht verletzten und nicht so rannten, daß sie in Schweiß gerieten. So verurteilte die fürsorgliche Fenja die beiden zu ausschließlich verbalen Vergnügungen.

In ihrem kleinen Kreis privilegierter Kinder war Viktorija berühmt als Erzählerin umgedichteter Märchen und selbsterfundener Geschichten; Gajaneh war eine stille Beobachterin mit einem guten Gedächtnis für fremde Schleifen, Broschen, belanglose Ereignisse und nebenbei fallengelassene Worte.

---

* Wortspiel mit dem Namen des Schauspielers Wertinski und dem Adjektiv »wertljawy«, dt. »zappelig«. (A. d. Ü.)

Ihre Lieblingsbeschäftigung bis zum zehnten Lebensjahr waren kleine »Geheimnisse« – Blätter, Blumen, Bonbonpapier und Folienfetzen, die sie unter eine Glasscherbe legte. Selbst im Sommer, auf der Datscha, wo die Kinder wesentlich mehr Bewegungsfreiheit hatten, bevorzugte Gajaneh diese sitzende Einpersonen-Zerstreuung, während Viktorija Fahrrad fuhr, schaukelte und Ball spielte mit nach Fenjas Ansicht guten Kindern von benachbarten Datschas.

Hier, auf der Datscha in Kratowo, hatte Gajaneh im letzten Vorschulsommer die erste ernsthafte Prüfung zu bestehen. In der Siedlung waren Zigeuner aufgetaucht. Zuerst kamen an die breite Kreuzung der beiden Hauptstraßen, wo gewöhnlich der große Petroleumtank hielt und die alten Frauen aus dem Ort feste Bündel weißnasiger Radieschen und kakteenartig stachliger Gurken verkauften, vier Zigeunerinnen mit einem Dutzend quirliger, dunkelbrauner Kinder, dann erschien auf einem Wagen mit einem klassischen Zigeunerpferd ein klassisch hinkender Zigeuner in einem riesigen Jackett, fast bis zum Gürtel mit Ordensleisten gespickt.

Es gab keinerlei bunte Zelte oder Seidenhemden und unter den zerlumpten Frauen unbestimmten Alters auch nicht die obligatorische Schönheit. Mehr noch, eine der Frauen war eine unfehlbar häßliche Alte. Sie nächtigten direkt an der Kreuzung, ob auf oder unter dem Wagen, hatte niemand gesehen. Fenja, die am Morgen Milch holte, erzählte Emma

Aschotowna von ihnen, und die verbot den Mädchen, allein den Garten zu verlassen.

»Sie stehlen Kinder«, flüsterte Viktorija der Schwester ins Ohr, und während die über die neue Gefahr für ihr Leben nachsann, ließ Viktorija ihrer Phantasie bereits freien Lauf. »In unserer Siedlung haben sie schon zwei gestohlen!«

Die Zigeunerinnen gingen indessen ihrem gewohnten Gewerbe nach – sie hielten Passanten an, um ihnen für einen zerknitterten Rubel Interessantes über Zukunft oder Vergangenheit zu erzählen.

Ihr Geschäft lief mehr schlecht als recht, und gegen Mittag machten sie eine Runde und klapperten die Datschas ab. Die Mädchen saßen seit dem Morgen auf der Datscha der Karassikows direkt an der Kreuzung, und durch den lichten Zaun konnten sie wunderbar sehen, wie ein Zigeunerjunge mit einer Peitsche spielte und der Hinkende in einer unverständlichen Sprache mit ihm schimpfte. Gajaneh fürchtete sich, zu nahe an den Zaun zu gehen, dafür hing Viktorija auf der Gartenpforte und starrte hemmungslos auf das fremde, gesetzwidrige Leben.

Am Mittag kam Emma Aschotowna und holte sie nach Hause. Die jüngeren Zigeunerinnen waren ausgeschwärmt, und das Zigeunerlager war vertreten durch das gefesselte Pferd, das im staubigen Gras am Straßenrand weidete, einen unter dem Wagen schlafenden Zigeuner und die Alte. Die wedelte mit ihrer vielen bunten Kleidung, stellte sich Emma Aschotowna in den Weg und leierte:

»Oh, was sehe ich da, was sehe ich da ... Oh, paß auf, Kummer naht ... Gib mir deine Hand, laß mich sehen ...«

Angewidert schob Emma Aschotowna die Zigeunerin mit ihrer hochmütigen Hand voller großer Ringe mit alten Korallen, genau solchen, wie sie die Zigeunerin an der schmutzigen dürren Hand trug, beiseite und funkelte sie aus ihren starken dunklen Augen an. Die Zigeunerin war wie weggefegt – sie rief ihr nur noch hinterher:

»Geh nur, geh deines Weges, salzig ist dein Wasser, bitter deine Speise ...«

Viktorija streckte der Zigeunerin kühn die lange, himbeerrote Zunge heraus, wofür sie umgehend eins mit Großmutters hartem Finger auf den Kopf bekam, Gajaneh aber klammerte sich an den seidenen Zipfel von Großmutters neuem Kleid, dessen große weiße Punkte sich spürbar fester anfühlten als der himmelblaue Untergrund.

Mittag aßen die Mädchen auf der Terrasse, dann erlaubte ihnen die Großmutter, der Hitze wegen in der Gartenlaube zu schlafen und nicht im Haus. Fenja stellte ihnen Klappbetten auf und verschwand, und Viktorija teilte der Schwester ein Geheimnis mit: Die alte Zigeunerin war in Wirklichkeit eine richtige Zauberin und konnte sich verwandeln, in was sie wollte, und Kinder verwandeln, in was sie wollte. Und das gefesselte Pferd war in Wirklichkeit gar kein Pferd, sondern die beiden gestohlenen Jungen Vitja und Schurik, nach denen die Eltern schon lange suchten und die sie nie wiederfinden würden.

Sie flüsterten.

»Wenn sie will, kann sie sich in Großmutter verwandeln.«

»In unsere Großmutter?« fragte Gajaneh entsetzt.

»Hm. Und wenn sie will, auch in Papa«, machte Viktorija ihr weiter angst. »Da, kuck mal, da laufen welche ...«

Sie winkte in Richtung Gartenzaun. Ein interessanter Plan reifte in ihrem klugen Köpfchen.

Es war Anfang Juni. Dicke, fettige Fliederzweige quollen in die Laube und rochen so stark wie heißes Essen auf einem Teller. Hummeln summten träge und in tiefem Baß, Zikaden antworteten aus dem warmen Gras mit Geigenstimme. Das Leben war so jung und so furchteinflößend.

»Hab keine Angst, Gajka«, bedauerte Viktorija die erschrockene Schwester. »Ich verstecke dich.«

»Wo denn?« fragte Gajaneh hoffnungslos.

»Im Holzschuppen. Dort finden sie dich nie«, beruhigte Viktorija sie.

»Und du?«

»Ich hau sie mit dem Stock!« sagte Viktorija drohend, und Gajaneh zweifelte nicht daran. Bestimmt würde sie hauen.

Barfuß, nur in Batisthöschen mit großen Taschen auf dem Bauch, schlichen sie sich zum Holzschuppen. Viktorija schob den Riegel auf und ließ die Schwester hinein.

»Bleib hier sitzen, und kuck nicht raus. Wenn sie weg sind, laß ich dich wieder raus.«

Draußen wurde der Riegel vorgeschoben. Gajaneh beruhigte sich: Nun war sie in Sicherheit.

Viktorija schlüpfte in die Laube zurück und zog sich das Laken über den Kopf. Sie stellte sich vor, welche Angst ihre dumme Schwester jetzt ausstand, und auch ihr wurde ein bißchen bange. Aber auch zum Lachen. Lächelnd schlief sie ein.

Emma Aschotowna weckte sie nach fünf und fragte nach Gajaneh. Viktorija erinnerte sich nicht gleich, doch dann machte sie sich große Sorgen. Noch mehr sorgte sich die Großmutter – sie rannte durch den großen Garten, zuerst zur Toilette, wohin die Mädchen nicht durften, dann zum Himbeerstrauch, dann den Hügel hinunter in einen völlig verwilderten Teil des Gartens hinter einem morschen Staketenzaun. Das Mädchen war nirgends.

»Gajaneh! Gajaneh!« rief Emma Aschotowna, aber niemand antwortete.

Der lange Schrei, der Klang des Namens mit der Beule in der Mitte und dem breiten Schwanz am Ende verlor sich ohne Echo im frischen Laub, das noch keine richtige Kraft gesammelt hatte.

Es waren die ersten heißen Tage, als das Harz zu fließen begann und sich über dem Boden sammelte, die erste Ruhe nach den Aufregungen des Frühjahrs mit dem eiligen Wachstum aller möglichen Gräser und Blätter; und Emma Aschotownas Geschrei störte irgendwie anstößig die Ordnung des Tages, der sich zum Abend neigte.

Viktorija schlich sich zum Holzschuppen und schob den Riegel auf.

»Komm raus!« flüsterte sie laut nach drinnen. »Komm raus, Großmutter ruft dich!«

Gajaneh saß zwischen einer alten Tonne und einem Holzstapel, den steifen Rücken an die Wand gepreßt. Ihre Augen waren offen, aber sie nahm Viktorija nicht wahr. Viktorija, die sie nicht sehen konnte, begriff das. Ihr wurde mulmig. Gajaneh ihrerseits hatte eine übergroße Angst ausgestanden, zu groß für ihren siebenjährigen Körper, und weilte nun jenseits der unermeßlichen Grenze dieser Angst.

Als die Schwester sie in den Schuppen gesteckt hatte, war Gajaneh zunächst eingeschlummert, bis sie von einer heimlichen Bewegung an ihrer Schläfe aufschreckte und sich an einem völlig unbekannten Ort fand: Feurig gelbe Striche durchschnitten den Raum von allen Seiten, als sei sie in einem leuchtenden Käfig eingesperrt, der in der graubraunen Dunkelheit leicht schaukelte. Der armen Gajaneh schien, sie sei auf übernatürliche Weise entführt worden, mitsamt dem Schuppen, dem Stapel Brennholz aus Birkenscheiten, den Tonnen, dem alten, aufrecht stehenden Eisenbett und einem Haufen Gartengerät, das seit dem Tod des Großvaters niemand mehr benutzte. Und zwar grausam geraubt, mitsamt der Zeit, die sich hinzog wie ein ausgeleierter Gummi und Anfang und Ende eingebüßt hatte. Auch die

Bewegung, die sie wie einen Hauch an ihrer Schläfe spürte, hatte damit zu tun, daß die gewöhnliche Zeit sich aufgelöst hatte, verschwunden war, und die neue sich nun mit ihr schwindelerregend im Kreis drehte.

Nein, schlimmer als geraubt, dachte Gajaneh, sie haben mich an einem gruseligen Ort vergessen.

Ihre Nasenspitze wurde taub vor Angst, eiskalte Schauer liefen ihr den Rücken hinunter, und ein dunkler Sog hob sie langsam hoch, wirbelte sie herum und schleuderte sie in eine solche Tiefe, daß sie begriff – sie starb.

»Gajaneh! Gajaneh!« rief von irgendwoher eine laute, klingende Stimme, wie die der Großmutter, aber sie wußte, daß es nicht die Großmutter war, die nach ihr rief, und nicht einmal die in die Großmutter verwandelte Zigeunerin, sondern jemand anders, noch grausiger und unmenschlicher.

»Gajka, komm raus!« vernahm sie das beharrliche Flüstern der Schwester. »Sie sind weg, die Zigeuner sind weg. Großmutter sucht dich!«

Der gruselige Ort verwandelte sich in den Schuppen. Schmale Lichtstreifen fielen durch die Bretterspalten, alles war so einfach und glücklich auf der Datscha in Kratowo. Die Großmutter kam in ihrem blauen Kleid mit den weißen Punkten schon zum Schuppen, um endlich die verschwundene Enkelin zu finden, und Gajaneh, die langsam zu sich kam, staunte, wie klein und vertraut die hiesige Welt war, verglichen mit dem Bodenlosen und Gigantischen, das sie hier übermannt hatte, im Holzschuppen, zu Beginn des Sommers, in ihrem siebenten Lebensjahr.

Mit dem Schrei: »Vika! Vika! Geh nicht weg!« stürzte sie zu ihrer Schwester und schlang die Arme um sie. Viktorija streichelte ihr den kalten Rücken, küßte ihr die störrischen Zöpfe, das Ohr, die Schulter und flüsterte:

»Nicht doch, nicht doch, Gajka! Hab keine Angst!«

In diesem Augenblick glaubte sie wirklich, sie schütze ihre liebe und ängstliche Schwester vor einer Gefahr, die draußen vorm Tor lauerte.

Von diesem Tag an, den Gajaneh so lebhaft im Gedächtnis behielt und Viktorija völlig vergaß, erwachte in Gajaneh eine ungewöhnliche Empfindsamkeit für alles Dunkle und Gefährliche. Es war ein besonderes Gefühl für Finsternis, das sie selbst beim Öffnen der Schranktür überkam. Dort in der Dunkelheit, wo es kein Licht gab, war etwas mit Worten nicht zu Fassendes, das sie damals im Holzschuppen entdeckt hatte. Selbst eine so kleine und gemütliche Dunkelheit, wie sie in ihrem Pennal entstand, wenn sie den Deckel zuschob, weckte ihr Mißtrauen. Ein vage ähnliches Gefühl empfand sie, wenn sie sich ihrer kranken Mutter näherte. Die Krankheit der Mutter stellte sie sich ebenfalls als einen Klumpen Finsternis vor, und sie hätte sogar die Teile von Kopf, Hals und Brust nachzeichnen können, wo diese Finsternis sich nach ihrem Empfinden ballte.

Die Angst der Schwester, die Viktorija erriet, veranlaßte diese immer wieder zu grausamen Scherzen: Sie versteckte Gajanehs Hefte in den unzugänglichsten Ecken der Wohnung und zwang sie damit, in die dunkelsten Spalten zu kriechen; sie legte einen toten Käfer in den dunklen Raum des Pennals, um das Unbestimmte mit gräßlicher Wirklichkeit zu erfüllen. Als Gajaneh aufkreischte und das Pennal von sich warf, rettete Viktorija sie, drückte sie an sich und sagte nachsichtig lächelnd:

»Was ist denn, du Dummchen, wovor hast du denn Angst?«

Viktorija bereitete die Macht über die Ängste der Schwester Vergnügen; ihre gegenseitige Liebe war in diesen Augenblicken des Trostes ungeheuer groß, und sie selbst waren damals noch zu klein, um zu wissen, was für gefährliche und feindselige Zutaten der menschlichen Liebe beigemischt sein können.

Emma Aschotowna, empfindlich getroffen durch die tragische Liebe und Krankheit ihrer Tochter, wußte zwar einiges vom Irrsinn und der Grausamkeit der Liebe, interessierte sich jedoch in keiner Weise für das Verhältnis der beiden Mädchen und die Art ihrer gegenseitigen Zuneigung. Sie war der einzige Mensch in der Familie, der sensibel genug und fähig gewesen wäre dahinterzukommen, aber Emma Aschotowna folgte einer strengen, zutiefst orientalischen Hierarchie: Wenn es nicht um Leben und Tod ging, dann war das wichtigste Ereignis im Leben das Essen, keinesfalls jedoch Zank und Versöhnungen unter Kindern.

Emma Aschotowna entledigte sich schnell der morgendlichen Pflichten: Sie kämmte gründlich vier langhaarige Köpfe – ihren eigenen, den der Tochter und die der Enkelinnen –, flocht dunkle Zöpfe und zog allen nach heißem Bügeleisen riechende Wäsche an, bereitete hastig ein schnelles Frühstück, machte ein bißchen sauber und schritt dann zur Zubereitung des Essens mit gebackenen Auberginen, gefüllten Tomaten, scharfen Bohnen und ungesäuertem Brot.

Sie stammte zwar aus einer reichen armenischen Familie, hatte aber Kindheit und Jugend in Tbilissi verbracht und kochte eher georgisch, komplizierter und vielfältiger als in Armenien üblich. Sie zählte Nüsse und Eier, Koriander- und Pfefferkörner, während ihre Hände selbständig flink und exakt arbeiteten. Sie genoß das Kochen wie ein Musiker die Musik, die seine Hände hervorbringen.

Gegen halb sieben kam gewöhnlich Sergo von der Arbeit. Der Tisch war bereits gedeckt und duftete. Sergo wusch sich die Hände und führte seine Frau an den Tisch. Sie lief mit kleinen Trippelschritten wie eine Aufziehpuppe und lächelte matt. Das Zimmer war dunkel, fensterlos, nur von gelbem elektrischem Licht beleuchtet, das ihrem Gesicht den Ton von altem Porzellan verlieh. Sie wurde in den Sessel neben ihren Mann gesetzt. Die Mädchen saßen links und rechts von ihren Eltern, aber an der Längsseite des Tisches. An der anderen Schmalseite thronte Emma Aschotowna. Fenja stieß mit dem Knie die Tür auf und brachte eine Suppenterrine herein, deren Größe die Bedürfnisse der Familie bei weitem übertraf. Fenja stellte sie neben den linken Ellbogen der Hausfrau und verschwand – sie aß in der Küche und hätte sich um nichts in der Welt an den Paradetisch der Herrschaft gesetzt, wo die Teller an die dreimal gewechselt wurden und immer nur eine winzige Portion aufgetan wurde.

Auf Margaritas Teller wurde ein bißchen Suppe gefüllt; sie nahm einen schmalen Löffel in die schmale Hand und tauchte ihn langsam in den Teller. Es war ein rein symbolisches Mahl – sie aß nur nachts, ganz allein: zwei Stück Schwarzbrot mit Käse und einen Apfel. Jede andere Nahrung nahm sie seit dem ersten Jahr ihrer Krankheit, als die Mutter ständig versucht hatte, sie mit etwas Nahrhafterem zu füttern, nur in den Mund und schluckte sie nicht hinunter.

An diesem Abend brachte Emma Aschotowna wie immer das Geschirr in die Küche, setzte die schmutzige Brille auf, band sich eine saubere Schürze um und begann mit dem Abwasch. Das war ihr Zugeständnis an Fenja, die auf ihre Ehre bedacht war und die Nachbarinnen ständig erinnerte:

»Ich bin keine Köchin, ich ziehe die Kinder auf.«

Sergo brachte Margarita in ihr Zimmer und setzte sich vor den alten Radioapparat, um an dessen gerippten Knöpfen zu drehen.

Wenn Sergo mit seiner Frau allein war, redete er. Nicht direkt mit ihr, aber auch nicht ganz mit sich selbst. Es war eine sonderbare Zwiesprache zweier

Wahnwelten: Margarita wandte sich wortlos mit ihrem längst eingerosteten Vorwurf an den geliebten Mann und nahm den fülligen grauhaarigen Menschen, in den Sergo sich in den Jahren ihrer Krankheit verwandelt hatte, kaum wahr; und er wiederholte und kommentierte die abendlichen Radiosendungen und versuchte mit Hilfe dieser unsicheren Tonbrükke zur heutigen Margarita vorzudringen, die noch immer auf das lange zurückliegende Unglück fixiert war. Sie starrten einander an, zeitlich Jahrzehnte voneinander entfernt, und setzten ihren ungereimten Dialog zwischen Blindem und Taubstummem fort.

»Wo ist Gajaneh?« fragte Margarita plötzlich ganz deutlich.

»Gajaneh?« Sergo hatte das Gefühl, im vollen Lauf gegen einen Laternenpfahl geprallt zu sein. »Gajaneh?« fragte er zurück, erschüttert, daß seine Frau ihm das erstemal seit vielen Jahren eine Frage gestellt hatte.

»Sie machen Hausaufgaben«, antwortete er leise und nahm Margaritas Hand. Sie war wie aus Glas, nur daß sie nicht klirrte.

»Wo ist Gajaneh?« fragte Margarita hartnäckig noch einmal.

Sergo stand auf und sah hinter die Trennwand. Viktorija saß mit dem Rücken zu ihm und kratzte mit dem Füller. Sie drückte beim Schreiben stark auf, machte viele Kleckse, und ihr Ellbogen war ständig in Bewegung.

»Wo ist Gajaneh?« fragte der Vater.

Viktorija zuckte die Achseln, und eine Tintenträne floß aus der Feder.

»Woher soll ich das wissen? Ich bin nicht ihr Aufpasser«, sagte Viktorija, ohne sich umzudrehen.

Viktorija zitierte nicht. Ihr ganzes kleines Leben war einfach darauf angelegt, Zitat zu werden, irrte herum und fand keinen Kontext.

Sergo, erregt, weil sich seine Frau an ihn gewandt hatte, suchte mechanisch in der Wohnung nach Gajaneh. Er ging auf den Gemeinschaftsflur hinaus, sah in dessen blinde Ecke, riß die Toilettentür auf, doch es war niemand darin. Er ging in die Küche, wo Emma Aschotowna die blitzenden Tellerrücken blank rieb, und sagte verwirrt zur Schwiegermutter:

»Margarita hat gefragt, wo Gajaneh ist.«

Emma Aschotowna hielt inne, als sei ihr Uhrwerk abgelaufen.

»Margarita hat dich gefragt?«

»Wo Gajaneh ist«, setzte er fort.

Sie stellte behutsam den Teller ab, schüttelte Brust und Hüften und rannte beinah zur Tochter. Sie zog die Schiebetür fast bis zum Anschlag auf und fragte, noch auf der Schwelle:

»Margarita, wie fühlst du dich?«

»Gut, Mama«, antwortete Margarita leise und bewegte dabei nicht einmal die Wimpern. »Aber wo ist Gajaneh?« fragte sie erneut, und Emma Aschotowna erfaßte endlich den Sinn der Frage.

Gajaneh war weg. Mehr noch, ihr neuer Katzenfellmantel hing nicht an der Garderobe, auch die kleinen Stiefel mit dem unechten Lammfellbesatz fehlten. Nur die Galoschen standen einsam und verlassen da, jede in einer trocknenden Pfütze.

»Vika, wo ist Gajaneh?« fragte die Großmutter.

»Woher soll ich das wissen ... Wir haben hier gesessen und gesessen, und dann ist sie gegangen«, antwortete Viktorija.

»Ist das lange her? Wohin ist sie gegangen? Warum hast du sie nicht gefragt?« entlud sich die Großmutter in einem ganzen Fächer von Fragen.

»Ich weiß es nicht. Ich hab's nicht gesehen. Vor zehn Minuten oder vor vierzig. Woher soll ich das wissen«, erwiderte Viktorija, noch immer über ihr Heft gebeugt. Mit falschem Eifer malte sie mit Tinte ein großes Bild auf den Heftumschlag.

Emma Aschotowna stürzte zu Fenja, doch an deren Zimmertür im Flur hing ein großes eisernes Vorhängeschloß: Es war Sonnabend, Fenja war noch nicht von der Nachtmesse zurück.

Es war zwanzig nach acht, draußen herrschte dichte, feuchte Finsternis, typisch für Tauwetter im Winter.

Ohne sich anzuziehen, rannte Sergo auf die Straße, lief einmal um den kreisrunden Hof und blieb im Torbogen stehen: Er wußte nicht, wohin er jetzt gehen sollte.

Emma Aschotowna rief die Eltern von Klassenkameradinnen an. Gajaneh war nirgends.

Die Geschichte dieses abendlichen Verschwindens hatte vor einem Monat begonnen. Die Mädchen dokterten an einer abklingenden Angina herum und waren zu Hause. Viktorija, die durch zwei Türen den Duft nach frischen Buletten wahrgenommen hatte, schlich in die Küche. Es waren redliche, große Buletten mit Knoblauch und Kräutern, so meisterhaft zubereitet, als hätten sie ein langes und glückliches Leben vor sich. Bis zum Mittag war es noch eine Weile hin, doch Viktorija bekam eine Bulette – braun, mit glänzender Kruste, die vor Saft und Fett zu platzen drohte. Viktorija biß ein Stück ab und wedelte geräuschvoll mit der Zunge, um die Bulette im Mund abzukühlen.

Gewöhnlich gestattete Emma Aschotowna solche Freiheiten vor den Mahlzeiten nicht, doch das Mädchen erholte sich von ihrer Krankheit und wollte zum erstenmal seit einer Woche etwas essen.

Hingebungsvoll kauend lauschte sie dem Gespräch der Nachbarinnen. Maria Timofejewna, mit dem dürren Köpfchen wackelnd, besprach mit Fenja ein schreckliches Ereignis: Am Morgen war auf dem Hof in der Müllecke ein totes Neugeborenes gefunden worden.

»Ich sag dir, Fenja, das ist entweder aus der acht oder aus der zwölf, bei uns war doch keine schwanger«, lautete Maria Timofejewnas patriotische Hypothese.

»Wer weiß«, brummte Fenja, die von der Menschheit überhaupt eine schlechte Meinung hatte, »die machen sich schlank, schnüren sich ein, da ist nichts zu sehen.«

Sie spuckte handfest auf den Fußboden. Ungeachtet ihrer Jungfernschaft wußte sie sehr gut Bescheid über die praktischen Folgen fleischlicher Sünde und verabscheute sie zutiefst.

Das Gespräch bewegte sich in gefährlichen Bahnen, und Emma Aschotowna, hochrot von der Brathitze und die Brauen streng gerunzelt, schickte Viktorija ins Zimmer. Angefüllt von der warmen Bulette und der schrecklichen Neuigkeit, ging Viktorija über den Flur und dachte an das arme Neugeborene. Erst sah sie es in einem weißen Steckkissen aus Spitze, wie das historische Kissen, in dem einst die Mutter geschlafen hatte und nun die Puppe Slawa. Das gefundene Kind war nun die lockenköpfige Puppe Slawa mit den fettigen kastanienbraunen Härchen. Aber das war irgendwie unbefriedigend: Sie empfand weder für Slawa noch für das Kind Mitleid. Sie wollte etwas anderes, Brennendes. Da dachte sie sich das Kind ganz klein und rosa, wie die noch fellosen Katzenjungen der Gemeinschaftskatze Marussja, bloß mit Ärmchen und Beinchen anstelle der Pfoten und mit Slawas gelbrosa Härchen. Doch auch dieses Bild befriedigte Viktorijas gierige Phantasie nicht.

Mit fettigen Fingern berührte sie den bronzenen Knauf ihrer Tür und erstarrte: Oh, wenn das Kind auf dem Müll Gajaneh wäre!

Viktorija stockte der Atem: Natürlich, jemand ganz aus der Nähe, ein heimlicher Bösewicht, raubt die kleine Gajaneh, tötet sie und wirft sie weg! Viktorija öffnete die Tür, und alles löste sich auf angesichts der langweiligen Wirklichkeit: Gajaneh, ein rosa Tuch um den Hals, saß am Tisch, kaute an ihrem langen Zopf und las den vom langjährigen Gebrauch und mangels Kamm schon ganz zerzausten Robinson Crusoe.

Viktorija ging ins Kinderzimmer und stellte sich ans Fenster. Die Müllecke, eine große Holzkiste, war von hier aus nicht zu sehen, sie lag hinter dem einstöckigen Seitenflügel. Auf dessen abgebröckelte Wand starrte Viktorija. Das Ingenieurtalent des Vaters hatte sich auf eigenwillige Weise auf sie vererbt: Auch ihr lag daran, daß ein Rädchen ins andere griff, die Triebstange die Kurbel antrieb und die Maschine schließlich rollte. Jenes tote Kind befriedigte sie keineswegs. Sie brauchte ein lebendiges, das auf den Müll geworfen wurde, und Gajaneh sollte es sein.

Viktorijas Augenbrauen waren fast zusammengewachsen, bogenförmig, und schienen an den Schläfen wieder aufwärts zu streben. Wenn sie nachdachte, hob und senkte sie wie der Vater unwillkürlich die Brauen.

Vielleicht so? Die Großmutter geht früh am Morgen mit dem Mülleimer raus und findet ein Mädchen. Sie denkt, es ist tot, aber es lebt noch. Sie nimmt es mit nach Hause und sagt zu Mama – gib ihr zu essen, sie ist erst drei Tage alt. Und Mama hat mich, ich bin auch gerade drei Tage alt ... Erneut stolperte sie über den Mangel in der Konstruktion –

wer ist der Bösewicht, der das Kind auf den Müll wirft?

Die Miliz hatte bereits jeden verhört, der sich zu dem kriminellen Fund äußern wollte, und mehrere phantasievolle Hypothesen gesammelt, in denen sich auf interessante Weise Eigennutz, Zauberei und Denunziationseifer vermengten. Der Hof, der stets nach dem Gesetz des ebenso wie die Ewigkeit unerschütterlichen Augenblicks lebte, verdrängte das Ereignis in die Geschichte, die zum Vergessenwerden verurteilt war, genau wie die Geschichte der großen vorsintflutlichen Zivilisationen. Der Untersuchungsführer legte einen weiteren unaufgeklärten Mord zu den Akten, der nicht einmal als vollwertiger Mord galt.

Nur Viktorija quälte sich noch mit ihrer unausgegorenen Geschichte. Die Intrige ließ sie nicht aus ihren Krallen, und sie suchte noch immer nach der hypothetischen Mutter des auf den Müll geworfenen Kindes, das sich durch ihren Willen und ihre böse Phantasie in ihre Schwester Gajaneh verwandelt hatte.

Am dritten Tag der schöpferischen Qualen fand Viktorija die gesuchte Person, als sie im Hausflur an der Tür vorbeikam, die zur halb im Keller gelegenen Hausmeisterwohnung führte. Die Beckericha, die hier ein Eckzimmer bewohnte, war furchtbar häßlich. Von ungeheurem Wuchs, der selbst bei einem Mann als riesig gegolten hätte, mit Männerhaarschnitt, das weißliche Gesicht und die Kleidung zerschlissen, stand sie im Ruf einer Trinkerin, obwohl niemand sie je betrunken gesehen hatte. Indes war sie wirklich eine Trinkerin, aber auf ihre Weise. Sie trank jeden Tag, immer allein, eingeschlossen in ihrem armseligen Zimmerchen. Sie trank genau eine Flasche Rotwein, das erste Glas sehr schnell, den Rest innerhalb von zwei Stunden. Dann legte sie sich zum Schlafen auf ihre mit einem geliehenen Krankenhauslaken bezogene Liege.

Die Sonne steht auf, wann sie will, je nach Jahreszeit, die Beckericha aber erwachte jeden Morgen um halb sechs. Kaum hatte sie die Augen geöffnet, trank sie den am Abend eigens übriggelassenen Rest Wein – zwei Fingerbreit in der Flasche. Ein anderer wäre längst dem Suff verfallen, sie aber retteten Beständigkeit und ein geregelter Tagesablauf. Aus ihrem ohnmachtartigen festen Schlaf erwacht, ging sie ins Krankenhaus, den Scheuerlappen schwingen. Bei den anderen Putzfrauen und Hilfsschwestern war sie unbeliebt wegen ihrer teilnahmslosen Schweigsamkeit, ihres Wolfsblicks und ihres wütenden Arbeitseifers. Außer dem Chefarzt Markelow, der sie eingestellt hatte, wußte niemand, was für eine gute Feldscherin und zuverlässige Helferin Tanja Becker vor dem Krieg, vor dem Gefängnis gewesen war.

Wenn sie ihre anderthalb Schichten hinter sich hatte, zwölf Stunden, konnte sie auf dem Nachhauseweg noch ihre allabendliche Flasche kaufen, und gegen acht verkroch sie sich schon in ihre Höhle. Sie zog Schuhe und Jacke aus, setzte sich aufs Bett und stellte die heilige Flasche auf einen Hocker, der ihr den Eßtisch ersetzte. Äußerlich war ihr warm, und in ein paar Minuten, das wußte sie, würde ihr auch innerlich warm werden, und sie ließ sich Zeit, denn sie hegte diese glückliche, ihr unvermutet bescherte Minute und zögerte sie hinaus.

Bei den Leuten im Haus war sie unbeliebt, weil diese scharfsichtig erkannt hatten, daß sie stolz war. Die Kinder fürchteten sie und rannten davon, wenn sie ihrer langen Gestalt im tiefen steinernen Torbogen ansichtig wurden. Sie nannten sie Leichenschneiderin, weil irgend jemand das Gerücht verbreitet hatte, sie arbeite im Leichenschauhaus. Aber das stimmte nicht, sie machte nur in den schlimmsten Abteilungen des Krankenhauses sauber: in der offenen Chirurgie und in der Neurologie.

Viktorija begann mit der Artillerievorbereitung: Sie versammelte einen Haufen zerzauster Mädchen um sich und erzählte, mit dem rot-blauen Doppelbommel ihrer Strickmütze wippend, wie die Leichen erst in großen Glaswannen schwimmen und dann sortiert werden, alles einzeln – Beine, Arme und Köpfe, und genau das sei die Arbeit der Beckericha.

Viktorijas Schilderungen waren gruselig und anziehend. Das jüngste Mädchen, Lena Senkowa, stopfte sich die Handschuhe in die Ohren, war aber nicht wegzukriegen; selbst das, was durch die nassen Handschuhe drang, behielt seinen geheimnisvollen Reiz. Zudem wählte Viktorija stets interessante Orte für derartige Gespräche: den dunklen, dreieckig schrägen Raum unter der Treppe; einen Winkel zwischen Holzschuppen; den Absatz im fünften, letzten Stock auf der engen, unterentwickelten Bodentreppe. Dunkelheit, Halbdunkel und undeutliches Klopfen begleiteten das Schauspiel, und Viktorija, Sklavin ihrer eigenen Phantasie, mußte sich jedesmal etwas Neues ausdenken, immer mehr und mehr ...

Sie meisterte durchaus ihre Rolle als Erzählerin von Gruselgeschichten, die sich auf Nebenpfaden schlängelten, sich in Schleifen und Windungen bewegten, dabei jedoch nie die schreckliche Beckericha aus den Augen verloren, die Hauptheldin aller Geschichten.

Diese Runden erfreuten sich großen Zuspruchs, aber die empfindsame Gajaneh versuchte seit Beginn der Serie, sich davor zu drücken, indem sie unter dem Vorwand von Schnupfen oder Kopfschmerzen zu Hause blieb. Die Vorstellungen fielen aus oder wurden auf ein andermal verschoben, bis Gajaneh notgedrungen wieder dabei war.

Geschichten von abgeschnittenen Gliedern, schwarzen Laken und zum Leben erweckten Leichen waren strenggenommen nichts Außergewöhnliches. Sie lagen im Trend ihres jungen Alters und von Zeit und Ort. Viktorija war zweifellos eine begabte Erzählerin und Gajaneh ihre empfindsamste Zuhörerin. Zudem spürte Gajaneh eine beunruhigende Absicht hinter den Erzählungen über das Verhältnis der verleumdeten Beckericha zu den noch heftiger verleumdeten toten Patienten des alten städtischen Krankenhauses.

Die drei Stufen, die zur Kellerwohnung hinunterführten, waren für sie das Tor zur Hölle, und sie rannte jedesmal, kaum die Stufen berührend, in einem Atemzug in den ersten Stock.

An jenem denkwürdigen Abend saßen sie später als üblich an den Hausaufgaben, denn es war Montag – montags gingen sie zur Musikschule, und der Tag war irgendwie zweigeteilt. Sie saßen einander gegenüber an Margaritas altem Tischchen. Viktorija hatte ein Bein unter sich gezogen, was die Großmutter strengstens verbot, und schüttete ihre zerfledderten Hefte und angeknabberten Stifte auf den Tisch. Gajaneh griff in die Mappe und zog einen packpapierbraunen Briefumschlag hervor.

»Oh!« sagte Gajaneh, denn sie wußte nicht, wie der Umschlag in ihre Mappe gelangt war.

»Was hast du da?« fragte Viktorija und hob die neugierigen Brauen, während Gajaneh verständnislos den Umschlag betrachtete, auf dem in verschwommenen roten Buchstaben stand: »An Gajaneh. Eigenhändig.«

»Ein Umschlag. Ein Brief«, murmelte Gajaneh.

Sie hielt den Umschlag mit beiden Händen, und die Buchstaben, deren Tinte faserig zerflossen war, sahen lebendig und blutig aus.

»Und was ist drin?« fragte Viktorija beinah gleichgültig. Gajaneh legte den Brief auf die Tischkante, als überlege sie, ob sie ihn öffnen sollte. In ihrem sensiblen Inneren spürte sie, daß er nichts Gutes enthalten konnte. Er lag auf der Tischkante, roch stark nach Kleister und tat, als wäre er ganz zufällig hergeraten. Gajaneh holte aus ihrer Mappe die ordentlichen Hefte, das rosafarbene für Schreibübungen und das gelbe mit den beruhigenden Karos. Darauf starrte Gajaneh.

»Ein Brief für dich, ja?« Viktorija hatte desinteressiert getan, hielt es aber nicht länger aus.

Gajaneh drehte den Umschlag auf die Rückseite. Der unsauber verteilte Kleber war noch nicht trocken. Sie fuhr mit dem Finger über die feuchte Naht und antwortete der Schwester:

»Ich les ihn später.«

Viktorija wickelte sich ein Zopfende um den Finger und starrte in ihr Heft – alles lief verkehrt. Der Brief lag ungelesen auf dem Tisch, jeden Augenblick konnte die Großmutter hereinkommen, und Gajaneh kritzelte mit einer achtundsechziger Feder in ihr glänzendes Heft, als sei nichts geschehen. Tatsächlich wirkte Gajaneh völlig ruhig, war aber dabei voller böser Vorahnungen und ganz und gar auf den Brief fixiert.

»Geh weg, geh. Es soll dich überhaupt nicht geben«, beschwor sie den bevorstehenden Augenblick.

Doch der Gedanke, den Brief einfach ungelesen wegzuwerfen, kam ihr nicht in den Sinn.

Viktorija hatte das Warten satt, legte die Hand auf den Umschlag und sagte:

»Dann les ich ihn eben!«

Gajaneh zuckte zusammen.

»Nein. Das ist mein Brief.«

Sie öffnete den Umschlag.

»Gajaneh! Es ist Zeit, daß du alles erfährst. Ich heiße Beckericha, und ich bin deine Mutter. Ich habe dich geboren und weggeworfen, weil ich dich nicht mitnehmen konnte. Das ist ein Geheimnis. Ich erzähle es dir dann. Bald werde ich kommen, es allen erzählen und dich holen, Tochter. Wir werden zusammenleben. Deine Mama Beckericha.«

Erst entzifferte Gajaneh mühsam, was dort in kleinen, schräg abkippenden Buchstaben stand. Das Wort »Tochter« war dick und groß geschrieben. Sie grübelte lange, was es bedeutete. Viktorija wartete geduldig die nötige Pause ab und fragte schließlich:

»Von wem ist der Brief, Gajka?«

Gajaneh reichte ihr wortlos die Heftseite. Viktorija genoß den Text – er war gut. Besonders gefiel ihr der Anfang: »Es ist Zeit, daß du alles erfährst.«

Oh, das kannte sie, das hatte sie schon einmal erlebt ... Die Zeit, die sich dehnte wie ein ausgeleierter Gummi, ohne Anfang und Ende, und die sonderbare, schwindelerregende Rückwärtsdrehung. Das Gefühl eines schrecklichen Raubes, Finsternis ...

Die aufsteigende Erinnerung war der beste Beweis dafür, daß der so gräßlich aussehende Brief die nicht minder gräßliche, aber tatsächliche Wahrheit sagte: Die schreckliche Beckericha war ihre Mutter.

»Hab keine Angst«, tröstete Viktorija sie großmütig. »Keiner wird dich deiner Mutter geben.«

»Hast du das etwa gewußt?« Gajaneh erschrak erneut. Fremdes Mitwissen verschlimmerte das ganze Grauen.

Viktorija zuckte die Achsel, warf ihren Zopf nach hinten und beruhigte die Schwester:

»Reg dich nicht so auf. Natürlich hab ich's gewußt. Alle wissen es.«

»Fenja auch?« fragte Gajaneh mit dummer Hoffnung.

»Natürlich, Fenja auch. Ich sag doch, alle wissen es.«

Die nächste Spirale der Niedertracht war reine Improvisation. Viktorija war kein besonders schlechtes Mädchen. Der böse Gedanke hatte von ihr Besitz ergriffen und entwickelte sich nun begabt weiter, wie bei jedem begabten Menschen.

»Was meinst du denn, wovon unsere Mama krank geworden ist? Großmutter hat dich vom Müll gebracht und zu ihr gesagt: Da, stille sie! Denkst du, das war ihr angenehm?«

»Und da ist sie krank geworden?« vergewisserte sich Gajaneh.

»Was denkst du denn? Sie sagte: Ich will nicht!, aber Großmutter hat sie gezwungen. Da ist sie krank geworden ...«

»Und du?« versuchte Gajaneh die aus den Fugen geratene Weltordnung wiederherzustellen.

»Was – ich? Ich bin die leibliche Tochter, aber du bist ein Findelkind.«

»Von welchem Müll denn?« wollte Gajaneh wissen, als spiele diese Einzelheit eine Rolle.

»Von wo? Na, von unserm Hof, wo die grüne Kiste steht«, verband Viktorija elegant Geographie und Biographie und empfand in diesem Augenblick die vollkommene Befriedigung des Künstlers. Den Geschmack der warmen Bulette, der schrecklichen Neuigkeit und den Geruch nach Bohnerwachs im Flur – auch das empfand sie in diesem Augenblick.

»Aaahhh«, reagierte Gajaneh irgendwie matt, und Viktorija spürte diese Mattigkeit und zweifelte plötzlich am Erfolg ihres pfiffigen Scherzes: Er war nicht lustig, das war es. Sie steckte die Nase ins Buch, suchte die Nummer der Hausaufgabe und überlegte dabei, wie sie die Situation beleben könnte.

Als sie den Kopf wieder hob, war Gajaneh nicht mehr im Zimmer. Der ordentlich geöffnete Umschlag und der Brief lagen auf der Tischkante.

Sie sitzt hinter der Garderobe und heult, vermutete Viktorija. Sie wollte die Schwester eine Weile heulen lassen und ihr dann sagen, daß alles ein Scherz war.

Da kam der Vater ins Zimmer und fragte:

»Wo ist Gajaneh?«

Gajaneh hatte sich so weit vom Haus entfernt wie noch nie. Bis zum Zoo war sie gelaufen. Sie stand vor dem Eingang, auf dessen magerem Portal degenerierte Götter ausgestorbener Völker die gefangene Tiersippe bewachten. Ein wehmütiges Tier, vielleicht auch ein Nachtvogel, stieß langgezogene heisere Laute aus. Es fing an zu schneien und wurde heller. Unter den Straßenlaternen streute das Licht

goldene Kreise, und wo die Elektrizität nicht hin-
reichte, glitzerten träge fallende große Schneeflok-
ken silbern im Mondlicht. Alles war in dieser Minute
neu, wie sie es noch nie erlebt hatte: die Einsamkeit,
die Ferne von zu Hause, die trostlosen Schreie und
selbst der Schneegeruch, vermischt mit dem Geruch
nach Pferde- und Affenstall.

Sie hatte das Gefühl, seit sie aus dem Haus gegangen war, sei eine Ewigkeit vergangen, sogar mehr als
eine. Die Ewigkeit der Angst vor der Beckericha und
die Ewigkeit ihrer Schuld gegenüber der Mutter. Sie
hatte der Schwester sofort unerschütterlich geglaubt. Es erklärte alles: Die unterschwelligen Ängste in ihrem Leben, die Unruhe, die dunklen Vorahnungen und die vage Furcht erwiesen sich als völlig
berechtigt. Natürlich – sie war eine Fremde in der
Familie, die schreckliche Beckericha war ihre leibliche Mutter, und nur Viktorija hatte wirklichen Anspruch auf Großmutter, Papa und Fenja, auf Mamas
blassen Kuß am Morgen; sie aber, Gajaneh, würde
von der schrecklichen Beckericha mit den gelben
Zähnen in den Keller geholt.

Die ihr von frühester Kindheit an deutlich bewußte Ähnlichkeit mit der Schwester beeinträchtigte in
keiner Weise das allgemeine Bild der hereingebrochenen Katastrophe. Diese Überlegung war zu nebensächlich, als daß sie unter so außergewöhnlichen
Umständen hätte in Betracht gezogen werden können.

Wenn die Beckericha ihre echte Mutter war und

sie, Gajaneh, schuld an der Krankheit ihrer armen falschen Mutter Margarita, dann sollte sie am besten sterben. Der Gedanke an den Tod brachte überraschende Erleichterung. Sie dachte durchaus nicht über die technischen Einzelheiten des Selbstmordes nach, das war ebenfalls nebensächlich. Sie glaubte, sie müsse nur einen verborgenen Platz finden, sich dort zusammenkauern, und allein ihr heißer Wunsch, nicht mehr zu leben, würde ausreichen, damit sie nie mehr aufwachte.

Sie lief die menschenleere Straße am Zoo entlang und bemerkte in der Ferne eine dunkle Figur, die sich zwischen zwei auseinandergebogene Gitterstäbe im Zaun zwängte. Der Nachtwächter Jukow transportierte wie üblich auf dem nächtlichen Weg seine obligatorische Portion zweitklassigen Rindfleischs, das eigentlich für die mageren Raubtiere bestimmt war. Jukow huschte an dem Mädchen vorbei und verschwand in einem Torbogen. Ganz in der Nähe wohnte seine Freundin. Das Fleisch war also doppelt gestohlen: den Tigern und Jukows Familie.

Gajaneh blieb eine Weile stehen, bis sie den Mann nicht mehr sah, und schlüpfte zwischen den Gitterstäben hindurch. Hier im Zoo war es wunderbar und kein bißchen gruselig. Die wehmütigen Tierschreie hatten aufgehört, dafür ertönte ab und zu geheimnisvolles lautes Seufzen, Knurren und Stöhnen. In der hellen Leere passierte sie den verschneiten Teich und langte an einem Freigehege an, dessen Bewohner längst in warme Räume gebracht worden waren.

Im Durchgang zwischen zwei ziemlich hohen Maschendrahtwänden stand eine große Holzkiste, fast wie die grüne Müllkiste zu Hause auf dem Hof. Ein Haufen schneeverwehter gepreßter Strohballen lag daneben. Gajaneh schaufelte mit dem Handschuh den Schnee beiseite, zog einen Strohballen hervor und riß ihn auseinander. Es roch traurig nach Sommer, Datscha und dem ganzen vergangenen Leben. Sie setzte sich auf das Stroh wie auf die Fußbank zu Füßen der Großmutter, deckte sich die Knie mit Stroh zu, kniff die Augen zusammen und schlief fest ein, vollkommen überzeugt, daß sie in dieser bösen Welt voller nicht wiedergutzumachender Ungerechtigkeit nie mehr erwachen würde.

Den Brief samt dem mit roter Tinte beschrifteten Umschlag steckte sich Viktorija in die Hose. Auf der Toilette zerriß sie ihn in winzige Schnipsel und spülte sie die kommunale Lethe hinunter. Das Mißtrauen gegenüber dem Mülleimer lag in der Luft der niederträchtigen Epoche.

Zwischen den Anrufen bei der Miliz und im Leichenschauhaus verhörte Emma Aschotowna Viktorija. Die sah sie mit aufrichtigen Augen an: Sie brauchte nicht zu lügen. Sie wußte wirklich nicht, wohin die Schwester verschwunden war.

Emma Aschotowna war kein Sherlock Holmes, sie bemerkte weder den verdächtigen roten Fleck am Ringfinger der Enkelin noch das angefangene Wort in Gajanehs Heft, das bezeugte, wie unvermittelt sie aufgebrochen war. Im übrigen waren die induktiven

Methoden des Doktor Watson damals nicht in Mode, und andere, zeitgemäßere, waren für Emma Aschotowna gänzlich unannehmbar.

Da diese beiden Umstände zusammentrafen, wurde Viktorija ins Bett geschickt und die häusliche Nachforschung zur weiteren Bearbeitung an die Miliz übergeben, wohin zu diesem Zwecke Sergo mit dem gußeisernen hypertonischen Hinterkopf und dem dunkelrot angelaufenen Gesicht geschickt wurde.

Die unglückliche Viktorija legte sich ins Bett der Schwester, beweinte das schreckliche Schicksal der verschwundenen Gajka und dachte gleichzeitig über einen raffinierten Plan zur Rache an der Beckericha nach, die an allem schuld war.

Nach ein Uhr nachts schob der satte und zufriedene Jukow, der seine physischen und in gewisser Weise auch geistigen Bedürfnisse auf Kosten der hungrigen Tiger befriedigt hatte, erneut seinen seligen Körper durch die Gitterstäbe. Er wollte einen Rundgang durch seinen Abschnitt machen und dann in der Direktion vorbeischauen, wo sein Freund Wassin heute Dienst hatte. Zwischen zwei leeren Gehegen fand er neben einer Holzkiste ein schlafendes Mädchen. Wie eine kleine Kuppel thronte auf ihrem Kopf ein schneebedeckter Bommel; der Schnee an ihren Wimpern taute nicht. Aber sie war nicht erfroren, sondern warm und atmete. Er wunderte sich, daß er sie nicht früher bemerkt hatte, und ohrfeigte sie leicht, aber sie erwachte nicht. Da fegte er den

Schnee von ihr ab, hob sie auf und trug sie zur Direktion.

Wassin staunte, als er ihn mit dieser ungewöhnlichen Last sah. Sie setzten das Mädchen auf einen Stuhl – es schlief weiter.

»So was, die schlafende Prinzessin! Wie ist die bloß hierhergekommen«, brummte Jukow.

»Vielleicht einfach dringeblieben«, vermutete Wassin.

»Nein, ich glaub, sie war noch nicht da, als ich gekommen bin. Vielleicht rufen wir mal bei der Miliz an. Oder wir warten, bis sie aufwacht«, überlegte Jukow.

»Die waren doch gerade hier. Die stehen bestimmt noch am Tor«, sagte Wassin.

Das Milizauto stand wirklich noch da. Wassin holte den diensthabenden Leutnant. Auch der versuchte vergebens, das Mädchen zu wecken. Er stellte sie hin, doch ihre Beine waren in den Knien gebeugt und streckten sich nicht.

»Da stimmt was nicht«, schloß der Diensthabende und fuhr das schlafende Mädchen ins Filatow-Krankenhaus.

Bis die Aufnahme der sonderbaren Kranken registriert war, der diensthabende Leutnant sein Revier abgefahren, wieder seine Dienststelle erreicht und seinen schlafenden Fund gemeldet hatte, war es schon nach fünf Uhr morgens.

Im Haus in der Mersljakowgasse ging niemand zu Bett. Auf der Liege lag Sergo, das rosa Tuch um den

Kopf gewickelt, im Sessel saß wie versteinert Emma Aschotowna. Im Nebenzimmer ertönte von Zeit zu Zeit Margaritas klagender Ruf:

»Wo ist Gajaneh?«

Keiner antwortete ihr.

Nur Viktorija schlief. Im Bett der Schwester, das fast völlig durchnäßte Kopfkissen der Schwester umschlungen, die Knie an den Bauch gezogen, in derselben Haltung, in der Gajaneh im Isolierraum der Aufnahmestation lag, wohin sie zur Klärung ihrer Personalien und zwecks Diagnose gebracht worden war.

Als das Telefon klingelte und Emma Aschotowna mitgeteilt wurde, daß sie ins Filatow-Krankenhaus fahren solle, wo sich ihre verschwundene Enkelin vermutlich befinde, brach Sergo in lautes Schluchzen aus, und Emma Aschotowna mußte ihm eine kräftige Dosis Baldrian verabreichen, bevor er sich in seinen dicken Wattemantel hüllte. Sergo, im weichen, von den Frühschicht-Hausmeistern noch nicht zusammengefegten nächtlichen Schnee versinkend, hakte zum erstenmal im Leben die Schwiegermutter unter und führte sie in ihrem stolzen Pelz und einem Pelzhütchen mit Seidenpropeller am Hinterkopf über die Nikitastraße zur Spiridonowka, dann über die Sadowaja-Straße. Bald betraten sie die Aufnahmestation im Filatow-Krankenhaus.

Hinter einer Glastür wurde Emma Aschotowna das schlafende Mädchen gezeigt. In die Box durfte sie allerdings nicht, mit der Begründung, ihre Enkelin sei zwar heil und unversehrt, aber etwas sei mit ihr nicht in Ordnung. Sie würde am Morgen von Neuropathologen und anderen Spezialisten untersucht, denn sie schlafe ununterbrochen und habe, selbst als sie in die warme Wanne gesetzt worden sei, nicht die Haltung aufgegeben, in der sie gefunden wurde: die Knie angezogen und die Hände auf der Brust gefaltet. Im übrigen schlafe sie ruhig und habe kein Fieber.

Nun wurde Sergo endgültig schlecht, er erbleichte und sank auf den erstbesten Stuhl. Mit etwas Salmiak kam er wieder zu sich. Emma Aschotowna nahm den Schwiegersohn am Arm und führte ihn über die Sadowaja-Straße, die Spiridonowka entlang, durch die Nikitastraße in die Mersljakowgasse. Inzwischen hatten die Hausmeister die Bürgersteige gefegt; es war schon hell, und die Angestellten eilten zu ihren ratternden Straßenbahnen.

Beide schwiegen. Sie hatten kaum miteinander geredet, seit er von der Front gekommen war. Ja, im Grunde redeten in der Familie überhaupt nur die Mädchen miteinander oder jemand mit ihnen. Die Erwachsenen – Sergo, Margarita und Emma Aschotowna sprachen nur unentwegt innere Monologe. Das war die traurige Musik des Wahnsinns der Familie, des unabänderlichen weiblichen Vorwurfs und des ebenso unabänderlichen männlichen Starrsinns.

Doch ihr heutiges gemeinsames Schweigen war nicht von Zwietracht erfüllt, sie begriffen beide nicht, was mit ihrem Kind vorging, und das gemeinsame Nichtverstehen, die furchtbare durchlebte Nacht hatte sie einander nähergebracht.

Ach, du Dummkopf, du Dummkopf, dachte sie flüchtig von Sergo, den sie am Arm führte, aber ich selbst bin auch dumm, ich hab nicht aufgepaßt – schätzte Emma Aschotowna nüchtern die Situation ein. Und erlaubte sich etwas Ungeheures, indem sie sich mit einer Frage an ihn wandte:

»Serjosha, was ist wohl mit ihr passiert, wie?«

»Weiß der Himmel, Mama. Ich begreife überhaupt nichts: Das Mädchen hat alles«, sagte er mit noch stärkerem Akzent als sonst. Sie sahen schon lange aus wie Gleichaltrige, der fünfzigjährige Sergo und die sechzigjährige Emma Aschotowna.

Als sie am Haus anlangten, sahen sie einen kleinen Menschenauflauf und einen Krankenwagen. Alle Ängste der heutigen Nacht schienen sich darin materialisiert zu haben, doch ihre seelischen Kräfte waren bis auf den Grund erschöpft, so daß Emma Aschotowna nicht einmal fragte, zu wem die Schnelle Hilfe gerufen worden war.

Der Krankenwagen war zur Beckericha gekommen. Weil ihre Nachbarin, die Hausmeisterin Kowaljowa, am frühen Morgen in deren Zimmer nicht die üblichen Aufbruchsgeräusche vernommen, die Nachbarin nicht am Wasserhahn in der Küche gesehen und auf Klopfen und Rufen keine Antwort bekommen hatte, stieß sie die Tür der Beckericha mit der Schulter auf. Der Haken flog auf, und die Kowaljowa erblickte die Beckericha, die mit dem Gesicht auf ihrem dünnen Kopfkissen lag, die Beine auf dem Fußboden. Als habe sie gesessen und sei dann mit dem Gesicht auf das gestempelte Krankenhauskissen gefallen. Ganz überraschend hatte das Herz der Beckericha versagt, und die zwei Fingerbreit Wein in der Flasche blieben ungetrunken.

Fenja sagte: »Für ihre Sünden.« Doch solche Sünden gibt es nicht. Keiner wird je ergründen, warum Tanjas böses Schicksal sie zur Zwangsarbeit geschickt hatte, einzig für den deutschen Namen des Urgroßvaters, eines von Peter dem Großen ins Land geholten Schiffbauers, ihr anschließend mit öder Methodik Mann, Mutter, Schwester und die dreijährige Tochter genommen und sie selbst schließlich zum Schreckgespenst für ein zehnjähriges Mädchen gemacht hatte, das sie nicht einmal kannte.

Viktorija wurde von der Großmutter nicht für die Schule geweckt und schlief friedlich. Dafür war Margarita aufgestanden. Frisiert und angezogen stand sie mitten auf dem Eßtisch auf einem Stuhl und wischte mit einem feuchten Lappen die Kristallzapfen des Kronleuchters ab.

»Nun, was ist mit Gajaneh?« fragte sie von oben. Die Glasstäbchen klirrten leise.

»Es ist alles in Ordnung. Sie schläft«, antwortete Emma Aschotowna vorsichtig.

»Ich hätte fast den Verstand verloren«, sagte Margarita leise. »Mamotschka, koch Plow zum Mittag.«

Da glitt die erschütterte Emma Aschotowna sanft

aufs Sofa. Dann sah Margarita ihren ins Zimmer getretenen Mann an und wandte sich zum erstenmal seit vielen Jahren an ihn:

»Sergo, hilf mir runter. Ich hab gesehen, der Kronleuchter war ganz staubig.«

Viktorija, soeben erwacht, konnte in ihrem Zimmerchen alles hören. Sie gähnte, streckte die Beine und räkelte sich.

Was für ein Dummchen Gajka doch ist ... Ich werd ihr mein amerikanisches Hündchen schenken, beschloß sie großmütig. Sie kroch aus dem Bett, suchte das Hündchen und setzte es aufs Kopfkissen der Schwester. Als Plüschzeugen des schlechten Gewissens.

Zur selben Zeit erwachte auch Gajaneh. Sie streckte die steifen Beine. Von Katalepsie, wie die Ärzte befürchtet hatten, keine Spur. Sie sah sich um. Dieser Traum, wo die Fenster mit weißer Farbe bemalt waren, gefiel ihr nicht, und sie schloß erneut die Augen.

Als sie das nächste Mal aufwachte, saß die Großmutter auf einem Stuhl neben ihr, mit funkelnden Brillantohrringen und lächelndem rotgeschminktem Mund. Daran, daß auf den gelben Vorderzähnen eine Spur Lippenstift zu sehen war, erkannte Gajaneh, daß dies kein Traum war. Zudem lugte hinterm Rücken der Großmutter Juli Solomonowitsch hervor, den knisternden weißen Kittel über die Schultern geworfen. Er, der berühmte Arzt, durfte gegen Bürgschaft die Patientin übernehmen, und er rieb sich die trockenen rosigen Hände, um den warmen Kinderkörper nicht mit der Straßenkälte zu erschrecken, die durch seine alten Handschuhe gedrungen war.

Eine ausgefallene Gabe

Am Dienstag nach der zweiten Stunde verließen fünf auserwählte Mädchen die Klasse 3b. Schon seit dem Morgen fühlten sie sich wie Geburtstagskinder, waren auch besonders feingemacht: Sie trugen nicht die braunen Kleider der Schuluniform mit schwarzer Schürze, auch nicht mit weißer Schürze, sondern Pionierkleidung – »unten schwarz, oben weiß« –, doch vorerst ohne Halstücher. Die lagen seidig raschelnd in ihrer Mappe, noch unberührt von Menschenhand.

Die Mädchen waren die Besten der Besten, mit ausgezeichneten Zensuren und mustergültigem Betragen, und hatten zudem die notwendigen, aber nicht hinreichenden neun Jahre vollendet. Es gab noch mehr Neunjährige in der 3b, die jedoch aufgrund ihrer Unvollkommenheit davon nicht einmal träumen konnten.

Also, fünf Mädchen aus der 3b, fünf aus der 3a und fünf aus der 3c zogen nach der zweiten Stunde Mantel und Galoschen an und traten vor der Schultreppe in Zweierreihen an. Erst war ein Paar unvollständig, aber dann wurde Lilja Shishmorskaja vor Nervosität schlecht, und sie ging auf die Toilette, sich übergeben. Dann bekam sie solche Kopfschmerzen, daß sie ins Arztzimmer gebracht und auf das kalte Sofa gelegt werden mußte – wodurch die Formation nun aufging.

Die Pionierleiterin Nina Chochlowa, ein sehr hübsches, allerdings schielendes Mädchen, die Freundschaftsratsvorsitzende Lwowa, eine erwachsene Schülerin der siebten Klasse, die Trommlerin Kostjukowa und das Mädchen Barenboim, die schon seit einem Jahr im Haus der Pioniere den Zirkel für junge Hornisten besuchte, aber noch keine zusammenhängenden Melodien blasen konnte, sondern nur einzelne Töne hervorbrachte – diese vier liefen am Kopf der Kolonne.

Die Nachhut bildeten Klawdija Iwanowna Dratschewa, und zwar in diesem Fall nicht in ihrer Eigenschaft als Direktorin für Unterrichtsgestaltung, sondern in ihrer Eigenschaft als Parteisekretärin; eine Vertreterin aus dem Elternbeirat mit zwei lasterhaften schwarzbraunen Füchsen auf dem Kragen und ein alter Aktivist der gesellschaftlichen Arbeit, der vermutlich das Geheimnis kannte, wie man trockenen Fußes übers Wasser gelangt, denn trotz unüberwindlicher Schlammstrudel auf den Straßen waren seine schwarzen Stiefel blitzblank gewachst.

Die Pionierleiterin gab das Signal, schüttelte die Bommel ihrer Mütze und die beiden mächtigen Fransenbüschel der zusammengerollten Pionierfahne, die

Trommlerin Kostikowa hämmerte den Marsch vom alten Trommler, die Barenboim blies die Backen auf und brachte einen verzerrten Laut heraus, und alle setzten sich in Bewegung – den geschlängelten, aber insgesamt geraden Weg über die Miussystraße, die Majakowskistraße, dann die Gorkistraße hinunter zum Museum. Ebensolche Kolonnen starteten von vielen Schulen, von Jungen- und Mädchenschulen, denn es handelte sich um eine Veranstaltung der ganzen Stadt, der Republik, ja der ganzen Union.

Die kurzbeinigen, muskulösen Löwen, die aussahen wie Wölfe und seit uralten Zeiten an erlesenes Publikum gewöhnt waren, blickten von ihren hohen Portalen melancholisch auf die Besten der Besten, die dabei noch so jung waren.

»So viele Jungen«, sagte Aljona Sedych mißbilligend zu ihrer Freundin Mascha Tschelyschewa.

»Das sind aber keine Rabauken«, tadelte Mascha.

In der Tat, die Jungen in ihren warmen Mänteln und den unterm Kinn zugebundenen Mützen mit Ohrenklappen sahen gar nicht aus wie Rabauken.

»Aber Mädchen sind's trotzdem mehr«, beharrte Aljona auf etwas, das ihr sehr teuer, aber noch nicht ganz ausgebrütet war.

Da wurden sie ins Museum geführt, und es verschlug ihnen den Atem angesichts der Pracht polierten Marmors, blitzblanker Bronze und der Banner aus Samt, Seide und Atlas in allen Farbtönen des Höllenfeuers.

Sie gingen zur Garderobe und zogen sich aus. Galoschen, Gürtel, Handschuhe – es war sehr viel, alle genierten sich und schienen eine Hand zu wenig zu haben. Nämlich die, die das Päckchen mit dem Pioniertuch hielt, das man nirgends ablegen konnte. Nur die dicke Sonja Preobrashenskaja hatte in ihrer weißen Bluse eine Tasche, in die sie das kostbare Päckchen steckte.

Die Pionierleiterin Nina, rote Flecke im Gesicht und den Schaft der Pionierfahne in den ausgestreckten Händen, führte sie die breite Treppe nach oben. Der Teppich, auf jeder Stufe mit Messingstangen befestigt, war dick und federte wie Moos auf trockenem Sumpfboden.

Ganz hinten ging die Elternvertreterin, die den unbedeutenden Mantel ausgezogen hatte und deren Kinn nun in dem dicken Pelz ertrank, und neben ihr, in wie durch ein Wunder noch immer fleckenlosen Stiefeln, der alte Aktivist, dessen Glatze nicht schlechter glänzte als seine Stiefelschäfte.

»Aljona«, flüsterte die hinter ihr stehende Swetlana Bagaturija an Aljonas Hals, »Aljona! Ich hab alles vergessen, ich schwör's bei meiner Mama.«

»Was?« fragte die gelassene Aljona verwundert.

»Das feierliche Gelöbnis«, flüsterte Swetlana. »Ich, ein junger Pionier der Union der Sozialistischen Sowjetrepubliken, gelobe vor meinen Kameraden ... Weiter weiß ich nicht ...«

»... feierlich, die Heimat innig zu lieben«, setzte Aljona hochmütig fort.

»Oh, ich weiß es wieder, Gott sei Dank, ich weiß

es wieder, Aljonotschka«, freute sich Swetlana. »Ich hab nur gedacht, ich hätt's vergessen!«

Es kamen immer mehr Kinder, aber sie liefen nicht durcheinander, vermischten sich nicht, sondern standen schön geordnet nach Klassen und Schulen, säuberlich aufgereiht. Der ganze lange Saal war voller Vitrinen mit Geschenken an den Genossen Stalin. Sie waren aus Gold, Silber, Marmor, Kristall, Perlmutt, Jade, Leder und Elfenbein. Das Leichteste und das Schwerste, das Zarteste und das Härteste war für diese Geschenke verarbeitet worden.

Ein Hindu hatte einen Gruß auf ein Reiskorn geschrieben, und ein andermal, nicht jetzt, hätten sie unter der Lupe die welligen Buchstaben betrachten können, die aussahen wie Fliegendreck. Ein Chinese hatte einhundertneun Kugeln geschnitzt, eine in der anderen, und auch hier brauchte man eine Lupe, um die allerkleinste, innerste Kugel zu betrachten, die kleiner war als eine Erbse.

Eine Usbekin hatte ihr ganzes Leben lang an einem Teppich aus eigenem Haar gewebt – auf der einen Seite war er kohlrabenschwarz, auf der anderen bläulich-weiß. Die Mitte war aus ergrauenden, traurigen silbrig-bunten Haaren gewebt.

»Wahrscheinlich hat sie jetzt eine Glatze«, flüsterte die Preobrashenskaja.

»Das spielt keine Rolle, Usbekinnen tragen sowieso immer einen Schleier«, antwortete die herzlose Aljona und zuckte die Achseln.

»So sind sie doch nur vor der Revolution rumgelaufen, als sie noch rückständig waren«, mischte Mascha Tschelyschewa sich ein.

»Eine Rückständige hätte keinen Teppich für den Genossen Stalin gewebt«, verteidigte die Preobrashenskaja die ehrenwerte Alte.

»Vielleicht hat sie ja nicht alle Haare in den Teppich getan, vielleicht hat sie noch ein paar übriggelassen?« sagte die gutmütige Bagaturija hoffnungsvoll und betastete ihre dicken, langen Zöpfe mit den Schleifen über den Ohren.

»Da, seht mal!« rief Mascha plötzlich. »Seht ihr?«
Aber es gab nichts Besonderes zu sehen: In der Vitrine lag ein quadratisches Tuch mit einem aufgestickten Stalinbild. Nicht besonders schön, in Kreuzstich, nicht mal sehr ähnlich, obwohl – zu erkennen war's ohne weiteres.

»Wir haben's gesehen«, sagte die Preobrashenskaja, »nichts Besonderes.«

»Was, was?« fragte Aljona aufgeregt.

»Lies mal, was hier steht!« Mascha pikte mit dem Finger auf das Schild in der Vitrine. »Dieses Stalinbild hat das armlose Mädchen T. Kolywanowa mit den Füßen gestickt.«

»Tanja Kolywanowa«, flüsterte Sonja begeistert – sie fiel beinah in Ohnmacht vor Entzücken.

»Was denn, seid ihr verrückt? Seit wann hat denn die Kolywanowa keine Arme? Sie hat beide Arme. Und die kann nicht mal mit den Händen sticken, schon gar nicht mit den Füßen!« dämpfte Aljona die Erregung.

»Aber hier steht doch T. Kolywanowa!« Sonja wollte die Hoffnung auf ein Wunder nicht so schnell fahrenlassen. »Vielleicht hat sie eine Schwester ohne Arme?«

»Nein, ihre Schwester Lida geht in die siebte Klasse, die hat beide Arme«, sagte Aljona bedauernd. Sie blinzelte, schüttelte den Kopf mit dem vielfältigen Flechtwerk darauf und setzte hinzu:

»Fragen sollten wir trotzdem mal.«

Nun marschierten sie alle in geordneten Reihen in einen anderen Saal. Auf der einen Seite standen die Trommler, auf der anderen die Hornisten, in der Mitte die Fahnenträger mit den entrollten Fahnen, und eine Pionierleiterin, wahrscheinlich die alleroberste, kommandierte laut:

»Zur Fahne ausrichten! Stillgestanden! Das Wort hat die Mutter von Soja Kosmodemjanskaja.«

Alle richteten sich aus und stellten sich gerade hin, dann trat eine kleine ältere Frau in blauem Kostüm vor und erzählte, wie Soja Kosmodemjanskaja erst Pionier gewesen war, dann einen faschistischen Pferdestall angezündet hatte und von den faschistischen Eroberern umgebracht wurde.

Aljona Sedych weinte, obwohl sie das alles längst wußte. Alle wollten in diesem Augenblick auch einen faschistischen Pferdestall anzünden und vielleicht sogar für die Heimat sterben.

Dann sprach der Alte über das erste Pioniertreffen im Dynamo-Stadion, über Majakowski, der rezitiert hatte: »Das neue Gewehr in die Hand, ein Fähnchen aufgepflanzt«, und darüber, daß alle Teilnehmer des Pioniertreffens den ganzen Tag umsonst Straßenbahn fahren durften – eine Fahrkarte kostete damals vier, acht oder elf Kopeken.

Dann sprachen alle im Chor das feierliche Gelöbnis des Jungen Pioniers und bekamen ihre Halstücher umgebunden, außer Sonja Preobrashenskaja, die ihr Halstuch zwar in die Tasche gesteckt, es aber trotzdem irgendwie verloren hatte und nun weinte. Da nahm die Pionierleiterin Nina ihr Halstuch ab und band es der bitterlich weinenden Sonja um, die sich dann beruhigte.

Sie sangen »Werft, Pioniere, Brand in die Nächte!« und verließen den Saal in ordentlichen Kolonnen, aber schon als gänzlich andere Menschen, stolz und bereit zu Heldentaten.

Am nächsten Morgen kamen alle Pioniere ein bißchen früher in die Schule. Die 3b leuchtete richtig mit den vier roten Halstüchern. Sonja band es jede Pause neu. Gajaneh Oganessjan kleckste aus Gehässigkeit auf die rote Ecke, die unter dem Kragen der vor ihr sitzenden Aljona Sedych hervorlugte, einen Tintenfleck, und Aljona heulte die ganze große Pause, doch kurz vorm Klingeln kam Mascha Tschelyschewa zu ihr und sagte ihr leise ins Ohr:

»Komm, wir fragen mal die Kolywanowa, na, nach der ohne Arme, ja?«

Aljona lebte auf, und sie gingen zu Tanja Kolywanowa, die in der letzten Bankreihe saß und ein rosarotes Blatt Löschpapier in kleine Fetzen riß. Sie fragten sie ohne jede Hoffnung, nur so für alle Fälle, ob sie nicht ein armloses Mädchen T. Kolywanowa kenne.

Die Kolywanowa war sehr verlegen und erwiderte:

»Das ist doch kein Mädchen, das ist eine Tante.«

»Deine Schwester?« kreischten die frischgebackenen Pioniere im Chor.

»Keine Schwester, nein, nur so eine Verwandte von uns, Tante Toma«, antwortete die Kolywanowa mit gesenktem Kopf, doch es war deutlich, daß sie nicht sonderlich stolz war auf ihre berühmte Tante.

»Stickt sie mit den Füßen?« fragte Aljona die Kolywanowa streng.

»Sie macht alles mit den Füßen – essen, trinken, sich prügeln«, sagte die Kolywanowa aufrichtig, aber da klingelte es, und sie konnten ihr Gespräch nicht fortsetzen.

Die ganze vierte Stunde saßen Aljona und Mascha wie auf Nadeln, schrieben einander und den anderen Mitgliedern der Pionierorganisation Zettel, und als die Stunde zu Ende war, umringten sie die Kolywanowa und fragten sie aus. Die Kolywanowa gestand sofort, daß Tante Toma wahrhaftig mit den Füßen stickte und tatsächlich ein Geschenk für Stalin gestickt hatte, aber das sei schon lange her. Und sie sei keine Kriegsheldin, die Arme haben ihr nicht faschistische Kugeln abgerissen, sondern sie sei schon so geboren, ganz ohne Arme, und wohne jetzt in Marjina Rostscha, und dahin fahre man mit der Straßenbahn.

»Na gut, du kannst gehen«, entließ Aljona die Kolywanowa, die umgehend und voller Freude verschwand, doch die Pionierorganisation blieb in voller Besetzung zu ihrer ersten Versammlung.

Die Hauptfrage war klar und hatte sich irgendwie von selbst entschieden: Die Wahl des Gruppenratsvorsitzenden. Sonja schrieb mit Wonne auf eine Heftseite: »Protokoll«. Sie stimmten ab. »Alle dafür«, schrieb Sonja, und darunter: »Aljona Sedych«.

Aljona, blitzartig mit voller Macht ausgerüstet, packte sogleich den Stier bei den Hörnern:

»Ich denke, wir sollten das Mädchen ohne Arme zur Pionierversammlung einladen, also, diese Tante, Tamara Kolywanowa. Sie soll uns erzählen, wie sie das Geschenk für den Genossen Stalin gestickt hat.«

»Aber mir hat besser gefallen – da stand so ein goldenes Tischchen mit Stühlen dazu und auf dem Tisch ein Samowar und Tassen, und an dem Samowar war auch ein Wasserhahn, und alles war klitzeklitzeklein ...«, sagte Swetlana verträumt.

»Du hast keine Ahnung«, sagte Aljona. »Ein Tischchen und Stühle, das kann jeder machen. Aber versuch mal, mit den Füßen, mit den Füßen ...«

Swetlana schämte sich. Wirklich – sie hatte sich von einem kleinen Samowar verblenden lassen, wo doch ganz in der Nähe Helden lebten. Sie zog ihre geschwungenen Brauen zusammen und wurde rot. Im allgemeinen war sie in der Klasse geachtet: Sie war Bestschülerin, fast Georgierin, wohnte im Wohnheim der Parteihochschule, an der ihr Vater studierte, und Swetlana hieß sie nicht einfach so, sondern zu Ehren von Stalins Tochter.

»Also«, faßte Aljona zusammen, »wir geben der Kolywanowa den Pionierauftrag, sie soll ihre Tante Tamara zu uns zur Versammlung mitbringen.«

Sonja wühlte mit ihrer pummeligen Hand in der Mappe und förderte einen Apfel zutage. Sie biß ab und gab ihn Mascha. Mascha biß ebenfalls ab. Der Apfel schmeckte nicht. Mascha verspürte eine verschwommene Unzufriedenheit. Obwohl das rote Halstuch seine langen Zipfel so rot und frisch auf ihrer Brust baumeln ließ, fehlte ihr etwas. Was nur?

»Vielleicht laden wir meinen Opa zur Versammlung ein?« fragte sie bescheiden. Ihr Opa war ein richtiger Admiral, das wußten alle.

»Ausgezeichnet, Mascha!« freute sich Aljona. »Schreib, Sonja: Admiral Tschelyschew auch zur Gruppenversammlung einladen.«

Das Wörtchen »auch« empfand Mascha als Beleidigung.

Da ging die Tür auf, der Reinigungsdienst kam mit Lappen und Schrubber herein, und die Pioniere beschlossen, die Versammlung als beendet zu betrachten.

Die schüchterne Kolywanowa bockte wie eine Ziege. Nein und nochmals nein – sie konnte nicht einmal richtig erklären, warum sie ihre armlose Tante nicht zur Gruppenversammlung bringen konnte. Sie sträubte sich so lange, bis Sonja zu ihr sagte:

»Tanja, sag doch deiner Lida, sie soll die Tante bitten.«

Tanja wunderte sich sehr – woher konnte Sonja Preobrashenskaja wissen, daß Lida dauernd zur Tante fuhr? Aber sie willigte ein, mit Lida zu reden.

Lida verstand lange nicht, was die Drittkläßler von der verkrüppelten Tante wollten, doch als sie es begriffen hatte, fing sie an zu lachen.

»Hilfe, ich lach mich tot!«

Am nächsten Sonntag fuhr sie mit ihrem fünfjährigen Bruder Kolka zur Tante nach Marjina Rostscha.

Die ganze Kolywanow-Familie wohnte mehr schlecht als recht, in Baracken und Wohnheimen, nur Toma lebte wie ein Mensch: Sie hatte ein Zimmer in einem Haus mit Wasserleitung.

Als die Nichte Lida kam, freute sie sich: Lida kam nie unnütz. Wenn sie da war, wusch sie ihr die Wäsche, kochte was zu essen. Natürlich tat sie das nicht ganz umsonst: Toma steckte ihr mal einen Dreirubelschein zu, mal einen Fünfer. Geld hatte sie, besonders im Sommer.

Der Altersunterschied zwischen Tante und Nichte war nicht sehr groß, höchstens zehn Jahre, und ihr Verhältnis war eher freundschaftlich.

»Toma, dich wollen Pioniere zur Versammlung einladen, aus Tanjas Klasse«, teilte Lida ihr mit.

»Was soll ich da? Noch irgendwohin gehen. Wenn

sie was wollen, sollen sie herkommen. Aber was haben sie davon?« wunderte sich Toma.

»Du sollst ihnen erzählen, wie du das Kissen gestickt hast«, erklärte Lida.

»Sieh mal an, solche Schlauköpfe, erzähl mal und zeig mal ... Sie sollen herkommen, dann zeig ich ihnen noch was ganz anderes.« Sie saß auf einer Liege und kratzte sich mit dem Knie die Nase. »Aber nicht für umsonst. Sie sollen eine Flasche Roten mitbringen, dann zeig und erzähl ich ihnen was.«

»Aber Toma, wo sollen sie die denn hernehmen ...« Lida hatte Kolka bereits ausgezogen und sortierte in der Ecke schmutzige Lumpen.

»Dann sollen sie wenigstens einen Zehner mitbringen. Nein, fünfzehn Rubel! Die können wir gebrauchen, Lida!« Sie lachte und entblößte dabei ihre kleinen weißen Zähne. Sie war hübsch, nur das Kinn war ein bißchen zu lang. Sie hatte eine Stupsnase und dichtes, schweres welliges Haar, das zu einer anderen Frau zu gehören schien.

»Solche dummen Gänse, was gibt's da zu sehen.« Sie schüttelte den Kopf, war aber auch stolz darauf, daß eine ganze Delegation kommen wollte, um zu sehen, wie sie alles mit den Füßen tat. Das war eine Schwäche von ihr – sie prahlte gern. Versetzte gern andere in Erstaunen. Im Sommer saß sie auf ihrem Fensterbrett im Erdgeschoß, mit dem Gesicht zur Straße, eine Nadel zwischen zwei Zehen geklemmt, und stickte. Die Leute, die vorbeikamen, staunten. Gutherzige legten ihr auch Geld auf einen Teller.

Toma nickte dann und sagte:

»Danke, Tantchen.«

Gewöhnlich waren es Tantchen, die etwas gaben.

»Und du, Lida, kommst du auch? Komm ruhig mit, mir zuliebe«, lud die Verwandte sie ein.

»Ich komme«, versprach Lida.

Sie beschlossen, Tamara Kolywanowa zu Hause zu besuchen. Neun Rubel besaß Mascha, den Rest sparten sie sich zwei Tage vom Frühstück ab. Fast eine ganze Woche lang liefen die Pioniere rum wie gasgefüllte Luftballons, aufgeblasen von ihrer geheimen Verschwörung. Aus irgendeinem Grund waren sie überzeugt, die nicht der Allunionspionierorganisation »W. I. Lenin« angehörende Jugend dürfe von ihrem ernsten und geheimnisvollen Leben nichts wissen.

Gajaneh Oganessjan wurde vor Neugier beinah krank, und Lilja Shishmorskaja war finsterer als eine Gewitterwolke, überzeugt, daß etwas gegen sie persönlich ausgeheckt wurde.

Tanja Kolywanowa war streng unterwiesen, wenn sie sich verplappere, würde sie vor Gericht gestellt. Das mit dem Gericht hatte sich übrigens nicht die strenge Aljona ausgedacht, sondern die schwatzhafte Sonja Preobrashenskaja. Mascha, die in entscheidendem Maße die Veranstaltung finanzierte und damit ihre ins Wanken geratene Position wieder gefestigt sah, lebte auf.

Die Exkursion, die für Mittwoch geplant war, eine

Woche nach der feierlichen Aufnahme, wäre beinah ins Wasser gefallen. Am Dienstag kam die Pionierleiterin in die Klasse und sagte, sie sollten sich keine Sorgen machen – sie bekämen eine sehr gute Gruppenpionierleiterin aus der 6a, Lisa Zypkina, aber die sei krank und käme nicht sofort, sondern erst, wenn sie wieder gesund sei, vielleicht morgen, und dann würde sie ihnen helfen, die Pionierarbeit in Gang zu bringen.

»Laßt also einstweilen nicht den Kopf hängen«, riet sie ihnen.

»Tun wir nicht, wir haben schon eine Vorsitzende gewählt«, antwortete Swetlana Bagaturija munter.

»Na prima«, lobte Nina Chochlowa, schrieb etwas in ihr Büchlein und verschwand.

Die Mädchen sahen sich an: Sie brauchten keine Lisa Zypkina. Am Morgen des nächsten Tages sagten sie zu Hause Bescheid, daß sie wegen einer Pionierveranstaltung heute später kommen würden. In den Pausen versteckten sie sich auf der Toilette, falls Lisa Zypkina plötzlich gesund geworden sein sollte und sie ab heute leiten wollte.

Nach dem Unterricht verkrochen sie sich in voller Besetzung mitsamt der parteilosen Kolywanowa abseits der Schule hinter einem Kohleschuppen und warteten auf Lida, die fünf Stunden hatte.

Als Lida kam, ging der ganze Haufen zur Straßenbahnhaltestelle. Mascha Tschelyschewa äugte aufmerksam nach allen Seiten – sie hatte das Gefühl, jemand beobachte sie.

In der letzten Woche hatte es einen Kälteeinbruch

gegeben, und matschiger Schnee war gefallen. Aber ehe sie zu frieren anfingen, kam ihre Straßenbahn schon. Sie war nicht sehr voll, so daß sie sich auf die gelben Holzbänke setzen konnten.

Die Kolywanow-Schwestern fanden die Fahrt weder schön noch aufregend. Swetlana Bagaturija stammte zwar aus einer anderen Stadt, durfte sich aber schon frei bewegen und fuhr für kleinere Einkäufe sogar allein zur Passage. Aljona, Mascha und Sonja dagegen fuhren zum erstenmal allein Straßenbahn, ohne Erwachsene, kauften sich selbst Fahrkarten und knöpften ihren Mantelkragen auf, damit jeder ihr rotes Halstuch sehen konnte, das Zeichen ihrer unzweifelhaften Selbständigkeit.

Marjina Rostscha erwies sich als ein entlegenes, völlig waldloses Gelände, bewachsen, von schwarzem Unkraut abgesehen, ausschließlich mit Schuppen, Taubenschlägen, Baracken und dicken Wäscheleinen voller steifgefrorener Wäsche.

Die Selbstsicherheit verließ Aljona plötzlich. Noch nie hatte sie einen so häßlichen Ort gesehen, und sie wollte nach Hause, in das schöne Haus in der Orushejny-Gasse, ganz in der Nähe des Palastes, vor dem die Löwen mit den angefrorenen Mähnen und dürren Hinterteilen auf dem Tor saßen ...

»Wir müssen raus«, sagte Lida, und die still gewordenen Mädchen drängten sich an der Tür. Die Straßenbahn hielt mit langanhaltendem Klingeln, und was blieb ihnen weiter übrig, sie sprangen vom hohen Trittbrett.

Neben der Straßenbahnhaltestelle standen zwei einstöckige Ziegelbauten, die restlichen Häuser waren aus Holz und morsch. In der Mitte sahen sie ein paar dörfliche Hütten mitsamt Brunnen. Menschen waren keine zu sehen, nur eine krumme Oma in Filzstiefeln und mit einem großen Tuch um den Kopf huschte aus einem Haus in ein anderes. Plötzlich krähte ein Hahn, gleich darauf ein zweiter.

»Wir müssen hierhin«, sagte Lida mit einem gewissen Stolz und zeigte auf einen Ziegelbau.

Lida öffnete die Haustür, und sie traten ins dunkle Treppenhaus. Licht brannte nur im ersten Stock, und sie konnten kaum etwas erkennen.

»Dahin, dahin«, sagte Lida, und sie blieben vor einer zweiten Tür stehen. Dahinter lag noch ein Flur, der um die Ecke führte.

»Hier«, sagte Lida, klopfte mit der Faust gegen die Tür und schloß auf, ohne eine Antwort abzuwarten.

Das Zimmer war klein, lang und ziemlich dunkel. Am Fenster stand eine Liege, darauf lag ein scheinbar großes Mädchen, bis zur Hüfte mit einer dicken Decke zugedeckt. Sie setzte sich auf und stellte ihre großen Füße auf den Boden. Ihr Kleid schien Flügel an den Schultern zu haben, aber unter den leeren Flügeln waren keine Arme. Als sie durchs Zimmer ging, stellte sich heraus, daß sie klein und dünn war und an ein Entenküken erinnerte, denn sie hatte einen leichten Watschelgang, ihre Beine waren ein bißchen schief angesetzt, die Füße ungewöhnlich breit, die Zehen groß, dick und weit gespreizt.

214

»Ah!« sagte Swetlana Bagaturija.

»Oh!« sagte Sonja Preobrashenskaja.

Die anderen schwiegen. Die Armlose sagte:

»Na, kommt rein, wenn ihr schon mal da seid. Was drückt ihr euch an der Tür rum?«

Aljona sagte statt des vorbereiteten langen Satzes zur Eröffnung der Gruppenversammlung bescheiden:

»Guten Tag, Tante Toma.«

In diesem Augenblick schämte sie sich urplötzlich so heftig wie später im Leben nie wieder.

»Geh, Lida, setz Teewasser auf«, befahl Toma ihrer älteren Nichte und erklärte stolz:

»Unser Wasserhahn ist gleich in der Küche, wir müssen nicht zur Pumpe.«

»Wir hatten früher auch eine Pumpe«, sagte Swetlana mit ihrem wundervollen georgischen Akzent.

»Woher kommst du denn, du kleine Schwarze? Armenier? Zigeuner?« fragte die Armlose freundlich.

»Sie ist Georgierin«, antwortete Aljona bedeutungsvoll.

»Das ist was anderes«, sagte Toma beifällig. »Na, was ist«, fuhr sie eifrig und fröhlich fort, als wollte sie den schönen georgischen Faden nicht weiterspinnen bis zu dem Wichtigen und Interessanten, um dessentwillen die Mädchen gekommen waren – dem Geschenk –, »habt ihr mir was mitgebracht? Legt's hier rein.« Sie preßte ihr längliches Kinn an die Brust, und da bemerkten die Mädchen, daß auf ihrer

Brust ein Beutel hing, aus demselben grünen Batist wie das Kleid.

Mit dem brennenden Gefühl, es stimme etwas nicht im Leben, öffnete Aljona ihre Schulmappe, holte einen Packen zerknitterter Rubelscheine hervor und stopfte sie in den Brustbeutel, wobei sie so rot wurde, daß ihr sogar der Schweiß auf der Nase stand.

»Da«, murmelte sie. »Bitte, danke.«

»Kuckt euch nur um, seht's euch ruhig an, wenn ihr schon mal hier seid«, sagte Toma und wies mit dem Kinn auf die Wand. Dort hingen Stickereien und Bilder. Auf den Bildern waren Katzen, Hunde und Hähne.

»Die Bilder haben Sie auch gemacht?« staunte Mascha.

Toma nickte.

»Mit den Füßen?« fragte Swetlana einfältig.

»Wie ich Lust hab.« Toma lachte und streckte ihre lange, spitze Zunge durch die kleinen Zähne. »Wie ich will, mit den Füßen oder mit dem Mund.«

Sie beugte sich tief über den Tisch, machte eine heftige Bewegung mit dem Kinn und hob den Kopf. Im lächelnden Mund hielt sie einen Pinsel. Sie rollte ihn rasch von einem Mundwinkel in den anderen, setzte sich aufs Bett, hob mit einer eigenartigen Drehung im Kniegelenk das Bein und hielt den Pinsel zwischen den Zehen.

»Ich kann mit dem rechten und mit dem linken, das ist mir egal.« Geschickt legte sie den Pinsel von einem Fuß in den anderen, streckte die Zunge heraus und vollführte damit eine komplizierte gymnastische Übung.

Die Mädchen wechselten Blicke.

»Können Sie auch ein Bild des Genossen Stalin mit dem Fuß malen?« versuchte Aljona sie in die gewünschte Richtung zu lenken.

»Natürlich. Aber ich male lieber Katzen und Hähne«, wich Toma aus.

»Oh, die graue Katze da, die ist schön, genau wie unsere«, sagte Swetlana Bagaturija begeistert und zeigte auf das Bild einer unregelmäßig gestreiften Katze. »Unsere Markisa ist bei der Oma in Suchumi geblieben. Ich hab solche Sehnsucht nach ihr!«

»Mir gefallen die Hähne ... Der da, der bunte«, sagte die jüngere Kolywanowa, von der das niemand erwartet hätte.

»Na, so was, das hast du früher nie gesagt, Tanja«, wunderte sich die Malerin.

»Erzählen Sie uns doch von dem Geschenk.« Aljona Sedych ruderte unbeirrt weiter in ihre Richtung.

»Du hast es aber mit dem Geschenk«, sagte Toma beinah böse.

Doch da kam Lida und verkündete:

»Toma, das Petroleum ist alle, nichts mehr da.«

»Na, dann eben nicht, macht nichts.« Sie winkte mit dem Pinsel, den sie zwischen den Zehen hielt. »Komm mal her. Dichter ran.«

Toma flüsterte Lida etwas Geheimes ins Ohr. Lida

nickte, nahm Toma den Beutel vom Hals und ging zur Tür, sich anziehen.

Toma setzte sich bequemer hin, wie in Lotospose, wedelte mit dem Pinsel und begann zu erzählen:

»Also. Das Geschenk ...« Sie lachte, ein abgehacktes, spöttisches Lachen. »Meine Arbeit war nicht umsonst. Ich hab lange dran gestickt, zwei Monate, vielleicht auch vier. Wassilissa, die Nachbarin, hat's zur Post gebracht, und ich hab ihr gesagt, sie soll's mit Rückantwort schicken.« Sie lachte wieder, wurde dann aber ernst. »Aber, ehrlich gesagt, ich hab nicht sehr damit gerechnet, daß ich eine Antwort krieg. Aber es kam eine. Ein großes Papier, ein Stempel oben, ein Stempel unten, ein Dankschreiben, direkt aus der Kanzlei. Das stand auch drauf – Moskau, Kreml ... Na, denk ich, lieber Genosse Stalin, laß mich nicht im Stich ...«

Die Mädchen sahen sich an. Aljona warf einen beunruhigten Blick zu Mascha.

»Wir haben in den Nachalowka-Baracken gewohnt. Eine Wand das blanke Eis, und wenn ordentlich geheizt war, dann lief das Wasser, und wir zu sechst in einer winzigen Kammer. Unsere Mutter – ein Dorftrampel, meine Schwester Marussja – nur Suff im Kopf, verschlampt, Wind im Arsch, und ihre Rotznasen, die Hurenbälger ...« Toma sah die erstarrten reinen Mädchen streng an. »Keiner einen Funken Verstand im Kopf, nicht mal für sich selber, schon gar nicht für mich, die Armlose. Aber wem Gott keinen Verstand gegeben hat, dem geht's schlecht, das sag ich euch. Na, ich hab das Papier zwischen die Zähne geklemmt und bin zum Wohnungsamt ...«

Swetlana Bagaturija hatte das Kinn auf die Faust gestützt und sogar den Mund geöffnet vor Hingabe. Sonja klimperte mit den Augen, und Mascha atmete quälend, gehemmt die schlechte Luft ein und mit noch größeren Hemmungen aus.

»Ich komm also hin, da steht eine Schlange, und ich stoß einfach so mit dem Fuß die Tür auf und geh rein. Wie die mich gesehen haben, sind die beinah umgefallen.« Sie lächelte eitel. »Da hab ich ihnen auf den größten Tisch«, mit einem unanständigen Laut stieß sie Luft durch den Mund aus, »das Papier hingelegt und gesagt: Da, sehen Sie sich das an, der große Genosse Stalin, Vater aller Völker, kennt mich namentlich, schreibt an mich, den Krüppel, dankt mir für meine unermüdliche Fußarbeit, und mein Wohnraum ist so klein, daß man nicht mal einen Nachttopf zum Scheißen hinstellen kann. Wo bleibt denn eure unermüdliche Arbeit, wie oft haben wir schon gebeten und gebeten. Jetzt geh ich mich beim Genossen Stalin persönlich beschweren ... Na, habt ihr jetzt kapiert, Pioniere? Meine Wohnung hier, die hab ich sozusagen vom Genossen Stalin persönlich!«

Sie bewegte ihren Mund und rümpfte die Nase:

»Nichts kapiert ihr, ihr Hosenscheißer. Zieht eure Mäntel an und verschwindet«, sagte sie plötzlich überraschend böse. Dann kam sie von ihrer Liege herunter, stampfte mit nackten Füßen auf, wackelte mit den Hüften und sang mit dünner, lauter Stimme:

»Gü-ür-kchen, Toma-a-a-ten …«

Die Mädchen wichen rücklings zur Tür, packten ihre Pelzmäntel und stolperten in den Hausflur.

Draußen hörten sie Toma noch rufen:

»Tanja! Tanja! Warum gehst du denn?«

Doch Tanja Kolywanowa zog sich solidarisch auch den Mantel an. Sich gegenseitig schubsend, liefen sie den winkligen Flur entlang und stolperten, alle auf einmal durch die Haustür drängend, nach draußen.

Es war schon ganz dunkel. Es roch nach Schnee und Rauch, stille ländliche Sterne standen am rabenschwarzen Himmel. Sie rannten zur Straßenbahnhaltestelle und drängten sich vor dem Blechschild. Sonja und Swetlana ging es einigermaßen gut, Mascha atmete schwer – sie bekam den ersten Asthmaanfall, von denen sie in ihrem Leben noch viele haben sollte, und Aljona flossen reichlich Tränen von den dichten, vielschichtigen Wimpern.

Sie war so unglücklich, wie man es sich nur vorstellen kann, wußte aber selbst nicht, weshalb.

Sie ist widerlich, widerlich und gemein, dachte sie. Und den Genossen Stalin liebt sie auch nicht.

»Zu Hause setzt es was«, sagte die gefühllose Sonja, der alles schnurzegal war.

Zwei Frauen in dörflichen Halbpelzen kamen zur Haltestelle und blieben stehen. Diesmal mußten die Mädchen ziemlich lange warten. Endlich ertönte ein wundervolles Klingeln, und um die Ecke bog die kläräugige Straßenbahn. Sie stiegen schon ein, da tauchte Lida auf. Sie hatte Tomas Auftrag erfüllt und rannte nun der Schwester hinterher.

Toma, eine Flasche im Brustbeutel, stieg ohne ihre Bastschuhe in den ersten Stock und klopfte mit der nackten Ferse an eine braune Tür. Es kam keine Antwort. Da drehte sie sich um, trat einen Schritt zurück, schob geschickt einen Fuß hinter die Türklinke, taumelte kurz und öffnete die Tür. Drinnen war es dunkel, aber das spielte keine Rolle.

»Jegorytsch!« rief sie von der Schwelle, aber niemand antwortete. Sie ging weiter ins Zimmer hinein. In der Ecke lag eine Matratze, darauf Jegorytsch. Sie kniete sich hin.

»Jegorytsch, fühl mal, was ich mitgebracht hab. Hol's raus, mach schon. Na los!« trieb sie ihn an. Jegorytsch, kaum wach, hob den zerzausten Kopf vom großen speckigen Kissen, streckte die krumme Hand nach Tomas Beutel aus und brummte verschlafen und gutmütig:

»Immer los, los ... Na, was hast du da mitgebracht?«

Er war ihr Freund, und sie hatte ihm eine Gabe gebracht. Sie selbst trank auch mal ein bißchen, aber richtig trinken – das liebte sie nicht. Und den Genossen Stalin, wie die verweinte Aljona nun herausgefunden hatte, den liebte sie auch nicht richtig.

Am 2. März des bewußten Jahres

Der Winter war schrecklich gewesen: besonders feuchter und atemberaubender Frost, eine besonders schmutzige Wattedecke über den Schultern des tiefhängenden Himmels. Seit dem Herbst stand der Urgroßvater nicht mehr auf; er lag auf seinem schmalen Bett und starb langsam, mit gelblichgrauen Augen zärtlich um sich blickend, den Gebetsriemen stets um den linken Arm gewickelt. Mit der rechten Hand preßte er sich ein flaches, mit abgewetzter grauer Futterseide bezogenes Heizkissen auf den Bauch – ein Muster des Fortschritts der Jahrhundertwende, das sein Sohn Alexander als junger Medizinprofessor nach acht Jahren Auslandsstudium noch vor dem vorigen Krieg aus Wien mitgebracht hatte.

Eigentlich war Hitze auf dem Bauch streng verboten, doch unter der schwachen, leblosen Wärme ließ der Schmerz nach, und der Sohn, Onkologe, hatte schließlich nachgegeben und das Heizkissen erlaubt. Er wußte genau, wie groß die Geschwulst war, wo die Metastasen saßen und daß eine Operation unmöglich war, und er hatte Hochachtung vor dem stillen Mut des Vaters, der in seinem ganzen neunzigjährigen Leben nie über irgend etwas geklagt, nie gejammert hatte.

Wenn die Urenkelin Liletschka aus der Schule kam, sein Liebling mit den blanken braunen Augen und dem mattschwarzen Haar, zartrosig, im braunen Kleid der Schuluniform, ganz voller Kreide und lila Tinte, und sich neben ihn aufs Bett legte, an seine kranke Seite, die Wolldecke über sich zog, mit ihren runden Knien und den Ellbogen strampelnd, flüsterte sie dem Urgroßvater ins abgemagerte, behaarte Ohr:

»Na, erzähl schon ...«

Und der alte Aaron erzählte – mal von Daniel, mal von Gideon. Von Recken, schönen Mädchen, Weisen und Zaren mit sonderbaren Namen – sie alle waren längst gestorbene Verwandte, doch das Mädchen gewann den Eindruck, der steinalte Urgroßvater Aaron habe einige von ihnen persönlich gekannt.

Der Winter war auch für Liletschka schrecklich gewesen: Auch sie spürte die besondere Schwere des Himmels, die Bedrückung zu Hause und die Feindseligkeit in der Luft draußen. Sie wurde bald zwölf. Es schmerzte unter den Achseln, die Brustwarzen juckten widerlich, und von Zeit zu Zeit erfaßte sie eine Welle des Abscheus gegen die kleinen Veränderungen ihres Körpers – die Rundungen, die groben schwarzen Haare, die winzigen Pickel auf der Stirn. Ihre Seele wehrte sich blindlings gegen diese unangenehmen, unreinen Veränderungen des Körpers. Alles, absolut alles war von Ekel durchdrungen und erinnerte sie an die mohrrübenfarbene Fettschicht auf Pilzsuppe – der öde Gedike, den sie täglich auf dem kalten Klavier quälte, die kratzigen Wollunterhosen, die sie jeden Morgen anzog, die leblosen lila Heftumschläge ... Nur neben dem Urgroßvater, der nach Kampfer und altem Papier roch, befreite sie sich von dem drückenden Sinneszustand.

Die Großmutter Bella Sinowjewna, ebenfalls Professorin, Fachärztin für Hautkrankheiten, und Alexander Aaronowitsch waren ein standfestes Paar, das gemeinsam eine schwere Last zog. Alexander Aaronowitsch, zu Hause Surik genannt, war ein hochgewachsener, knochiger Mann mit großen Ohren, Autor unzähliger Scherze und raffiniertester Manipulationen. Er sagte gern, er sei sein Leben lang zwei Damen treu: Bellotschka und der Medizin. Die kleine, mollige Bellotschka mit den nachgezogenen Augenbrauen, dem rotgeschminkten Mund und dem leuchtend grauen Haar fürchtete keine Konkurrenz.

Eine seltsame Erregung erfaßte sie beide, wenn sie von der Arbeit kamen und den alten Mann und das Mädchen in ein selbstvergessenes Gespräch vertieft fanden. Sie wechselten einen Blick, und Bellotschka wischte sich eine Träne aus dem geschminkten Augenwinkel. Surik klopfte vielsagend und warnend auf den Tisch, Bella hob die geöffnete Hand – als seien sie taubstumm. Sie benutzten viele solche Gesten, Zeichen und geheime stumme Mitteilungen, so daß

sie kaum Worte benötigten, weil jeder die Herzens-
ströme des anderen wahrnahm.

Der alte Vater verläßt uns, begriffen die noch jungen Alten, und an der Schwelle des Todes gibt er seinen zweifelhaften Reichtum an das jüngste Glied
weiter – das Mädchen an der Schwelle zum Erwach-
senwerden. Obwohl die beiden gelehrten Professoren die uralten Märchen des biblischen Volkes für
ein naives und abgetragenes Gewand des menschlichen Geistes hielten, ihr eigenes Denken in der diszi-
plinierten Schule des europäischen Positivismus in
Wien und Zürich geschliffen und an gewandtes wis-
senschaftliches Spiel gewöhnt worden war, sie einzig
dem Papiergott huldigten – dem wendigen Fakt, und
tapfer in ehrlichem und betrüblichem Atheismus
lebten, spürten sie beide, daß hier auf dem abgewetzten Sofa, neben dem geduldigen und nachsichtigen
Tod, eine einzigartige Oase erblühte. Hier gab es
weder »Giftärzte« noch die mystische Angst vor den
bösen Absichten der Giftmörder, die Millionen
Menschen erfaßt hatte. Der Geist der wirklichen
Vergiftung durch Angst, Niedertracht und Verteufe-
lung wich nur hier zurück, und die gelehrten Professoren, die jeden Tag mit Verhaftung oder Verbannung, mit allem rechneten, zögerten, das Eßzimmer
zu verlassen, das gemeinsame Zimmer, wo der kranke Alte lag, und ihrer gewohnten wissenschaftlichen
Arbeit nachzugehen. Sie setzten sich in die Sessel vor
dem dazumal als Rarität geltenden Fernseher, der
übrigens ausgeschaltet war, und lauschten dem

Sprechgesang des Alten: Es ging um Mardochai und Haman.

Sie lächelten einander an und dachten schweigend und voller Wehmut an den Irrsinn, in den sie jeden Tag eintauchten, wenn sie das Haus verließen.

Sie hatten den großen Krieg überlebt, Brüder und Neffen verloren, die ganze zahlreiche Verwandtschaft, aber einander behalten, ihre kleine Familie, all ihr gegenseitiges Vertrauen, ihre Liebe und Zärtlichkeit, waren solide und unauffällig erfolgreich und hätten, so schien es, noch ein ganzes Jahrzehnt, solange ihre Kräfte, Gesundheit und Erfahrung im glücklichen Gleichgewicht waren, so leben können, wie sie es immer wollten – die ganze außerordentlich komprimierte Woche mit Appetit arbeiten, am Wochenende auf die neue, vor kurzem gebaute Datscha fahren, auf dem anspruchslosen Klavier dort vierhändig Schubert spielen, nachmittags im dunklen, seerosenbewachsenen Flüßchen baden, auf der Holzveranda in den schrägen Strahlen der untergehenden Sonne Tee aus dem Samowar trinken, abends Dickens oder Mérimée lesen und zur gleichen Zeit einschlafen, einander auf die seit vierzig Jahren gewohnte Weise umarmend, bei der nicht mehr auszumachen war, ob bestimmte Wölbungen ihrer Körper die stabile bequeme Lage garantierten oder ob im Laufe der Jahre in nächtlicher Umarmung die Körper einander entgegengekommen waren und sich verformt hatten, um diese Einheit zu bilden.

Und genug, mehr als genug Aufregungen hätten

sie gehabt durch den alten und schweren Konflikt mit ihrem Sohn, der freiwillig ein Arbeitsfeld gewählt hatte, wohin ein normaler Mensch sich selbst vom Teufel nicht locken ließe. Er hatte einen hohen, aber irgendwie unklaren Posten, lebte im Nordosten, hinter dem Polarkreis, und zwar mit seiner bärenähnlichen Frau Schura und dem Sohn Alexander – es lag eine gewisse Ironie des Schicksals darin, daß die beiden am wenigsten zueinander passenden Menschen der Familie denselben Namen trugen.

Seine Tochter Lilja hatte der Sohn 1943 nach Wjatka ins Militärhospital gebracht, wo seine Eltern jeden Tag zwölf Stunden am OP-Tisch standen. Das Mädchen war fünf Monate alt, wog ganze drei Kilo und sah aus wie eine ausgetrocknete Puppe. Von dem Tag an arbeiteten die beiden Ärzte immer in verschiedenen Schichten; Alexander Aaronowitsch meistens nachts. Lilja, von Bella Sinowjewna aufgepäppelt und herausgefüttert, blieb bei den Großeltern, wiedergeboren für das schöne Los der Professorenenkelin. Weil sie wußte, wie empfindlich ihre leibliche Mutter Schura war, die manchmal zu Besuch kam, nannte sie ihre Pflegeeltern Bellotschka und Surik und den Urgroßvater Großvater.

Nun saßen Bella und Surik in den weichen alten Sesseln mit den strengen Überzügen, halb zum Bett gewandt, und taten so, als hörten sie nicht, was der Alte und das Mädchen flüsterten.

»Opa«, sagte Lilja entsetzt, »haben sie wirklich alle Feinde an Bäumen aufgehängt?«

»Ich sag ja nicht: Das ist gut, oder das ist schlecht. Ich erzähl dir, wie es war«, antwortete der Urgroßvater bedauernd.

»Andere werden kommen, Rache üben und Mardochai töten«, sagte das Mädchen traurig.

»Ja, natürlich«, sagte der Urgroßvater, sonderbar erfreut, »natürlich, genau so war es. Es kamen andere, töteten jene und so weiter. Überhaupt, das sage ich dir, Israel lebt nicht durch den Sieg, Israel lebt durch ...« Er hob den mit dem Gebetsriemen umwickelten linken Arm, legte die Hand an die Stirn und hob die Finger, »verstehst du?«

»Gott?« fragte das Mädchen.

»Ich sag doch, du bist ein kluges Mädchen«, sagte der Großvater Aaron und lächelte mit zahnlosem Säuglingsmund.

»Hörst du, womit er dem Kind den Kopf vollstopft?« fragte Bella ihren Mann traurig, als sie in ihrem Zimmer mit dem, wie Schurik immer sagte, zweischläfrigen Schreibtisch waren.

»Bellotschka, er ist ein einfacher Schuster, mein Vater. Aber mir steht es nicht an, ihn zu belehren. Weißt du, manchmal denke ich, ich wäre vielleicht besser auch Schuster geblieben«, sagte Surik finster.

»Was redest du da? Es gibt kein Zurück!« antwortete die kluge Bella gereizt.

»Dann brauchst du wegen Lilja nichts zu befürchten«, sagte er und lachte.

»Ach!« Bella winkte ab. Sie war praktisch veranlagt und hatte durchaus nichts Erhabenes im Sinn gehabt. »Ich mach mir doch nicht deswegen Sorgen! Ich hab Angst, daß sie in der Schule was ausplaudert!«

»Mein Herz! Das spielt doch jetzt keine Rolle mehr«, sagte Surik und zuckte die Achseln.

Bella Sinowjewna sorgte sich zu Unrecht. Lilja hätte gar nichts ausplaudern können: Seit dem Herbst sprach in der Klasse niemand mehr mit ihr. Keiner, außer Ninka Knjasewa, die eigentlich schon längst in eine Hilfsschule versetzt werden sollte, wofür aber noch ein paar Papiere fehlten. Die große, für nördliche Breiten ungewöhnlich früh entwickelte Ninka, eine seltene Schönheit, war wegen ihres Unverstandes die einzige in der Klasse, die Lilja nicht nur grüßte, sondern auch gern mit ihr ein Paar bildete, wenn der lärmende Schwärm wieder mal in ein obligates Rotbannermuseum geführt wurde.

Die Zeit hatte ihre aufdringlichen Bräuche: Tataren waren mit Tataren befreundet, Dreienschreiber mit Dreienschreibern, Ärztekinder mit Ärztekindern. Kinder jüdischer Ärzte ganz besonders. Ein so kleinkariertes, lächerliches Kastensystem kannte nicht einmal das alte Indien. Lilja war nun ohne Freundin – ihre Nachbarin und Freundin Tanja Kogan hatten die Eltern noch vor Neujahr zu Verwandten nach Riga geschickt, und darum waren die letzten zwei Monate für Lilja besonders unerträglich gewesen.

Jedes Lachen, jede Bewegung, jedes Flüstern – Lieja hatte immer das Gefühl, alles sei gegen sie gerichtet. Sie vernahm ein dunkles Summen um sich herum, käferartig, schwarzbraun, hervorgekrochen aus dem Wort »shidowka«*. Am meisten quälte sie, daß dieses Dunkle, Klebrige und Schmierige mit ihrem Familiennamen zusammenhing, mit Großvater Aaron, mit seinen duftenden ledergebundenen Büchern, mit dem orientalischen Zimt- und Honiggeruch und dem fließenden goldenen Licht, das den Großvater umgab und die ganze Zimmerecke erfüllte, in der er lag.

Diese beiden Gefühle waren auf unerklärliche Weise ein für allemal miteinander verbunden – das goldene Leuchten zu Hause und das braune Summen draußen.

Sobald das heisere, langersehnte erlösende Klingelzeichen ertönte, fegte Lilja ihre mustergültigen Hefte in die Mappe und rannte mit bleischweren Beinen in die Garderobe, um so schnell wie möglich, ohne den Mantel und den tückischen Pelzkragen zuzuknöpfen, nach draußen zu rennen, über schmutziggraue Haufen von Schneematsch, über Pfützen mit zersplittertem Eis, mit den rutschenden Galoschen Strümpfe und Mantelsaum bespritzend, über einen zweiten Hof, in ihren Hauseingang, wo es beruhigend nach feuchtem Kalk roch, dann die Treppe hoch zum ersten Stock ohne Treppenabsatz und eine geschmeidige Wendung zu der hohen

* Russisches Schimpfwort für Jüdin. (A. d. Ü.)

schwarzen Tür, wo das warme Messingschild hing mit dem Namen Shishmorski, ihrem furchtbaren, unmöglichen, beschämenden Namen.

In letzter Zeit war eine weitere Prüfung hinzugekommen: Am Ausgang des Schulhofs erwartete sie der schreckliche Vitka Bodrow, genannt Bodrik, auf dem hohen rostigen Eisentor schaukelnd. Er hatte blechblaue Augen und ein Gesicht ohne Feinheiten.

Das Spiel war primitiv. Es gab nur einen Weg, um den Schulhof zu verlassen, und der führte durch das Tor. Wenn Lilja sich näherte, bemüht, sich möglichst in die Menge zu zwängen, blieben ihre gewitzten Klassenkameradinnen ein bißchen zurück oder liefen voraus, und wenn sie den gefährlichen Raum betrat, stieß Bodrik sich mit dem Fuß ab, ließ sie ein Stück vorgehen und schlug ihr dann das scheußlich quietschende Tor in den Rücken. Der Schlag war nicht heftig, aber kränkend. Jeder Tag brachte für dieses Spiel etwas Neues. Einmal drehte sich Lilja um, damit der Schlag sie nicht von hinten traf, sondern von vorn, packte das Eisengitter und hängte sich daran.

Ein andermal stand sie lange ein Stück abseits vom Tor und tat, als wolle sie nicht nach Hause gehen. Doch Geduld und Freizeit hatte Bodrik überreichlich, und nachdem er sie etwa eine halbe Stunde so festgehalten hatte, beobachtete er mit Vergnügen, wie sie versuchte, sich zwischen die Gitterstäbe des Zauns zu zwängen. Der Versuch mißlang – durch diesen engen Spalt hätte höchstens das allerdünnste

Mädchen gepaßt, und auch das nur ohne dicken Mantel.

Ein Glückstag war, als es ihr gelang, vor der alten Lehrerin Antonina Wladimirowna hinauszuschlüpfen, auf deren ostsibirischem Gesicht sich äußerstes Erstaunen ob einer derartigen Ungezogenheit malte.

Die Attraktion entwickelte sich von Tag zu Tag. Es kamen alle zuschauen, denen es um die Zeit nicht leid war. Täglich wurden es mehr Zuschauer, und gestern waren sie durch ein atemberaubendes Schauspiel belohnt worden: Lilja unternahm den verzweifelten und beinah geglückten Versuch, über den Zaun zu klettern, der mit flachen gußeisernen Spitzen gespickt war. Zuerst schob sie ihre Mappe durch das Gitter, dann stellte sie ihren Fuß an eine zuvor auserkorene Stelle, wo einige Gitterstäbe verbogen waren. Sie kletterte bis nach oben, schwang ein Bein hinüber, dann das zweite und begriff, daß sie einen Fehler gemacht hatte – sie hätte sich umdrehen müssen. Starr vor Angst vollzog sie eine Wendung und glitt langsam nach unten, das Gesicht an das rostige Eisen gepreßt.

Ihr Mantelschoß blieb an einer Eisenspitze hängen. Zuerst begriff sie nicht, was sie festhielt, dann versuchte sie sich loszureißen. Der rechtschaffene Wollstoff, einst ein Mantel des Professors, der sein Leben in veränderter Form an dem weichen jungen Körper vollendete, leistete mit allen soliden Zwirnsfasern Widerstand, dehnte und spannte sich.

Die begeisterten Zuschauer brüllten, Lilja riß an

der Fessel wie ein großer dicker Vogel, und der Mantel gab sie mit einem heiseren Knacken frei. Als sie auf den Boden glitt, stand Bodrik neben ihr, hielt ihre schmutzige Mappe in der Hand und sagte freundlich lächelnd:

»Prima, Lilja. Du weißt dir zu helfen. Kletterst du noch mal rüber?«

Mit einem geschickten Täuschungsmanöver warf er die Mappe scheinbar nur leicht in die Höhe, aber seine Hand war zielsicher wie die eines australischen Eingeborenen. Die Mappe schraubte sich in die Höhe, schaukelte, drehte sich in der Luft und fiel jenseits des Zauns zu Boden. Alle lachten.

Lilja hob ihre heruntergefallene Wollmütze mit den zwei dummen Schwänzchen auf und ging, ohne sich umzusehen, alle Kräfte darauf gerichtet, nicht loszurennen, nach Hause.

Keiner folgte ihr. Nach einer halben Stunde brachte die treue Ninka die mit einem Taschentuch abgewischte Mappe und reichte sie ihr durch den Türspalt.

Am Morgen versuchte Lilja, krank zu werden und klagte über Halsschmerzen. Bella Sinowjewna sah ihr flüchtig in den Hals, steckte ihr ein Fieberthermometer unter den Arm, warf einen Blick auf die verschwindend kleine Quecksilbersäule und sprach mürrisch ihr Urteil:

»Steh auf, Mädchen, du mußt arbeiten. Alle müssen arbeiten.«

Das war ihre Religion, und sie duldete keine gotteslästerliche Faulheit. Lilja schlich verzagt zur Schule und saß drei Stunden ab, gequält von der Aussicht auf den unvermeidlichen Gang durch das Höllentor. Doch in der vierten Stunde passierte etwas.

Es war erst der 1. März, das Ruder des unversenkbaren Schiffes war dem Großen Steuermann noch nicht aus der Hand gefallen. Hätte die verschlossene Lilja Alexander Aaronowitsch und Bella Sinowjewna von dieser unglaublichen Tat erzählt, würden sie diese hoch geschätzt haben.

Also, in der vierten Stunde, gegen Ende, funkelte Antonina Wladimirowna mit dem erhabensten Teil ihres Gesichts, den Metallzähnen, die mit der kleinen silbernen, an einen kringelförmigen Kothaufen erinnernden Brosche am Kragen korrespondierten, nahm den anderthalb Meter langen polierten Zeigestock in die Hand und ging zu einem staubigen bunten Plakat an der Stirnseite des Klassenraumes. Sie hielt den Stock wie einen Degen und pikte damit auf das unnachgiebige Wort »international« ...

»Seht her, Kinder, hier sind Vertreter aller Völker unserer großen multinationalen Heimat abgebildet. Seht ihr, hier sind Russen, Ukrainer, Georgier, ...« Lilja saß in stillem Entsetzen halb abgewandt – würde sie es etwa jetzt aussprechen und die ganze Klasse sich zu ihr, Lilja, umdrehen? »Tataren«, fuhr die Lehrerin fort. Alle drehten sich zu Raja Achmetowa um, die dunkelrot wurde. Doch Antonina Wladimirowna ging den gefährlichen Weg weiter.

»Armenier, Aserbishaner«, genau so sagte sie, »Aserbishaner« ... vorbei, vorbei ... nein! »und Juden!«

Lilja erstarrte. Die ganze Klasse drehte sich zu ihr um.

Diese heilige Einfalt, reinrassige Intelligenzlerin, gezeugt von einem Küster und einer Wäscherin, unberührte Jungfrau mit dem medizinischen Attest »virgina intacta« und der im Krieg adoptierten bösen und schielenden Waise Sojka, verehrte Tschernyschewski, vergötterte Klara Zetkin, Rosa Luxemburg und Nadeshda Konstantinowna – sie hatte eine prophetische feministische Ader –, glaubte an »das Primat der Materie« wie ihr Großvater, der Küster, an die Heilige Gottesmutter geglaubt hatte, war eine grundehrliche Haut und felsenfest überzeugt, daß Feinde Feinde waren, Juden dagegen Juden.

Doch die Größe dieser Tat begriff Lilja damals nicht. Die nackte Haut zwischen dem zu kurzen Strumpf und den verhaßten hellblauen Unterhosen klebte an der mit Ölfarbe gestrichenen Bank.

»Und alle Völker sind bei uns gleich«, setzte Antonina Wladimirowna die heilige Sache des Lehrers fort, »es gibt keine schlechten Völker, jedes Volk hat seine Helden und seine Verbrecher, sogar Volksfeinde ...«

Sie redete noch irgendwas Langweiliges, Überflüssiges, aber Lilja hörte nicht mehr zu. Sie spürte eine kleine Ader an der Nase pulsieren, berührte die Stelle mit dem Finger und überlegte, ob die in der

Bankreihe neben ihr sitzende Swetlana Bagaturija dieses Zucken wohl bemerkte.

Am Schultor hatte Lilja Glück: Bodrik war nicht da. Mit dem Gefühl der endgültigen und völligen Befreiung, ohne daran zu denken, daß er übermorgen wieder da sein konnte, hüpfte sie nach Hause. Die Eingangstür, sonst stets von einer Feder festgehalten, stand ein Stück offen, aber Lilja achtete nicht darauf. Sie stieß sie auf und nahm, als sie vom Hellen ins Dunkel trat, nur eine dunkle Silhouette vor der Tür zum Treppenhaus wahr. Es war Bodrik. Er hatte die Eingangstür mit dem Fuß ein Stück offengehalten, um zu sehen, wer hereinkam.

Zwei Schritte totaler Finsternis trennten sie noch, doch Lilja sah, daß er mit dem Rücken an der Tür stand, die gestreckten Arme ausgebreitet und den Kopf mit dem dichten blonden Haar zur Seite geneigt.

Ein Schauspieler war er, dieser Bodrik, und jetzt imitierte er etwas Schreckliches und Wichtiges, Christus, wie er meinte, dabei war er nur ein frecher, unglücklicher kleiner Räuber. Ihm gegenüber stand das Mädchen mit dem gramvollen semitischen Gesicht – ein hoher, schmaler Nasenrücken, abwärts gebogene Augenwinkel, ein sanfter, gewölbter Mund –, dem Gesicht von Josefs Maria ...

»Warum haben denn eure Juden unsern Christus gekreuzigt?« fragte er boshaft. Es klang, als hätten die Juden diesen Christus einzig deshalb gekreuzigt, um ihm, Bodrik, das unumschränkte und heilige Recht zu verleihen, Lilja das rostige Eisentor gegen den Hintern zu schlagen.

Sie erstarrte abwartend, als hätte sie vergessen, daß sie nach draußen stürzen, unverzüglich weglaufen konnte. Schließlich war hinter ihr die Haustür. Doch sie stand wie eine Salzsäule.

Bodrik trat auf sie zu, umfaßte sie kräftig, rutschte mit den Händen tiefer, hob den offenen Mantel hoch und faßte genau an die nackte Stelle zwischen dem Strumpf und dem bis zu den Leisten gespannten Strumpfhaltergummi.

Sie entwand sich ihm, rannte in die Ecke und hieb Bodrik die Mappe in eine nachgiebige Stelle. Er stöhnte auf; sie fand in der Dunkelheit auf Anhieb den Türknauf und sprang hinaus auf die Straße. Eine dichte rosa Flamme loderte in ihrem Kopf auf, die ganze Luft geriet in Brand, und alles war plötzlich von so gewaltigem rotem Zorn erfüllt, daß sie zitterte vor der Übermacht dieses Gefühls, das keinen Namen und keine Grenzen hatte.

Langsam ging die Tür auf. Eine Schulter voran, ein bißchen krumm, kam Bodrik heraus. Sie stürzte sich auf ihn, packte ihn an den Schultern und stieß ihn aufheulend mit ganzer Kraft gegen die Tür. Der überraschende Angriff verwirrte ihn völlig. Das komplizierte Gefühl, das er ihr gegenüber seit langem empfand, ein Gemisch aus Zuneigung, Grimm und unbewußtem Neid auf ihr sattes und sauberes Leben war unvergleichlich heftiger und innerlich gerechtfertigter als der flammende Wutausbruch, der in ihrer Seele tobte.

Er versuchte, sie von sich zu lösen, sie abzuschütteln, aber das war unmöglich. Er konnte nicht einmal richtig ausholen, um sie zu schlagen. Es gelang ihm nur, mit ihr hinter einer Ecke zu verschwinden, in eine blinde Mauernische, wo sie vom Hof aus nicht zu sehen waren. Aber das besserte nichts. Sie schüttelte ihn an den Schultern, sein Kopf schlug gegen den rauhen Stein; er klapperte mit den Zähnen. Das einzige, was er fertigbrachte, nachdem er eine Hand befreit hatte – er schlug sie zweimal ins Gesicht, aber nicht wie ein Mann mit der Faust, sondern mit der flachen Hand, die in ihrem Gesicht vier grobe schmutzige Schrammen hinterließ. Aber das spürte sie nicht. Sie warf ihn noch immer gegen die Wand, bis sich ihr Zorn wie ein roter Luftballon von ihr löste und verflog. Da ließ sie ihn los, wandte ihm ihren ungeschützten Rücken zu, ohne daran zu denken, daß er sie von hinten überfallen könnte, und betrat ungehindert ihr Haus.

Wie sehr hatte er ihr letzten Sommer gefallen ... Sie hatte hinter dem Tüllvorhang in Großmutters Zimmer gestanden und stundenlang beobachtet, wie er einen langen Stab mit einem Lappen am Ende schwenkte, seine Tauben sich träge in die Luft erhoben, erst als wirrer, unordentlicher Haufen über dem Taubenschlag kreisten, sich formierten und weite, schwebende Kreise zogen, immer weiter, und schließlich am rein gewaschenen Himmel verschwanden. Wenn sie am Haus der Bodrows vorbeikam, einem flachen Gebäude mit zwei Fenstern und angebautem Taubenschlag, Schuppen und Hühnerstall, ging sie langsamer und betrachtete die anziehenden Innereien des fremden Privatlebens: die Eisentonnen, die Werkbank, an der der alte Bodrow arbeitete, kurzzeitig aus seiner ständigen Haft in Freiheit, und eine auf dem Boden liegende, irgendwo abgeschraubte rostige Pumpe.

Als der Sommer zu Ende ging, schickte Bella Sinowjewna, die unbeirrt irgendwelche anachronistischen, nur ihr allein bekannten Verpflichtungen der Reichen gegenüber den Armen erfüllte, Lilja zur Hausmeisterfrau mit einem steifgebügelten, ordentlich zusammengelegten Packen Kleider, aus denen sie, Lilja, in diesem Jahr so schnell herausgewachsen war. Die Mädchen der Bodrows, Ninka und Njuschka, teilten sich lärmend und kreischend Liljas Sachen, die Hausmeisterfrau Tonka dankte Lilja und drängte ihr eine kleine grüne Gurke auf. Bodrik aber, der Lilja von weitem kommen gesehen hatte, verschwand zu seinen Tauben und ließ sich die ganze Zeit nicht blicken, solange Lilja in dem vom übrigen Hof abgeteilten Winkel war. Lilja aber blickte immer wieder in seine Richtung, ob er vielleicht herauskäme ...

Erst jetzt im Hauseingang begriff sie: Gerade das war das schlimmste.

Die alte Nastja, die schon seit zwanzig Jahren bei

ihnen lebte, war nicht zu Hause. Der Urgroßvater, zu dem Lilja sich schon legen wollte, schlief teilnahmslos und schnarchte ab und zu. Sie verkroch sich im Zimmer der Großmutter, auf dem »Kummerdiwan«, wie Bella Sinowjewna die Ottomane nannte – den einzigen einzelnen Gegenstand in ihrem paarigen Reich, wo alles doppelt vorhanden war, als teilte ein unsichtbarer Spiegel das Zimmer: zwei stolze Betten mit Bronzeverzierungen, zwei Nachtschränkchen, zwei gleiche Rahmen mit Bildern, die sich nur wenig voneinander unterschieden. Auf dem »Kummerdiwan« schlief Lilja gewöhnlich, wenn sie krank war und die Großmutter sie zu sich ins Zimmer holte. Hier weinte sie sich aus, wenn sie in ihrem Kinderleben Kummer hatte.

Jetzt hatte sie Schüttelfrost und ein Ziehen im Unterleib. Sie rollte sich auf dem Diwan zusammen und zog einen schweren karierten Morgenrock mit einem stellenweise schon abgerissenen Gürtel aus lila Kordel über sich. Sie wollte einschlafen, und sie schlief auch augenblicklich ein, einen einzigen Gedanken im Kopf, der sie auch im Schlaf nicht losließ: einschlafen, nur einschlafen ...

Sie schlief zwar lange, aber gänzlich erfüllt von einem einzigen Gefühl – quälendem Schmerz und maßlosem Ekel. Ekel vor dem rauhen Stoff des Diwankissens und vor dem seifigen, unanständigen Unterwäschegeruch von Großmutters Lieblingsparfüm »Rotes Moskau«. Darüber legte sich das maßlose Verlangen, allem zu entfliehen, in eine runde, warme, ihr seit langem vertraute Höhle, und dort in einen viel tieferen Schlaf zu versinken, wo es keine Gerüche gab, keinen Schmerz und keine beunruhigende, unbegreifliche Scham. Dorthin, wo es nichts gab, überhaupt nichts.

Sie hörte nicht die gedämpfte Aufregung beim Urgroßvater hinter der Wand, nicht Nastjas Schluchzen, nicht das leise Geklirr der Spritze. Dem Urgroßvater ging es schlecht.

Spät, nach sieben Uhr abends, weckte die Großmutter sie, und es stellte sich heraus, daß sie wirklich sehr weit weg gewesen war, denn als sie aufwachte, wußte sie nicht gleich, wo sie sich befand – aus solcher Ferne kehrte sie ins Zimmer der Großmutter zurück, in die paarweise, symmetrische Welt, und sie staunte über das helle Gesicht, das sich über sie beugte und ihr wie verkehrtherum vorkam, ganz fremd, als wären die Traumräume, in denen sie geweilt hatte, so überzeugend einzigartig, daß sie jede Möglichkeit von Symmetrie und Paarigkeit ausschlossen.

Bella Sinowjewna ihrerseits besah verwundert die vier frischen Schrammen, die sich von der Stirn über die Wangen bis zum Kinn zogen.

»O Gott, Lilja, was ist mit deinem Gesicht?« fragte Bella Sinowjewna.

Das Mädchen überlegte einen Augenblick – so gründlich hatte sie das Ereignis vom Tag vergessen. Dann war alles wieder da, alles auf einmal, mitsamt der ganzen vergangenen Woche und dem letzten Sommer, aber in völlig fremder, veränderter, nichtiger Form. Das alles war Unfug, eine Lappalie ohne Bedeutung, lange, lange her und halb vergessen.

»Nichts weiter, ich hab mich mit Bodrik geprügelt«, sagte sie unbekümmert und lächelte verschlafen.

»Wie – geprügelt?« fragte Bella Sinowjewna.

»Ach, Dummheiten; warum Christus gekreuzigt wurde ...«, sagte Lilja und lächelte.

»Was?« fragte Bella Sinowjewna, die schwarzen Brauen gerunzelt. Sie hörte gar nicht auf Liljas Antwort, sondern forderte sie auf, sich sofort anzuziehen.

Ein Widerschein des Zorns, der Lilja am Hauseingang übermannt hatte, flackerte über der Großmutter auf.

»So eine Niedertracht, so ein rabenschwarzer Undank«, schimpfte Bella Sinowjewna und zog die widerstrebende Lilja hinter sich her zur Behausung der Bodrows. Es ging letzten Endes nicht um die dreißig Rubel, die Bella Sinowjewna pünktlich jeden Feiertag der unglücklichen, heruntergekommenen Trinkerin gab, und nicht um die Packen alter Kleider von Lilja, die noch sehr anständig waren, sondern darum, daß nach den symmetrischen Begriffen ihrer Gerechtigkeit Tonkas Sohn nicht die Hand gegen ihr reines, helles Mädchen, gegen deren rosig-braunes Gesicht erheben konnte, daß er sie nicht mit seinen schmutzigen Berührungen, mit diesen gräßlichen Schrammen beleidigen durfte. Die mußte sie im übrigen noch mit Wasserstoffperoxid auswaschen.

Bella Sinowjewna klopfte an und stieß, ohne eine

Antwort abzuwarten, die windschiefe Tür auf. Im Zimmer mit dem großen Ofen und den tiefhängenden Leinen mit feuchter Wäsche war nicht gleich zu erkennen, wo was und wer war. Es roch noch entsetzlicher als nach »Rotem Moskau«, nach schlimmstem Untenrum – nach Urin, Fäulnis, Moder und Schimmel.

»Tonja!« rief Bella Sinowjewna gebieterisch, und hinter dem Ofen bewegte sich etwas.

Lilja blickte sich um. Am meisten verblüffte sie der Fußboden. Es war kahle Erde, nur stellenweise mit unebenen Brettern bedeckt. In der Ecke, auf einem Eisenbett mit rostigen Gitterstäben, genau solchen wie am Schulzaun, lag auf einer bunten Decke Bodrik. Am Fußende saßen Ninka und Njuschka und wickelten am Bettrücken breite, zerknitterte Bänder auf, die sie immer wieder gewissenhaft bespuckten. Neben dem Bett stand eine verbeulte, einst runde Schüssel.

Hinter dem Ofen hervor kam, im Gehen ihren Rock zurechtzupfend und leicht schwankend, die kurzbeinige Tonka.

»Hier bin ich, Bellsinowna!« Sie lächelte, und auf beiden Wangen ihres flachen, breiten Gesichts zeichneten sich bauchnabelgroße runde Grübchen ab.

»Hier, sieh dir an, was dein Viktor mit meinem Mädchen angestellt hat!« sagte Bella Sinowjewna streng. Tonka riß die weißlichen Augen auf und begriff nicht, was er denn angestellt hatte. Bei der trüben Beleuchtung waren die Schrammen, die Bella Sinowjewna so beleidigt hatten, überhaupt nicht zu sehen. Lilja wich zurück zur Tür. Sie schämte sich. Vitka schüttelte den Kopf, hängte sich aus dem Bett und kotzte still in die Schüssel.

»Ach, du Aas!« schrie Tonka ihren Sohn an. »Los, steh auf, was liegst du da rum ...«

Als sie über den Hof gingen, schwiegen sie beide. Lilja schleppte sich wieder hinterher, und ihr war erneut so schwer ums Herz wie am Mittag, bevor sie eingeschlafen war. Zu Hause ging sie auf die Toilette, verriegelte die Tür und setzte sich auf das Becken, die Arme um den schmerzenden Bauch geschlungen. So schlecht war ihr noch nie gewesen. Sie betrachtete ihre heruntergelassene Hose und bemerkte auf dem Himmelblau einen tulpenförmigen Blutfleck.

»Ich sterbe«, dachte das Mädchen, »und so schrecklich, so beschämend.«

In diesem Augenblick hatte sie alles vergessen, worauf die Großmutter sie vorbereitet hatte. Voller Abscheu zerrte sie sich die beschmutzte Hose vom Leib, stopfte sie unter den umgestülpten Wischeimer, barg das zerschrammte Gesicht in den Händen und wartete auf den Tod.

Der Tod, von der Erwartung angespornt, kam tatsächlich ins Haus. Auf dem Sofa tat der alte Schuster Aaron seine letzten stockenden Atemzüge. Er war ohne Bewußtsein. Seine Lider, schon lange wimpernlos, waren nicht ganz geschlossen, aber die Augen waren nicht zu sehen, nur eine trübe weißliche Haut. Die ausgedörrten Hände lagen auf der Decke, um das linke Handgelenk waren die abgetragenen Lederriemen gewickelt, die er entgegen dem Brauch einen ganzen Monat nicht abgenommen hatte.

Seine Kinder, die Professoren, voller medizinischer Kenntnisse, die so sperrig und nutzlos waren, standen am Kopfende.

In der Hausmeisterhütte lag Bodrik auf dem Eisenbett. Er hatte eine mittlere Gehirnerschütterung.

Auf einem schmalen Bett, mit einer alten Soldatendecke halb zugedeckt, lag in seinem Haus bei Moskau ein toter Mann. Aber es war erst der 2. März, und es würden noch ein paar gewaltige Tage vergehen, bevor Liljas Vater, Sohn anständiger Eltern, aufgedunsen, mit vor Kummer schwarzem Gesicht und den unschuldig blauen Schulterklappen auf eine hölzerne Tribüne steigen und einem vieltausendköpfigen grauen Rechteck – dem Teil des großen Volkes, der sich auf dem bunten Plakat in Liljas Klassenzimmer in der dank der hilflosen Polygraphie verschwommenen Weite verlor – mitteilen würde, daß das schnurrbärtige Genie aller Zeiten und Völker tot war.

An das Mädchen, das sich in der Toilette eingeschlossen hatte, dachte in dieser Nacht niemand.

Windpocken

Auf die solide, breitschultrige amerikanische Truhe mit Eisenbeschlägen und Griffen an den Schmalseiten warfen die Mädchen ihre vom Rutschen auf Eisbergen am Po glattgescheuerten Pelzmäntel, die zusammengeknüllten Handschuhe, verhedderten Schals und nassen Gamaschen. Naß geworden und steifgefroren waren ihre Sachen in der Stunde, die sie für den Weg von der Schule bis zu Aljonas Gasse gebraucht hatten: durch zwei Höfe, vorbei an einer Barackensiedlung mit dem schmeichelhaften Namen Furzowka und einer gruseligen, halbverfallenen Kirche.

Unterwegs hatten sie ein bißchen gespielt und sich ein bißchen gezankt; die stolze Piroshkowa war beleidigt fortgegangen, die dicke Plischkina wollte sie zurückholen und war auch verschwunden. Etwa fünf Minuten warteten die anderen auf Aljonas Hof, gingen aber schließlich, da die beiden nicht kamen, ins Haus.

Es war das schönste Gebäude der Gegend, mit Türmchen an jeder Ecke und einem Fahrstuhl. Zu fünft zwängten sich die Mädchen in den Fahrstuhl, stampften mit den Füßen und hüpften darin herum. Er antwortete mit dumpfem Beben.

Die arme Kolywanowa, die in Furzowka wohnte, erstarrte vor Angst: Sie war das erstemal im Leben in einem Fahrstuhl. Gajaneh Oganessjan, die mal eine orientalische Schönheit zu werden versprach, drückte auf den gewölbten weißen Knopf mit der Sechs, doch ihre Zwillingsschwester Viktorija, die durchaus keine Schönheit zu werden versprach, drückte einen Augenblick später auf den Knopf »Stop«, und der Fahrstuhl, der gerade mühsam einen halben Meter hochgefahren war, blieb stehen. Der Kolywanowa quollen die Augen hervor und sahen nun aus wie die Emailleknöpfe mit den schwarzen Zahlen in der Mitte.

Gajaneh kreischte fröhlich. Lilja Shishmorskaja wollte zur Schalttafel, doch Viktorija stieß sie zurück. Mascha Tschelyschewa öffnete ihre Mappe – sie war heute Ordnungsdienst gewesen und hatte es darum nicht geschafft, noch einmal nach Hause zu gehen –, holte einen Kopierstift heraus und benetzte ihn geschäftig im Mund. Während sich vor den Fahrstuhlknöpfen ein winterlich-wolleschweres Gerangel abspielte, malte sie auf den Holzrahmen des Spiegels mit schiefen kleinen Buchstaben ein schreckliches Wort aus fünf Buchstaben, das sie bis an ihr Lebensende nie laut aussprechen würde. Sie stellte sich dieses Wort ekelhaft braun vor, mit einem bodenlosen Loch in der Mitte, so ähnlich wie ein nach außen gestülptes Klistier.

Die Kolywanowa, die es unmittelbar nach dem Wort »Mama« gelernt hatte und auch mit vielen anderen Wörtern praktisch bekannt war, blinzelte erstaunt.

Sie ahnte natürlich nicht, daß sie ausschließlich dank eines demokratischen Anfalls eingeladen worden war, den Aljonas Mutter bei der Erörterung der Gästeliste erlitten hatte. Die diplomatische Mama stellte überrascht fest, daß die Theorie von Gleichheit und Brüderlichkeit, dem Kind nahezu von Geburt an konsequent eingeimpft, unvorhergesehene Früchte getragen hatte: Aljona hatte außerordentlich feinfühlig die Gleichheit der wohlhabendsten Mädchen der Klasse ausgemacht und eben diese zu gleichem und brüderlichem Umgang ausgewählt.

Daraufhin erfolgte eine unverzügliche Ermahnung an Aljona, und auf Verlangen der Eltern wurde die arme Kolywanowa in die Gästeliste aufgenommen.

Während die Mädchen sich im Fahrstuhl zu schaffen machten, sich gegenseitig anstießen und herumhüpften, lag Aljona, die Nase im Kopfkissen, still im Alkoven auf dem ungeheuer breiten Bett der Eltern, mit einem fest zugezogenen Vorhang von der Welt abgeschirmt.

Das russische Mädchen Aljona Sedych war ein bißchen Amerikanerin: Sie war in einem sterilen Krankenhaus in Washington zur Welt gekommen, wo ihr Vater während des Krieges diplomatischen Dienst leistete. Die gute sibirische Rasse des Vaters, hochwertige Kindernahrung und eine Erziehung nach strengen hygienischen Regeln, ohne die verweichlichende russische Einmummerei und Verwöhnung, hatten aus Aljona ein ideales Kind gemacht: Sie hatte dichtes, glänzendes Haar, kräftige weiße Zähne und eine reine, rosige Haut. Die Sommersprossen auf der großen Stupsnase und die wer weiß warum auf amerikanische Art vorstehenden Zähne, noch nicht durch eine Spange korrigiert, machten die Amerikanisierung perfekt. Aber das ahnte kaum jemand, höchstens die Kollegen des Vaters, die bereits in Übersee gelebt hatten.

Das fröhliche, gesunde Mädchen Aljona weinte verzweifelt, weil sie vergebens auf ihre wortbrüchigen Gäste wartete. Die Tanne war reichlich geschmückt mit Spielzeug von unglaublicher Schönheit, der Tisch für acht Personen gedeckt, unter jedem Teller eine Papierserviette mit Mickymaus, einem in hiesigen Breiten dazumal noch unbekannten Tier, und auf den Tellern Geschenke, eingewickelt in wundervolles Papier.

Doch die Uhr zeigte bereits nach fünf, die Gäste waren für vier eingeladen gewesen, und für Aljona war sonnenklar, daß es keine Feier geben würde – darum erschienen ihr das Dröhnen der Fahrstuhltür, der Lärm im Treppenhaus und das unaufhörliche Schrillen der Klingel wie die Stimme des Glücks. Sie sprang vom Bett, zog die heruntergerutschten weißen Kniestrümpfe mit den Bommeln hoch, zupfte das weinrote Samtkleid zurecht, das die Mutter seinerzeit auf Vorrat gekauft hatte, zum Reinwachsen, und das ihr jetzt bereits zu eng war, und lief zur Tür.

Alle Mädchen außer der Kolywanowa waren schon einmal in diesem Zauberschloß von einer separaten Zweizimmerwohnung gewesen, in der ein Zimmer stets abgeschlossen war, was der Behausung einen noch größeren Reiz verlieh. Man konnte nur ahnen, was der verschlossene Raum enthalten mochte, wenn das Wohnzimmer schon mit fremden Kostbarkeiten angefüllt war: Meeresmuscheln, Spielzeug aus Federn und farbigem Glas – die anspruchslose Sammlung eines Eisenbahnarbeiters, den der soziale Wind in den diplomatischen Dienst geweht hatte.

Die Mädchen standen unentschlossen neben dem Tisch und sahen sich um.

Die Schwestern Oganessjan kramten noch im Flur neben der Truhe, denn von den vier Ausgehschuhen, die ihre Großmutter ihnen in die Einkaufstasche gepackt hatte, waren seltsamerweise nur noch drei da. Gajaneh schüttelte erbittert die leere Tasche, in der Hoffnung, den fehlenden Gegenstand herauszuschütteln, Viktorija aber knöpfte sich hastig die Schnallen zu, um der Schwester das alleinige Recht auf den verlorengegangenen Schuh einzuräumen.

So traten sie also ins Zimmer, mit drei Schuhen, und die Mädchen schütteten sich aus vor Lachen.

»Das Eingewickelte sind Geschenke für alle. Jeder nimmt sich das, was an seinem Platz liegt«, erklärte Aljona.

Die Päckchen waren nicht größer als eine Streichholzschachtel und sahen fast gleich aus, nur das Einwickelpapier war unterschiedlich, rot und golden und mit farbiger Schnur zugebunden, die ebenfalls ungewöhnlich war – bunt und wie feste Seide. Der Inhalt war auch nicht zu verachten: kleine Plastikbroschen, alle verschieden, nur Gajaneh und Viktorija hatten die gleiche bekommen – einen Zwerg mit roter Zipfelmütze und einem Korb auf dem Rücken. Außerdem gab es noch ein Rotkäppchen, eine Prinzessin, einen Korb mit Blumen und einen Schwan mit Krone. Die Kolywanowa bekam das Schönste – einen weißen Engel mit goldenen Flügeln. Die beiden Geschenke für die Piroshkowa und die Plischkin blieben verpackt. Alle wollten sie öffnen, aber Aljona erlaubte es nicht.

Die Mädchen steckten die langen Nadeln an sich fest, die diese Wunder hielten, und setzten sich schließlich an den Tisch.

Die Bewirtung war nicht außergewöhnlich: belegte Brote, Kuchen und eine Schale mit selbstgebackenen Keksen. Aber die Gabeln – kleine zweizahnige Gäbelchen staken aus den rosa und gelben Wurst- und Käserücken der Brote, und das war ungeheuer schick. Und das ganze Fensterbrett war voller Flaschen mit Birnenbrause.

»Aljona, können wir die Gabeln mitnehmen?« erkundigte sich Viktorija. Alle wollten das fragen, aber keiner hatte sich getraut.

»Ich weiß nicht«, sagte Aljona verwirrt. »Da muß ich Mama fragen.«

»Nur eine, die rote«, bat Viktorija.

»Du hast kein Gewissen, einfach schrecklich«, flüsterte Gajaneh der Schwester ins Ohr.

»Du halt den Mund, Aschenputtel«, zischte Viktorija, und wieder lachten alle. Gajaneh wurde rot. Viktorija war eine Giftnudel, wie Großmutter sagte.

Hunger hatte nur die Tschelyschewa. Auf ihrem Teller lagen schon viele Gabeln, und sie nahm sich immer mehr. Die Kolywanowa war nicht hungrig, doch sie hätte auch gern viele farbige Gabeln auf ihrem Teller gehabt, genierte sich aber, welche zu nehmen. Sie genierte sich auch ihrer Größe, der zu großen Schuhe ihrer Mutter, der geflickten Strümpfe, des roten Rocks der Schwester, den sie ihr doch selber abgeschwatzt hatte, und vor allem genierte sie sich, wie immer, ihrer Hasenscharte, obwohl dieser Mangel nur sehr schwach ausgeprägt war, kaum zu sehen. So lag auf ihrem Teller nur das Geschenkpapier. Das Engelchen hatte sie an ihre karierte Bluse geheftet und hielt es sicherheitshalber noch fest, um es nicht zu verlieren.

»Gleich verschluckt sie die Gabel!« schrie Viktorija und zeigte auf die Tschelyschewa, die von einem Brot abbiß. Mascha hatte den Kopf so tief hinuntergebeugt, daß die dunkelblonden Zöpfe mit den aufgegangenen Schleifen auf dem Teller lagen.

Viktorija schnappte die Gabeln von ihrem Teller und steckte sie sich umgekehrt in den Mund, so daß nur die farbigen Zähne herauskuckten.

»Wie benimmst du dich, schäm dich«, flüsterte Gajaneh laut.

»Das ist nicht deine Sache, weil ich's für die Heimat mache!« lispelte Viktorija, und wieder lachten alle.

Nur Lilja Shishmorskaja lachte nicht. Sie hatte zwischen Schulkleid und Schürze eine Überraschung liegen und wartete auf den geeigneten Moment. Sie fand, der sei nun gekommen, und tastete bereits nach dem Päckchen, doch inzwischen war Viktorija vom Tisch aufgestanden und hatte aus dem Alkoven, von dem mehrschläfrigen Bett, einen großen, weichen Mischka gezerrt – er hatte schmale Schultern, einen dicken Hintern und einen lockigen Plüschkörper.

»Das ist ein Teddy«, sagte Aljona.

»Haargenau wie Onkel Fedja«, parierte Viktorija sofort.

Wieder lachten alle. Mit seiner birnenförmigen Figur und der rätselhaften, zielstrebig vorgereckten Schnauze sah er wirklich aus wie der Schulhausmeister Onkel Fedja.

Viktorija setzte sich den Bären auf die Knie und fütterte ihn mit einer Gabel.

Sie waren alle zehn Jahre alt, nur die Kolywanowa war schon elf, und wie es sich für ihr reifes Alter geziemte, hatten sie sich notgedrungen von ihren Puppen getrennt. Neue, Schul- und Bücherpflichten machten das Spiel mit Puppen zu etwas Kindlichem, Beschämendem, das man verbergen mußte. Wenigstens unter der nächtlichen Bettdecke. Selbst die ernsthafte Shishmorskaja besaß eine solche Kopfkissenpuppe, die sie am Tag hinter Schulbüchern auf dem Regal versteckte. Nur Viktorija, eine leidenschaftliche Seele, verliebt in jeden momentanen Wunsch, genierte sich kein bißchen. Sie setzte sich den Bären auf den Schoß, drückte ihn an sich und redete mit süßer Stimme auf ihn ein:

»Iß ein Löffelchen, Mischenka! Für Mama! Für Papa!«

Sie hielt die vorgegebene Rolle nicht durch und verwandelte das Ritual der Fütterung in eine Belustigung:

»Für alle Mischkas im Zoo!«

Sie und der Mischka hatten die gleichen Augen: braun, glänzend wie Knöpfe und mit einem zarten rosa Rand.

Die Hausherrin konnte der Verlockung nicht widerstehen und holte aus dem Bettkasten des Klappsofas bereits eine ganze Truppe von Figuren verschiedener Größe. Aljona hatte schon seit ein paar Monaten nicht mehr nach ihnen gesehen und empfand nun eine plötzliche Wonne beim Wiedersehen mit Alice, Kitty, Betsy und June – amerikanischen Schönheiten, bereits gezeichnet von der gefährlichen Entwicklung, die in ein paar Jahrzehnten zu ihrem Untergang in einem Millionenheer von Barbies führen würde, die einander ähnelten wie Hundertrubelscheine.

Gajaneh stürzte sich auf die blonde Betsy mit den

langen Locken. Viktorija ließ den Bären herzlos fallen und griff sich die schwarzhäutige June, deren flammendroter Mund verlockend – unter dem Aspekt der Fütterung – geöffnet war und in dessen roter Tiefe echte Porzellanzähne blinkten.

Der Kolywanowa legte die großherzige Aljona die Babypuppe Kitty auf den Schoß, die einen Strampler trug und einen winzigen, aber durchaus echten Nukkel vor der Brust und wundervolle künstliche, blaubunte Augen hatte.

Die Shishmorskaja und die Tschelyschewa zerrten taktvoll, aber hartnäckig beide an der langbeinigen Alice, die dabei wie ein Mensch ihren flachsblonden Pferdeschwanz schüttelte.

Aljona entzog ihnen Alice, ihre geliebte älteste Tochter, und holte aus der rechteckigen Dunkelheit des Sofas noch zwei Puppen, ein lockenköpfiges Fräulein mit einer Pelerine und einen Jungen im Matrosenanzug und mit richtigen geknöpften Lederschuhen. Diese beiden Puppen waren alt.

Alle atmeten tief ein und aus. Das Paar war so himmlisch schön, daß man Angst hatte, es zu berühren, ganz zu schweigen von intimem, verwandtschaftlichem Kontakt, der für das Spiel unerläßlich war. Aljona bestätigte das auch unverzüglich:

»Die hat Mama mir nie gegeben. Sie sagt, das ist eine Familienlerikwie und kein Spielzeug.«

Aljona brachte schwierige Wörter manchmal durcheinander.

Die Mädchen beugten sich über das auf dem Bett

liegende Pärchen und berührten vorsichtig das seidige Haar des Fräuleins und die Lederschuhe des Jungen. Die Augen der beiden waren im Liegen geschlossen, aber nicht ganz. Die langen Wimpern warfen einen gezahnten Schatten auf die beerenroten Wangen. Wie ein Museumsführer erklärte Aljona ihren Klassenkameradinnen:

»Die Wimpern hat meine Mama abgeschnitten, als sie noch klein war. Mama hat sich geärgert, daß die so unverschämt lang waren. In Samara, wo die Großmutter wohnte, hatten sie ein Holzhaus, und das ist noch vor der Revolution abgebrannt, alles ist verbrannt, aber am nächsten Tag kam die Schneiderin, eine Bekannte, und brachte die beiden Puppen, weil sie für Glückspilz gerade einen Mantel genäht hatte und für Prinzessin ein neues Kleid. Die Großmutter hatte die neuen Sachen bestellt, weil meine Mama zur Welt kommen sollte. Und dann waren sie das einzige, was nach dem Feuer noch übrigblieb.«

Nach diesen Worten wurden die Mädchen ganz still, ihnen verging sogar die Lust, die Puppen anzufassen. Mitten in die nachdenkliche Stille hinein klingelte es plötzlich an der Wohnungstür.

»Deine Mama«, flüsterte die Kolywanowa mit leisem Entsetzen.

Aljona zuckte die Achseln.

»Nein, das ist nicht Mama. Die kommen heute spät, die haben eine Feier im Ministerium.«

Tatsächlich, es waren die Piroshkowa und die Plischkina. Die dicke Plischkina hatte die Piroshkowa doch noch zum Mitkommen überredet und strahlte nun mit einem debilen Engelslächeln, wobei sich tiefe Grübchen und Fältchen in ihre dicken Wangen gruben.

Die stolze Piroshkowa, jüngster Sproß einer berühmten Zirkusfamilie und schon seit langem auf deren Pfad der Akrobatik wandelnd, nahm achtlos Glückspilz und sagte:

»Genau so einen hab ich auch.«

Sie lügt, dachten alle.

»Du lügst!« sagte Viktorija.

Eben noch waren sie bereit gewesen, in ein wohlgeordnetes Phantasieleben zu tauchen, wo die unbefriedigende Wirklichkeit, im Spiel korrigiert, gerecht und berauschend formbar ist, die ganze Welt gehorsam der vorgegebenen Bahn folgt: mal zur Jagd, mal auf den Markt; wo die Kinder die verdiente symbolische Strafe demütig hinnehmen und sich brav dem göttlichen Willen der Mama fügen.

Aber nun wollten sie plötzlich nicht mehr spielen.

Nun war für Lilja der geeignete Moment für ihre Überraschung gekommen, und sie sagte feierlich:

»Kuckt mal, was ich hier habe!«

Erst sah es aus, als wäre es nichts Besonderes. Es war nur ein Satz ziemlich alter Postkarten. Lilja breitete sie auf der Decke aus, und die Mädchen knieten sich vors Bett, um sie zu betrachten.

Auf den Postkarten herrschte dämmrige Schönheit. In lila und gelben Gewändern steckten langnasige Schönheiten mit fast zusammengewachsenen

Augen unter einer einzigen, über der Nase gebogenen Braue. Die erstarrten Gesten ihrer Arme und kompliziert übereinandergeschlagenen Beine wirkten gymnastisch und unnatürlich.

Eine Frau mit Harfe hatte goldene Armreifen an den Handgelenken und Schuhe, die wie goldene Handschuhe aussahen; auch die Brustwarzen der unerträglich nackten Brüste waren golden.

Eine tanzte, eine andere bewunderte ihr Spiegelbild in einem runden Bronzespiegel; zwei hielten sich umarmt, die Beine in den Pluderhosen ineinander verschlungen. Vielleicht war die eine der beiden ja auch ein Mann, aber das spielte keine Rolle.

Eine dunkelgelb Gekleidete mit einem riesigen grünen Stein auf der Stirn hielt – o Gott! – ein Buch in der Hand, und in ihrem Bauchnabel funkelte ein zweiter Smaragd. Eine andere umarmte schmachtend eine kleine Gazelle mit Mädchengesicht. Es gab eigenwillige goldene Käfige mit Phantasievögeln, Orchideen ähnlich, übertriebene Granatäpfel an zwergenhaften Bäumen, kostbare Springbrunnen mit vertikal erstarrten Wassersäulen, Karaffen, Fächer und Schatullen. Und einen dicken alten Mann in einem blauen, sternenübersäten Seidenrock mit einer Kopfbedeckung, die an einen gewaltigen Lampenschirm erinnerte. Mitten auf seiner kleinen, unnatürlich abgespreizten Hand stand eine große Schlange, das Ende des dicken Schwanzes unter sich geringelt.

Alles auf diesen naiven Bildern liebte und koste einander, jede Berührung bereitete Genuß: die Seide auf der Haut, die Hand an der Karaffe, der Fächer in der Luft. Diese liebevolle gegenseitige Anziehung der Materie, mächtig und unsichtbar wie Ofenhitze, drang nach außen, erfaßte mit Macht die Mädchen und forderte sie zu etwas auf – doch wozu, wußten sie nicht.

»Gleich! Gleich! Ich weiß! Ich hab was!« Aljona hatte eine Idee und rannte, auf den flachen Ledersohlen ausrutschend, zur Truhe, auf der sich durchdringend riechende nasse Wolle und Pelze türmten.

Sie warf den ganzen Berg auf den Boden, und ihre kleinen Finger mit den kurzgeschnittenen Nägeln zerrten am festsitzenden, flachen Riegel der Truhe. Langsam, unter großem Protest, gab der nach. Der zweite wehrte sich nicht mehr.

Bis zu den Knien im Kleiderhaufen, hob Aljona mühsam den Deckel der Truhe, und Naphtalingeruch wehte die Mädchen an. Ein paar festgepreßte ausländische Zeitungen lagen obenauf. Aljona riß sie herunter und tauchte in die Truhe, wobei ihre schneeweißen Unterhöschen aufblitzten.

Sie nahm die aufgeschichteten Sachen nacheinander heraus: ein schwarzes Samtkleid mit schuppigem Mieder, noch ein Abendkleid mit einem Strauß getrockneter Blumen im herzförmigen Ausschnitt und einen ganzen Haufen einstiger Kapitulationsseide – einen sandfarbenen Kimono mit rotem Futter voller dunkelroter Chrysanthemen, noch einen Kimono und eine ganze Schar Seidenpyjamas in übertriebenen und unnatürlichen Farben.

Mit ehrfürchtiger Vorsicht, als wären es schlafende Kinder, reichten die Mädchen diese kostbaren Hüllen weiter, die aus der Mode gekommene Toilette der Diplomatengattin, die sich ausschließlich in einem dunkelblauen Wollkostüm wohl fühlte, solide zweireihig, dem Körper und der Sache ehrfürchtig Untertan.

Der diplomatische Bedienstete selbst, heftig verliebt in seine Frau und unendlich dankbar für das unbeschreibliche Glück, das er jeden Abend an ein und demselben Ort fand, dessen er nie überdrüssig wurde, hatte seine Frau in den Amerika-Jahren großzügig mit preiswerter amerikanischer Garderobe überhäuft. Sie benötigte keine Stimulation durch Konfektion, nahm sie aber geneigt an, woraufhin der größte Teil des militärisch-diplomatischen Einkommens in Samt, Seide und Viskose angelegt wurde. Nylon wurde damals gerade erst aus Molekülen zusammengesetzt.

Diese materialisierte Dankbarkeit und Begeisterung vergangener Jahre breiteten die zehnjährigen Mädchen nun auf dem glücklichen Ehelager aus, zwischen den wundervollen deutschen Reproduktionen iranischer Malerei. Weder Aussehen noch Farbe oder Geruch dieser verschiedenen Dinge paßten zusammen, aber das war unwichtig, denn der ganze Reiz dieses Spiels besteht ja darin, daß es aus jedem beliebigen Stoff entstehen kann; Hauptsache, es wirkt eine enorme Anziehungskraft zwischen Blauem und Rosafarbenem, Hartem und Weichem, Schleimig-Feuchtem und Heiß-Trockenem.

Ira Piroshkowa schielte auf die Postkarte und bog ihr elastisches Rückgrat und ihre unendlich dehnbaren Gelenke, um in die ideale Position zu gelangen, die der Maler ohne jegliche Kenntnis der Anatomie abgebildet hatte und die einzunehmen sich ihr lebendiger menschlicher, wenn auch gut trainierter Körper weigerte.

»Ich zieh das an, das Rote«, sagte Viktorija, im Begriff, sich eine purpurrote Tunika mit gierigen goldenen Blumen über das karierte Baumwollkleid zu ziehen, »und dann bin ich die da!« Sie pikte mit dem Finger auf das Bild, das es ihr angetan hatte.

»Zieh lieber erst das Kleid aus«, riet ihre Schwester, und Viktorija zerrte sich das graubraun karierte vom Leib.

Die Mädchenunterwäsche jener Jahre hatte sich ein Feind des menschlichen Geschlechts zum Zwekke seines völligen Aussterbens ausgedacht. Über die kurzen Hemdchen wurde ein Waisenleibchen mit großen, in diesem Fall gelben Knöpfen gezogen. Am Leibchen waren zwei rutschende Gummis befestigt, woran die kurzen Strümpfe geknöpft wurden, die bei Viktorijas strammen Beinen schon unterhalb der Knie einschnitten. Darüber kamen weite Hosen, die völlig zu Unrecht »Trikot« hießen, und das Ganze pflegte zu drücken, an zarten Stellen rote Druckspuren zu hinterlassen und bei heftiger Bewegung aufzuplatzen. Die Wäsche erwachsener Frauen jener Zeit unterschied sich davon nur wenig und sollte wohl die Keuschheit der Nation gewährleisten.

»Schnell, alle umziehen!« befahl Aljona, langte auf den Rücken und öffnete die komplizierten kleinen Knöpfe, die in noch winzigeren Knopflöchern steckten.

Die Piroshkowa schlüpfte behende aus ihrer langweiligen Kleidung, ließ ihren professionell muskulösen Rücken blitzen, fuhr mit den Beinen in die weiten Ärmel eines schwarzgestreiften Pyjamas und wickelte sich artistisch-verwegen den überflüssigen Stoff um die jungenhaften Hüften. Die künftige Brust, markiert durch zwei blasse Pickelchen, forderte eine würdige Verhüllung; ihre Augen unter dem langen Pony huschten umher auf der Suche nach etwas Geeignetem.

Die Tschelyschewa knöpfte ihr braunes Schulkleid auf, verzog das spitze, bewegliche Fuchsnäschen und überlegte, was sie wählen sollte. Ihr erwachendes unfehlbares Gefühl entschied sich für das Sandfarbene.

Die Kolywanowa, mit den schweren Armen baumelnd, stand wie eine Salzsäule mitten im Zimmer und bedachte den verlockenden und erschreckenden Vorschlag.

Lilja Shishmorskaja zog sich melancholisch den dicken kneifenden Strumpf aus und betrachtete immer wieder die Postkarte mit dem schlangenbeschwörenden Alten. Ein schwacher Drang zum Regieführen regte sich in ihr.

»Die Plischkina soll der Zauberer sein!«

Aljona war empört:

»Was heißt die Plischkina? Wieso die Plischkina? Zauberer ist die Kolywanowa, die ist am längsten!«

Das klang überzeugend, doch die Kolywanowa hielt ihren großen roten Rock fest, loderte vor Verlegenheit und konnte sich nicht entschließen.

Die Puppen wurden beiseite gelegt. Das vorherige Spiel, kaum zur vollen Blüte gelangt, war verwelkt. Die Postkarten auf dem Bettrand luden zu einem neuen Spiel ein. Das Umziehen war erst der Prolog, doch die Regeln waren noch unbekannt, und sie wußten nicht weiter.

Lilja, noch immer mit nur einem Strumpf, der unschön unter süßer rosa Seide hervorlugte, drehte sich zum Bücherschrank um und saugte sich mit einem Kurzsichtigkeit verheißenden Blick an den Buchrücken fest.

Der Kolywanowa hatten die Mädchen den Rock heruntergerissen und ihr einen blaugrünen Morgenrock mit einem großen feuerspeienden Drachen auf dem Rücken angezogen. Zwei weitere Drachen, ein bißchen kleiner, waren vorn aufgestickt, und zu dritt ersetzten sie durchaus die fehlende Schlange. Auf den Kopf bekam die Kolywanowa die Pelzmütze von Aljonas Vater, die mit einem orangefarbenen Pyjama und Lametta umwickelt wurde. Unter dem Morgenrock sahen die Pyjamahosen hervor, in Pluderhosen verwandelt. Reglos und majestätisch stand die Kolywanowa da, während Aljona ihr Bart und Schnurrbart anmalte, wofür sie einen dünnen Pinsel in kleine Quadrate mit fetter, weicher Farbe aus

Mutters Schminktisch tunkte. Der Schnurrbart war gelungen, aber der Bart nicht. Sie mußten ein Stück Weihnachtswatte ans Kinn kleben.

Eine durchsichtige Schachtel mit billigem Schmuck – von den Mädchen Glitzerkram genannt – wurde auf den Tisch entleert, und alles fand Verwendung. Aljona, auf deren Stirn ein großes rotes Stück Glas funkelte, das ihr ständig auf die kurze, sommersprossige Stupsnase rutschte, verteilte in die ausgestreckten Hände großzügig Ketten und Ohrclips.

Alles wirbelte bunt und schnell durcheinander; die Zeit erbebte und zog sich zurück. Die nächsten drei Stunden lagen wie eine immergrüne heiße Insel im Ozean der gleichförmigen Minuten und Stunden des Alltags.

Lilja, ein dickes, großformatiges Buch im Pappeinband an den Bauch gepreßt, huschte aus dem Zimmer und machte es sich in der Küche auf einem Hocker bequem, das nackte Bein unter sich gezogen.

Sie öffnete das Buch aufs Geratewohl und las:

»Ob der grauen Meeresebene
Treibt der Wind Gewölk zusammen,
Zwischen Wolkenzug und Wasser
Schießt der Vogel Sturmverkünder
Einem schwarzen Blitz vergleichbar.«*

* Maxim Gorki, Sturmvogel. Nachdichtung von B. Brecht. (A. d. Ü.)

Das gefiel ihr.

Aus dem Zimmer drang heisere Grammophonmusik, aber Lilja hörte nichts mehr.

Die Kolywanowa wurde aufs Bett gesetzt, die spitzen Knie gespreizt. Sie saß starr wie ein Klotz. Watte drang ihr in den Mund, der Kopfputz rutschte mal zur einen, mal zur anderen Seite, und darunter war ihr heiß. Die Piroshkowa stand mit nacktem Bauch über ihr und vollführte zaghafte Bewegungen, die vorerst noch kein Tanz waren, aber einer werden sollten.

Die Oganessjan-Schwestern hatten ihr Pferdehaar gelöst, die buschigen armenischen Brauen, die dessen keineswegs bedurften, zugeschwärzt und sich die Lippen blutrot angemalt, wodurch der kindliche Flaum auf der Oberlippe stärker hervortrat.

Viktorija verglich sich mit der Postkarte, zog zum Abschluß noch fette Pfeile von den Augenwinkeln zu den Schläfen und sagte bestimmt:

»Ira, du tanzt, Kolywanowa, du bleibst sitzen, und wir sind Braut und Bräutigam.«

»Bist du dumm oder was?« wunderte sich die Plischkina gutmütig. »Wer Braut ist, hat ein weißes Kleid an.«

Die Piroshkowa tanzte nun: Sie breitete die Flügel aus, hob ihre Hühnerbeine über den Kopf und schenkte der interessanten Diskussion keinerlei Beachtung.

»Wenn du meinst, dann zieh was Weißes an, wir bleiben so. Begreifst du nicht, hier ist doch alles türkisch!« erwiderte die Tschelyschewa herablassend.

Bei dem Wort »türkisch« wechselten Gajaneh und Viktorija Blicke: Über Türkisches hatten sie einiges gehört, aber das war gar nicht märchenhaft oder komisch, sondern schrecklich und geheimnisvoll, nur für zu Hause bestimmt – mit Fremden sprach man darüber nicht.

Die Plischkina bekam trotzdem ein weißes Laken – in der Truhe fand sich nichts Weißes außer zwei Tennisröcken in einer so kleinen Größe, wie sie die Plischkina nie tragen würde.

Es gab also drei Bräute, und auch Aljona zerrte schon an ihrem schwarzen bestickten Kleid, um etwas Brautgemäßes anzuziehen.

»Aljona, was soll das?« Die Tschelyschewa war besorgt. »Zähl doch mal, wieviel Bräute haben wir? Vier, ja? Und Bräutigame? Ich und Ira, das macht zwei.«

»Ich bin kein Bräutigam, ich bin Tänzerin!« rief die Piroshkowa, wobei sie das Kinn schüttelte und die Handflächen nach außen drehte. Der Großvater, ihr Erzieher und Trainer, hatte bei ihr nicht nur für seilstarke Muskeln gesorgt, sondern ihr auch solche Fäden in den Charakter gewebt, daß sie alles todernst betrieb, konsequent, bis zum Umfallen. Es kam vor, daß der Großvater sie aus dem Trainingssaal tragen mußte. Auch jetzt hatte sie sich in diesen Tanz verbissen und drehte und wendete ihren Körper, um die Pose des Mädchens auf der Postkarte einzunehmen, der sie sich immer mehr näherte, ohne sie jedoch ganz zu erreichen. Besonders die Handhaltung wollte ihr nicht gelingen.

»Was denn, soll ich etwa allein alle heiraten?«
fragte die Tschelyschewa empört.

»Na und, das ist sogar gut«, sagte Aljona erfreut
und ließ den schweren Kleidersaum fallen. »Die Kolywanowa ist der Vater Schah, ich seine Frau und die
anderen seine Töchter – drei Schwestern sind drei
Bräute, und wir verheiraten sie alle zusammen mit
demselben Bräutigam.«

Aljona sah so zufrieden aus, als wäre sie als erste
mit einer Mathe-Kontrollarbeit fertig geworden.

»Nein, macht, was ihr wollt, so mach ich nicht
mit, ich will einen Mann für mich allein«, zerstörte
Viktorija Aljonas schönen Einfall.

»Das ist doch ganz egal, Viktorija, wir spielen
doch bloß«, wollte die Plischkina wie immer Frieden
stiften.

»Wenn's dir egal ist, dann sei doch Bräutigam und
nicht Braut«, konterte Viktorija.

»Na gut«, willigte die Plischkina gelassen ein und
zog sich das um ihren zylindrischen Leib mit den dik-
ken, geschlechtslosen Brustfalten gewickelte Laken
herunter. »Ich kann auch Bräutigam sein, bitte sehr.«

»Prima!« freute sich Viktorija. »Mein Bräutigam
ist die Tschelyschewa, und Gajanehs die Plischkina!«

Alles war schon beinah in Butter, aber Gajaneh,
die ständig in den großen Spiegel schielte und sich im
Profil betrachtete, widersetzte sich plötzlich:

»Kommt nicht in Frage! Mascha ist mein Bräutigam, die Plischkina kannst du dir nehmen!«

»Wie denn das?« staunte Viktorija.

»Eben so ...« Gajaneh sah die Schwester mit feuchten Augen an. »Ich will die Plischkina nicht.«

»Und warum nicht?« fragte Viktorija drohend.

»Weil ich nicht will«, erklärte Gajaneh sanft, aber bestimmt. »Nimm dir selber die Plischkina.«

Die Plischkina erstarrte mit dem Laken. Aljona widmete sich konzentriert dem auf die Nase rutschenden Diadem. Eine schreckliche Ahnung überkam Viktorija. Es schnürte ihr heftig die Kehle zusammen, so daß sie mehrmals schlucken mußte, um das Gefühl der Enge und Verkrampfung loszuwerden. Ein Schatten der Zukunft fiel auf das Heute, und dieser Schatten war furchtbar: Gajaneh verfügte offenbar über zusätzliche Rechte, durch die sie vom Leben mühelos bekommen würde, was sie, Viktorija, sich hart erkämpfen mußte ... Die anfangs von Viktorijas Witz und Lebendigkeit angezogenen jungen Männer würden sich hoffnungslos in Gajaneh verlieben; auch Viktorijas Mann, dem schon bei der ersten Begegnung Gajanehs maniriertes Schmachten und ihre graue geistige Öde auffiel, auch er, er ...

»Nein«, sagte Viktorija fest, »die Plischkina will ich nicht.«

»Also machen wir's so, wie ich gesagt hab«, freute sich Aljona. »Wir verheiraten die drei Töchter mit einem Bräutigam. Dafür ist er ein Königssohn, und er heißt ... Muchtar!«

»Bloß nicht Muchtar!« Die Tschelyschewa lachte.

»Wir haben auf der Datscha einen Schäferhund Muchtar!«

»Tigran«, sagten die Schwestern verträumt.

Sie hatten in Tbilissi einen entfernten Cousin mit grauen Augen, buschigen Augenbrauen und fliederfarbenem Hauch auf den Wangen, der durch den dreizehnjährigen Flaum schimmerte.

»Ja, gut, dann eben Tigran«, willigte die Tschelyschewa ein.

»Und was soll ich machen?« fragte schüchtern die Kolywanowa, die schon lange auf die Toilette mußte.

»Du bleibst sitzen. Ich setz mich gleich zu dir«, sagte Aljona, und die Kolywanowa rutschte ein bißchen hin und her und erstarrte erneut mit gespreizten Knien.

Dann setzten sich alle wieder an den Tisch, gossen den Rest Birnenbrause in hohe Gläser und rollten, da sie in dem Schmuckhaufen auf dem Tisch nichts Passendes fanden, aus Silberpapier und farbigem Band Eheringe. Der schlanke Bräutigam, ein Küchenmesser im Gürtel, hielt drei Stück in der Hand, um jeder Schwester einen aufsetzen zu können, und die Bräute standen hintereinander neben dem Tisch.

»Küßt euch!« rief Aljona laut, und die anderen griffen es auf. Tigran tauschte die Ringe mit Viktorija, küßte sie und trank verwegen Limonade. Dann folgten Gajaneh und die Plischkina. Drei dicke Ringe aus Silberpapier zierten die Hand des Bräutigams. Die Limonade wurde bis zum letzten Tropfen ausgetrunken. Doch die Hochzeit war irgendwie nicht überzeugend. Ganz offenbar fehlte etwas. Dieser Mangel machte sich übrigens auch im Erwachsenenleben jener Zeit bemerkbar und wurde gewöhnlich durch ein Saufgelage bei der Hochzeit ausgefüllt, das hervorwucherte wie dichtes Brennesselgestrüpp auf Ödland.

Gajaneh jedoch hatte die Leere gar nicht bemerkt und war bereits dabei, auf dem Bett die Puppe Kitty zu wickeln, die fast so groß war wie ein echtes Baby.

»Ich hab jetzt eine Tochter!« erklärte Gajaneh.

»Was denn, eine Tochter? Du bist ja schnell!« bemerkte Schah Kolywanowa skeptisch. »Und das?« Sie steckte den Zeigefinger der rechten Hand in einen aus Daumen und Zeigefinger der linken gebildeten Kreis.

Alle verstummten.

»Was?« fragte Gajaneh.

»Na das, wovon man Kinder kriegt«, erläuterte die Kolywanowa und bewegte den Zeigefinger der Rechten in der angedeuteten Richtung.

Die unermüdliche Piroshkowa tanzte wie aufgezogen weiter, nun aber bereits im Parterre. Sie lag auf dem Boden, die Füße am Hinterkopf, und bewegte die Hände in der Hoffnung, sie doch noch nach außen zu drehen.

»Tanja«, sagte Gajaneh bittend, beschwörend, von ganzem Herzen hoffend, daß sie die Kolywanowa überzeugen konnte, »ein Mann und eine Frau heiraten, na, und davon kommen die Kinder ...«

»Was denn, weißt du etwa nicht Bescheid?« Die Kolywanowa tippte sich mit dem Finger an die Schläfe und drehte ihn. »Bist wohl noch zu klein, wie?«

Die Plischkina lachte, Aljona und die Tschelyschewa wechselten Blicke.

»Ein mal eins, ein Herr – macht eins«, begann die Kolywanowa episch, »zwei mal zwei – seine Frau ist auch dabei, drei mal drei – ins Zimmer gehn die zwei, vier mal vier – dunkel wird's hinter der Tür ...«

»Ich weiß, ich weiß«, unterbrach Gajaneh.

»Nichts weißt du«, antwortete die Kolywanowa unerbittlich. Sie wußte nicht sonderlich viel, aber das wußte sie genau. Darum fuhr sie fort:

»Fünf mal fünf – aufs Bett sind sie gehüpft, sechs mal sechs – er packt sie jetzt, sieben mal sieben – 's ist nicht dabei geblieben, acht mal acht – Doktor, komm heut nacht, neun mal neun – der Doktor kann sich freun, zehn mal zehn – das Kind kommt mit den Wehn! Klar, ja?«

»Das ist, wenn, das heißt ...«, murmelte die von ihrer Ahnung verblüffte Gajaneh. Aljona war ein wohlerzogener Mensch und spürte die aufgekommene Verlegenheit. Sie wußte sofort einen Ausweg:

»Frag Lilja, wie das heißt. Sie weiß alles.«

Die Puppe an die Brust gedrückt, ging Gajaneh in die Küche. Lilja saß auf dem Hocker; sie hatte das Bein gewechselt, so daß nun das nackte herunterbaumelte, und ihre Augen flogen blitzschnell über die Zeilen.

»Lilja«, Gajaneh berührte ihre Schulter, »sag mir, aber ganz ehrlich, wie heißt das, wovon man Kinder kriegt?«

Lilja sah sie abwesend an, überlegte eine Weile und antwortete dann sehr ernst und ein bißchen heiser:

»Cosinus.« Dann versenkte sie sich erneut in ihre Lektüre. Die Großmutter hatte ihr bereits im vorigen Jahr alles ehrlich, ganz wissenschaftlich erklärt.

Gajaneh wurde ein wenig leichter ums Herz. Cosinus – das war immerhin Cosinus und nicht das gräßliche Schimpfwort, das auf Zäunen stand. Doch auf dem Weg ins Zimmer durchfuhr sie der unangenehme Gedanke, daß auch ihre eigenen Eltern, als sie sie zur Welt bringen wollten, diesen Cosinus gemacht hatten ... Aber wer weiß, vielleicht gab es noch eine anständigere Methode, von der Lilja bloß nichts wußte.

Sie kam ins Zimmer, als die Tschelyschewa, die Plischkina und Viktorija sich zu dritt auf dem Bett wälzten und den großen Akt imitierten. Die Kolywanowa, von einem Bein aufs andere tretend, lächelte herablassend, winkte ab und sagte immer wieder:

»Nein, nicht so, nicht so, das sieht ganz anders aus! Und die Beine hochheben!«

Die Kolywanowa war eine schlechte Schülerin, saß bei der Schulspeisung an einem Extratisch, wo die »Kostenlosen« ihr Essen bekamen, und ihre Schulkleidung bezahlte der Elternbeirat. Immer fehlte ihr etwas: Mal hatte sie keine Hausschuhe, mal keinen Beutel für die Galoschen oder kein Turnzeug. Sie war der letzte, der allerletzte Mensch in der Klasse. Doch nun stellte sich plötzlich heraus, daß sie über die Erwachsenendinge und Geheimnisse Bescheid wußte und auch noch einfach so, ganz alltäglich darüber redete. Vor den Augen der anderen wurde sie von der verschlafenen Sitzenbleiberin zu einer sehr bedeutenden Person. Alle sahen sie mit erwartungsvollem Interesse an. Doch die Kolywanowa mußte so dringend auf die Toilette, daß sie ihren überraschenden Aufstieg nicht einmal gebührend zu würdigen vermochte.

»Wie denn, Tanja?« fragte Viktorija, die auf allen vieren auf dem Bett stand.

»Hier geht's sowieso nicht.« Die Kolywanowa klopfte kritisch aufs Bett. »Das ist viel zu breit. Es muß eng sein und schmal. Und dunkel.«

»Unterm Tisch!« rief die Plischkina erfreut.

Die Kolywanowa hob skeptisch das Tischtuch an und blickte unter den Tisch.

»Wir brauchen zwei Kissen«, sagte sie, die Stirn gerunzelt. »Na, und was zum Drunterlegen. Und was zum Zudecken.«

Ein Ehelager wurde hergerichtet.

»Ich bin die erste!« rief die Plischkina und hüpfte ungeduldig auf der Stelle.

Der Bräutigam lag bereits in dem dunklen, niedrigen Haus mit Wänden aus schwankenden, durch die Tischdecke dringenden Lichtstrahlen, lebendigen Mädchenbeinen und reglosen schwarzen Stuhl- und

Tischbeinen; und die Finsternis unterm Tisch verpflichtete ihn zu etwas Schrecklichem und Geheimnisvollem.

Die Plischkina schob Aljona samt Stuhl mit der Schulter beiseite und kroch geräuschvoll unter den Tisch. Als sie sich in die Höhle gezwängt hatte, kicherte sie leise und fragte:

»He, Bräutigam, wo bist du?«

Ihr dummes Kichern verdarb alles, und der Bräutigam mußte sich umstellen.

»Komm, kriech hierher.«

Die Braut wollte ihn umarmen. Sie liebte Umarmungen, Berührungen und heimliche Bewegungen. Sie hatte bereits eine kleine, aber angenehme Erfahrung. Sie umarmte den Bräutigam. Sofort wurde es heiß und stickig.

»Komm, wir küssen uns richtig, wie im Kino«, schlug sie vor, »wie die Tanten und Onkels.« Sie hielt dem Bräutigam den offenen Mund unter die Nase.

Der versuchte auszuweichen, doch die Mauer aus Beinen hinderte ihn daran, und er mußte seine vom Wind ausgetrockneten, winterlichen Lippen auf den heißen, feuchten Mund der Plischkina legen. Oben war es sehr still.

»Ich zeig dir gleich was, wovon dir ganz schön wird. Ganz heiß«, versprach die Plischkina. Den Kopf eingezogen, setzte sie sich auf eine niedrige Querstrebe, schob das Laken hoch, legte die dicken Beine übereinander und steckte den Zeigefinger mitten in das Dreieck.

»Gib mir deine Hand, ich zeig's dir!« flüsterte sie der Tschelyschewa ins Ohr.

»Du bist blöd«, zischte die. Diese Nummer kannte sie selber, sie hatte nur nicht vermutet, daß andere auch davon wußten.

Die Plischkina zappelte und keuchte ein bißchen und sagte dann beleidigt:

»Ehrenwort, ich spinne nicht: Davon wird dir da ganz wohl ...« Doch der Bräutigam schreckte zurück und kroch unterm Tisch hervor. Rosig und feucht wie ein frisch gebadetes Ferkel tauchte auch die Plischkina wieder auf.

»Gajaneh, komm, du bist die nächste!« lud der Bräutigam ein, und Gajaneh, die mit den weiten Ärmeln gleich an zwei Stuhllehnen hängenblieb, kroch widerwillig unter den Tisch. Der Bräutigam zwängte sich von der anderen Seite darunter.

»Ich bin's, Tigran«, vernahm Gajaneh ein heiseres Flüstern. Sie schloß die Augen. Im vorigen Jahr hatten sie und Viktorija im Garten der Großmutter in einem Vorort von Tbilissi gespielt und Tigran, der mit ihrer gemeinsamen Tante zu Besuch war, hatte ihnen von der Veranda aus zugesehen. Viktorija sagte leise, ohne den Kopf zu drehen: »Kuck mal, er sieht zu uns.«

Gajaneh wußte, daß er sie ansah, und wandte sich ab. Viktorija brach unvermittelt in lautes Lachen aus, raffte ihren Rock und machte eine »Schwalbe« – sie schwang ein kräftiges Bein in die Höhe und breitete die Arme aus.

Gajaneh lag mit fest geschlossenen Augen da. Er

beugte sich über sie, eine Hand neben ihrem Kopf auf das Kissen gestützt, wobei er ihr schmerzhaft das Haar einklemmte. Mit der anderen Hand schob er ihr die Knie auseinander.

Ihr stockte der Atem. Eine so tiefe und heftige Angst hatte sie nur einmal im Schlaf empfunden, als sie noch ganz klein war, fast noch ein Baby. Sie war mitten in der Nacht mit einem durchdringenden Schrei aufgewacht und erst zur Ruhe gekommen, nachdem der Vater sie stundenlang auf dem Arm umhergetragen hatte.

Tigran legte sich auf sie.

»Hab keine Angst, es wird heiß und schön sein«, flüsterte er.

»Was denn, willst du richtig?« fragte Gajaneh entsetzt. »Nicht, Tigran.«

»Du Dummchen! Natürlich nur aus Spaß!« Die Tschelyschewa lachte, und da erst begriff Gajaneh, daß Tigran gar nicht da war. Sie lachte auch.

Das Tischtuch wurde angehoben, und Viktorija, den Kopf schräg gelegt, blickte herein.

»Na los, schneller, ich bin dran!« trieb sie die beiden zur Eile.

Während der Bräutigam die letzte Braut nahm, band Aljona geschäftig die große Puppe an Gajanehs Bauch, unter den gelben Pyjama.

»So?« vergewisserte sie sich bei der Kolywanowa.

Die Kolywanowa nickte.

So, gleich pinkle ich ein, dachte sie verzweifelt und ging mit schwerem Schritt zur Tür.

»Wohin willst du?« fragte Aljona verwundert.

»Nach Hause«, antwortete die Kolywanowa lakonisch, fühlte in ihrem Inneren alles zerreißen und stellte zugleich erleichtert fest, daß sie wenigstens den Teppich nicht beschmutzen würde.

»Wir haben doch noch gar nicht zu Ende gespielt«, sagte Aljona verwirrt.

»Mama schimpft sonst«, erwiderte die Kolywanowa finster, wobei sie kaum die Lippen öffnete. Sie hatte das Gefühl, wenn sie den Mund aufmachte, würde es aus ihr herausschwappen. Zu fragen, wo die Toilette war, kam ihr gar nicht in den Sinn.

»Das Interessanteste fängt erst an, und du ...«, nörgelte Aljona enttäuscht, verärgert über den Verlust eines so wertvollen Experten.

Doch die Kolywanowa zog sich schon den Mantel an, der zum Glück zuoberst auf dem Haufen lag. Die Mütze war im Ärmel, Handschuhe und Schal suchte sie nicht weiter. Sie zog den leichten, glänzenden Türgriff zu sich heran und stürzte ins Treppenhaus. Unten knurrte der Fahrstuhl. Oben, eine halbe Treppe höher, war ein dunkler, abgelegener Ort vor der niedrigen Bodentür. Sie stieg hinauf, merkte, daß es gleich zu spät war, zog sich den Schlüpfer und die himbeerrote Pluderhose herunter, hockte sich hin, und im selben Augenblick strömte die Limonade aus ihr, chemisch verarbeitet, aber noch immer strohgelb.

Der Fahrstuhl kam nach oben.

Gleich erwischen sie mich, dachte sie und wollte

den Strahl anhalten, aber das war unmöglich. Der Fahrstuhl knackte, krachte und brummte wieder. Das Bächlein unter ihrem gerafften Mantel lief die Treppe hinunter, als wollte es sich auf den nächsten Absatz ergießen, hielt aber inne und bildete eine birnenförmige Pfütze. Sie zog sich flink die Hosen hoch, wischte sich die Tränen vom Gesicht, die sie vorher gar nicht bemerkt hatte, und rannte donnernd die Treppe hinunter, frei und leicht, und sie hatte das sonderbare Gefühl, es ginge nicht ab –, sondern aufwärts. Erfüllt von abebbender Aufregung, dem Gefühl der beinah stattgehabten Schande und wundervoller körperlicher Freude hüpfte sie nach Hause, wo ihre Mutter sie keineswegs erwartete, denn sie hatte heute Nachtschicht.

Erst zu Hause, unter den verblüfften Blicken der älteren Schwester und der drei kleinen Brüder, wurde ihr bewußt, daß sie in fremden Sachen losgelaufen war und den roten Rock der Schwester und das neue Cowboyhemd mit dem an die Brust gehefteten Engel bei Aljona gelassen hatte.

Zu Hause, im engen Zimmer mit dem halben Fenster, roch es nach Petroleum, altem Nachttopf und frischen Piroggen, die Mutter vor der Arbeit gebacken hatte. Es war so schön und so schlecht, daß die Kolywanowa sich aufs Bett der Mutter warf – das, seit Tanja denken konnte, bereits vier Stiefväter erlebt hatte – und laut ins Kissen weinte, den leuchtenden goldenen Drachen auf dem blaugrünen Rücken.

Die schwangeren Ehefrauen lagen quer auf dem Bett und schickten sich an zu gebären.

»Viktorija und Plischka sollen Jungen kriegen, und Gajaneh ein Mädchen«, äußerte der Ehemann seinen Wunsch, doch Aljona unterbrach ihn überraschend grob:

»Du geh lieber einen Kinderwagen kaufen, so!«

»Was denn, ich bin doch ein Prinz! Wieso Kinderwagen!« empörte sich der Prinz Tigran, der unversehens, ohne es selbst zu merken, gestürzt worden war.

»Wir spielen längst ein anderes Spiel, und du bist immer noch Prinz!« sagte achselzuckend die Piroshkowa, die endlich genug hatte vom Tanzen und nun Doktor war.

Aljona legte die Obstmesser aus der Anrichte und eine Zange unbestimmter Funktion auf einen großen Teller.

»Das sind die Instrumente«, erklärte sie und stellte den Teller aufs Bett. »Alles steril.«

Vor kurzem hatte man ihr den Blinddarm entfernt; die Erinnerung daran war noch frisch.

»Wozu Instrumente?« wunderte sich die Plischkina.

»Weißt du das nicht? Lilja sagt, wenn's durch die Muschi nicht durchgeht, wird der Bauch aufgeschnitten«, erläuterte die Piroshkowa. »Dann wird eine Operation gemacht. Ziemlich oft sogar. Was liegst du da so still, du mußt stöhnen. Das tut doch furchtbar weh. Das hat Mama mir erzählt.«

Die Plischkina stöhnte laut und sehr gekonnt. Viktorija fiel mit Baßstimme ein. Gajaneh hatte längst genug von dem Spiel; sie hielt die Puppe auf dem Bauch fest, erinnerte sich, wie Tigran auf der Veranda gestanden und sie angesehen hatte. Wenn ich groß bin, heirate ich ihn, beschloß sie.

»Na los, schneller, es reicht jetzt!« nörgelte die Plischkina.

»Schon gut, alles fertig!« sagte die Piroshkowa mit Doktorstimme. »Zieht die Hosen aus.«

Die Gebärenden zogen die Seidenpyjamas aus. Sie hatten schon vergessen, warum sie sich verkleidet hatten, und merkten gar nicht, daß sie mit nacktem Hintern auf Liljas Postkarten lagen.

»Oh! Oh!« stöhnte die Plischkina sehr echt. Sie war eine große Verstellungskünstlerin und trainierte ständig an ihrer vor Liebe überquellenden Mutter. Die Piroshkowa öffnete mit dem stumpfen Obstmesser die mollige Spalte. Blaßrosa und feucht schimmerte das molluskenartige Innere. Die Plischkina kicherte – das kitzelt!

Aljona stieß die Puppe langsam bauchabwärts.

»Nicht so, nicht so! Das stimmt nicht!« mischte sich der entthronte Prinz ein, der eigentlich einen Kinderwagen besorgen sollte. »Nimm lieber die hier, und dann hol sie richtig raus, wo sich's gehört.« Als Vater bestand er auf Echtheit und gab Aljona eine nackte kleine Zelluloidpuppe.

»Lilja sagt, sie kommen mit dem Kopf zuerst raus!« sagte die Piroshkowa.

»Aber bei mir kommt's nicht von allein, und ihr operiert mich«, bat die eitle Viktorija.

»Warte doch, erst bin ich dran!« sagte ärgerlich die Plischkina, die sich ständig beiseite gedrängt fühlte.

Unter dem dünnen Kichern der Plischkina schraubte die Piroshkowa die nackte Puppe hinein, so daß nur noch das frisierte Köpfchen heraussah wie eine rosa Seifenblase.

»Und jetzt hast du Wehen! Du mußt Wehen haben!« riet Aljona, und die Plischkina griff sich an beide Hüften.

»Na, los doch!« trieb der Arzt sie an. »Gebären!«

Die Piroshkowa zog die Puppe am Kopf, doch die Plischkina hielt sie irgendwie von innen fest. Da drückte die Piroshkowa auf den Kopf, so daß er beinah verschwand, und zog dann daran. Die Plischkina piepste:

»He, was machst du da, das tut doch weh!«

Das Kind war geboren. Die Piroshkowa legte es auf den Teller zu den Instrumenten, und Aljona half ihr beim geplanten Austausch – sie gab ihr die große Puppe, die eigentlich zur Welt kommen sollte und nur zeitweilig beiseite gelegt worden war.

Die Plischkina wickelte die Puppe und verlangte quengelnd:

»Papa! Komm schon, hol mich ab! Du mußt mich abholen! Aus dem Entbindungsheim wird man immer abgeholt!«

Auch die Plischkina hatte einige Lebenserfahrung. Aljona machte bereits einen Kaiserschnitt bei Viktorija und fuhr mit dem Obstmesser quer über den Bauch.

Gajaneh kam nicht mehr an die Reihe, denn die Großmutter rief an und fragte, ob es nicht Zeit sei, sie abzuholen. Fast gleichzeitig klingelte es an der Wohnungstür: Die Tschelyschewa wurde von der Haushaltshilfe Motja abgeholt und folgte ihr, da sie plötzlich Kopfschmerzen hatte, widerspruchslos – sehr zum Erstaunen Motjas, die geglaubt hatte, sie würde das gräßliche Mädchen erst lange und geduldig zum Mitkommen überreden müssen.

Plötzlich waren alle müde. Die Plischkina hatte sogar Hunger und aß die letzten belegten Brote. Die Gabeln, nun uninteressant geworden, lagen auf dem Tisch.

Wieder klingelte das Telefon. Es war Bella Sinowjewna, Liljas Großmutter. Lilja redete leidenschaftlich auf sie ein:

»Bellotschka! Nur noch ein halbes Stündchen, bitte, bitte! Ich bin fast fertig!«

»Womit bist du fast fertig?« fragte Bella Sinowjewna erstaunt.

»Mit Lesen. Die alte Isergil ... Ich hab nur noch ein kleines bißchen. Es ist so interessant ...«, bettelte Lilja, die ebenso rosig und erregt war wie die anderen.

Die Gäste gingen fast gleichzeitig, was Aljona sehr kränkte.

Als Aljonas Eltern um halb zwölf kamen, waren sie schockiert: Das Haus war verwüstet, buchstäblich umgestülpt. Nur die Möbel standen noch an ihrem Platz. Sie sahen sich wortlos an. Aljona schlief im Ehebett im Alkoven, zwischen den zerknitterten Postkarten und den silbernen Obstmessern, bekleidet mit einem alten Abendkleid der Mutter. Der Vater hob das schlafende Mädchen auf den Arm, und die Mutter sah, daß ihr Gesicht glühte. Sie berührte die Stirn und schüttelte den Kopf.

»Aspirin?« fragte ihr Mann leise.

»Warte einen Moment, ich mach ihr Bett. Dann sehen wir weiter.«

Sie war eine besonnene Frau und geriet nicht in Panik.

Auch die Plischkina wurde noch in derselben Nacht krank. Sie wälzte sich heftig im Bett und knüllte die Bettdecke zusammen. Die Mutter stand die ganze Nacht an ihrem Bett. Halb aufgewacht, bat das Mädchen um etwas zu trinken, und die Mutter hielt ihr behutsam einen Porzellanbecher mit abgekochtem warmem Wasser an die Lippen. Sie trank und sank wieder in den schrecklichen Traum von vorher zurück: Ein großer Alter mit schwarzem Spitzbart beugte sich über sie und blies ihr heißen Atem ins Gesicht. Es war der Steuerinspektor, heftig gefürchtet von der Mutter, einer teuren Hausschneiderin, die seit vielen Jahren ohne Gewerbegenehmigung arbeitete.

Am Morgen erwachte die Plischkina endgültig, lächelte die Mutter mit allen ihren reizenden Grübchen und Fältchen an und trank noch einen Becher

Wasser. Ihr Gesicht und ihr großer, schwammiger Körper waren mit rauhen roten Sternchen übersät. Sie pinkelte in einen großen Nachttopf. In ihr ziepte etwas, aber sie achtete nicht darauf. Die Defloration war so sanft gewesen, daß sie ihr nie bewußt wurde, und von dieser Geschichte blieb der Plischkina nur fürs ganze Leben die mystische Angst vor dem Steuerinspektor, der sich mit einer verschwommenen Drohung über sie beugte.

Die Oganessjan-Mädchen wurden erst einen Tag später krank, aber sie bekamen kein hohes Fieber, ihre Windpocken verliefen leicht. Sie hatten nicht viele Pusteln, und die Großmutter rieb sie sofort mit Zwiebelsaft anstelle der damals üblichen Grüntinktur ein. Die Großmutter befahl ihnen, im Bett zu bleiben, lenkte sie auf jegliche Weise ab und unterhielt sie. Sie erzählte ihnen von den Soken, von denen sie abstammte, und sang ihnen mit gewaltiger, in den Höhen leicht vibrierender Stimme wundervoll wehmütige sokische Volkslieder vor.

Die Mutter der Mädchen saß wie immer teilnahmslos im Sessel.

Auch Mascha Tschelyschewa und Ira Piroshkowa wurden krank. Die Kolywanowa war vom Kleinkindalter an immun.

Lilja wurde ebenfalls nicht krank. Doch auch sie hatte in dieser Nacht einen sehr unangenehmen Traum: Ihre Eltern sind gekommen, um sie abzuholen, und zwar nicht in die Stadtwohnung, sondern auf die Datscha. Sie sitzt auf einem Leiterwagen, sieht auf sonderbare Weise, als hätte sie hinten Augen, auf der Veranda die sehr bleichen Gesichter von Großmutter und Großvater und bemerkt, daß die Veranda aussieht wie ein Käfig im Zoo; hinter dem Glas ist noch ein zusätzliches Eisengitter, wie im Affenkäfig. Der Wagen setzt sich von selbst in Bewegung, aber das wundert niemanden. Lilja sitzt zwischen ihren Eltern. Die Mutter hält sie im mächtigen Arm, der mit harten, stachligen Haaren bewachsen ist wie die Wange eines unrasierten Mannes. Der Vater ist in Militäruniform. Sein Gesicht ist nicht zu sehen.

Der Weg wird immer tiefer, die Ränder immer höher, und entsetzt begreift Lilja, daß der Weg unter die Erde führt und daß das alles kein Traum ist. Das letzte, woran sie sich erinnert, ist eine in Seide gehüllte Gruppe orientalischer Schönheiten, die sie am Tor zur feuchten Finsternis empfangen. Sie strecken Lilja die leuchtenden, durchscheinenden Hände entgegen, laden sie in ihren raschelnden Kreis ein, und Lilja ahnt erleichtert, daß sie gerettet ist.

Mit den Windpocken gingen auch die Ferien zu Ende, doch heftige Fröste setzten ein, und die jüngeren Schulkinder bekamen schulfrei. Als die Mädchen sich in der Klasse wiedertrafen, schienen nicht drei Wochen vergangen zu sein, sondern drei Jahre, und was bei Aljona geschehen war, lag weit in der Kindheit. Etwas hatte sich verändert und verschoben: Sie genierten sich ein wenig voreinander und sprachen nie über den bewußten Abend, als hätten sie ein Schweigegelübde abgelegt wie Komplizen bei einer schrecklichen, geheimen Sache. Der Kolywanowa begegneten sie seitdem voller Achtung.

Inhalt

Mit der Welt
auf Buchfühlung